書下ろし

荒原の巨塔

傭兵代理店・改

渡辺裕之

祥伝社文庫

目次

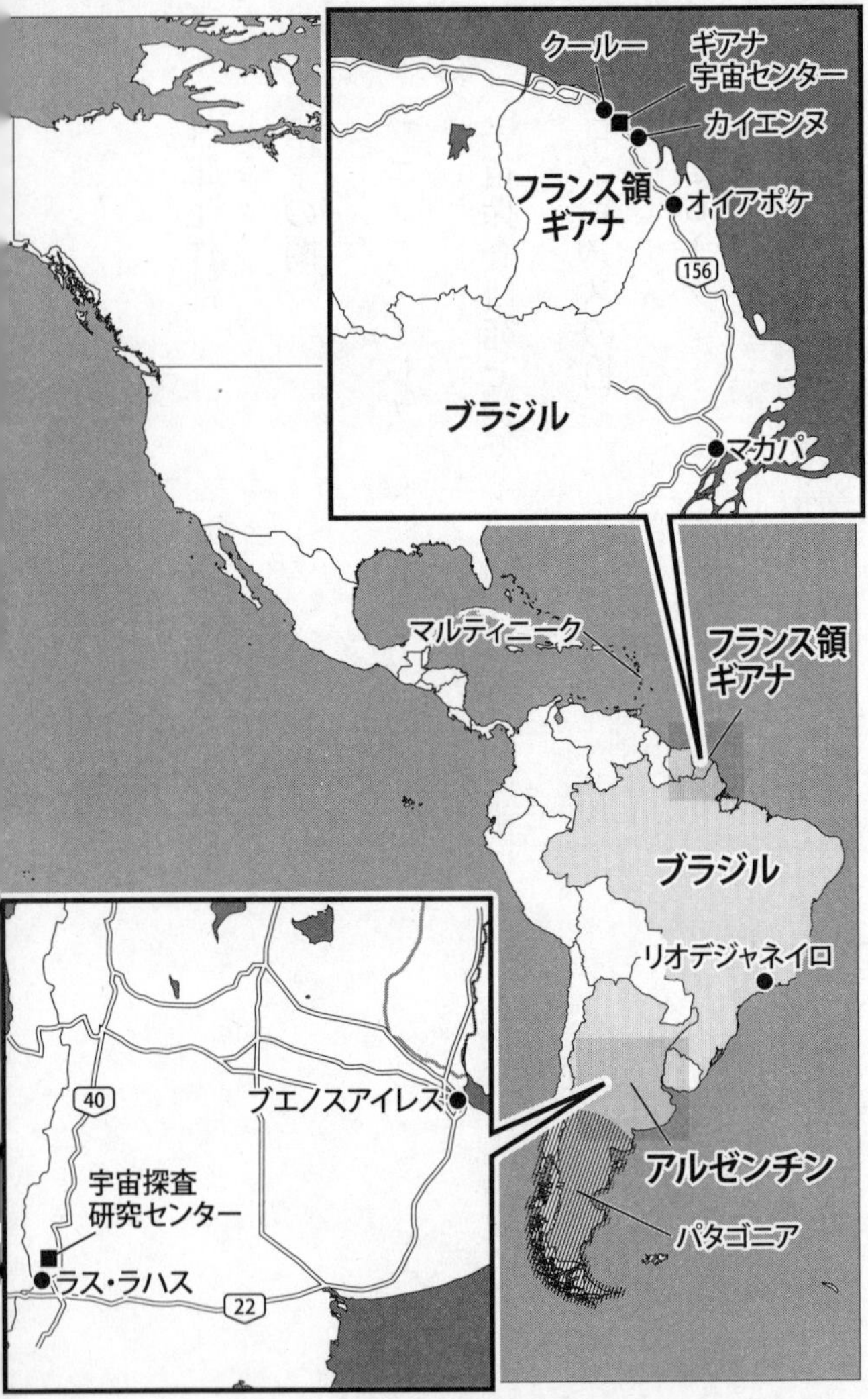
クールー
ギアナ
宇宙センター
カイエンヌ
フランス領
ギアナ
オイアポケ
156
ブラジル
マカパ
マルティニーク
フランス領
ギアナ
ブラジル
リオデジャネイロ
40
ブエノスアイレス
宇宙探査
研究センター
ラス・ラハス
22
アルゼンチン
パタゴニア

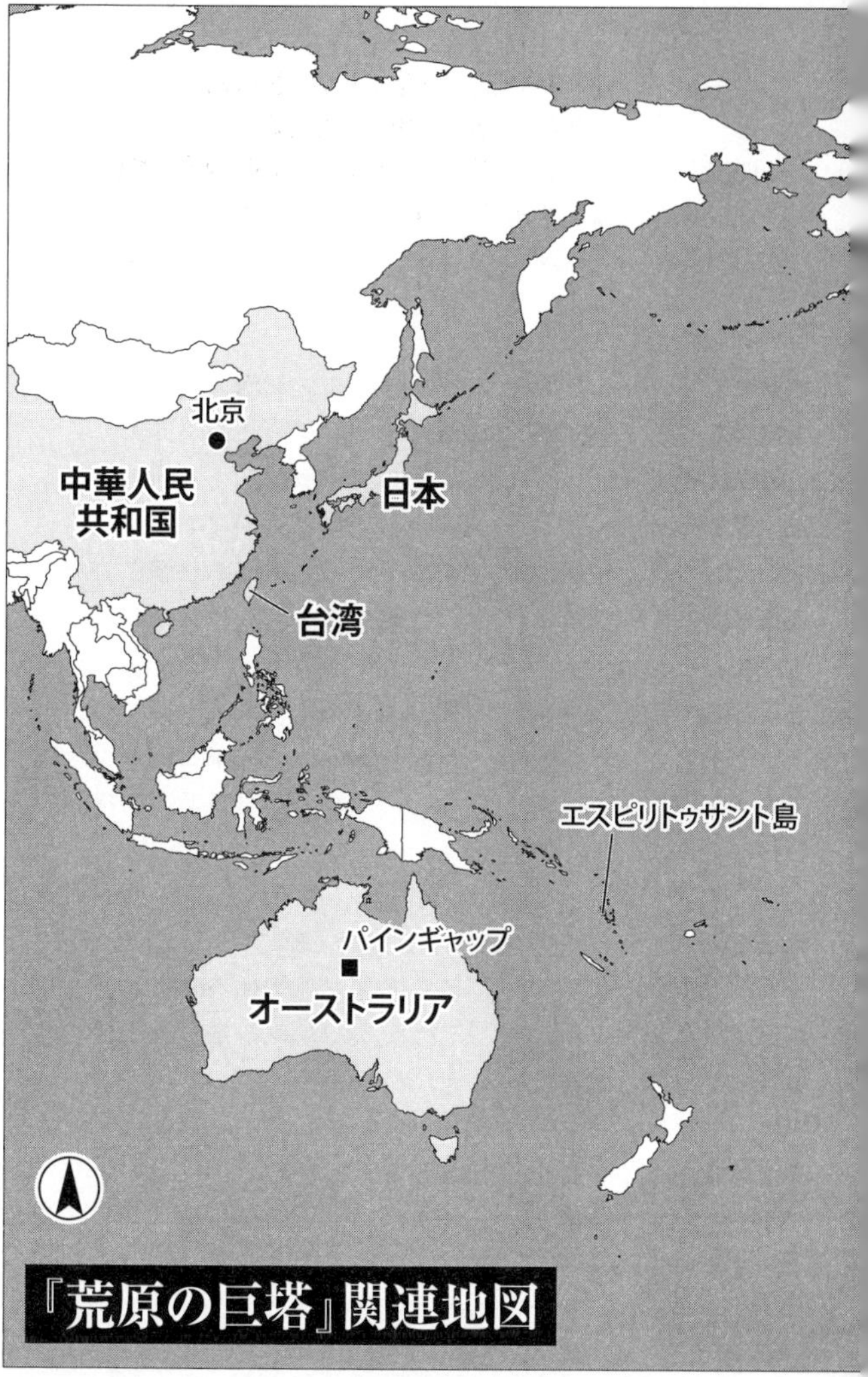

北京
中華人民
共和国
日本
台湾
エスピリトゥサント島
パインギャップ
オーストラリア
『荒原の巨塔』関連地図

各国の傭兵たちを陰でサポートする。
それが「傭兵代理店」である。
日本では防衛省情報本部の特務機関が密かに運営している。
そこに所属する、弱者の代弁者となり、
自分の信じる正義のために動く部隊こそが、“リベンジャーズ”である。

【リベンジャーズ】

藤堂浩志 ……………… 「復讐者(リベンジャー)」。元刑事の傭兵。
浅岡辰也 ……………… 「爆弾グマ」。浩志にサブリーダーを任されている。
加藤豪二 ……………… 「トレーサーマン」。追跡を得意とする。
田中俊信 ……………… 「ヘリボーイ」。乗り物ならば何でも乗りこなす。
宮坂大伍 ……………… 「針の穴」。針の穴を通すかのような正確な射撃能力を持つ。
瀬川里見 ……………… 「コマンド1」。元代理店コマンドスタッフ。元空挺団所属。
村瀬政人 ……………… 「ハリケーン」。元特別警備隊隊員。
鮫沼雅雄 ……………… 「サメ雄」。元特別警備隊隊員。
ヘンリー・ワット …… 「ピッカリ」。元米陸軍デルタフォース上級士官(中佐)。
マリアノ・ウイリアムス … 「ヤンキース」。ワットの元部下。黒人。医師免許を持つ。

【ケルベロス】

明石柊真 ……………… 「バルムンク」。フランス外人部隊の精鋭“GCP”出身。
セルジオ・コルデオ …… 「ブレット」。元フランス外人部隊隊員。狙撃の名手。
フェルナンド・ベラルタ … 「ジガンテ」。元フランス外人部隊隊員。爆弾処理と狙撃が得意。
マット・マギー ……… 「ヘリオス」。元フランス外人部隊隊員。航空機オタク。

森　美香 ……………… 元内閣情報調査室情報員。藤堂の妻。
梁羽 ……………………… 諜報員。人民解放軍総参謀部の大幹部。
土屋友恵 ……………… 「モッキンバード」。傭兵代理店の凄腕プログラマー。
影山夏樹 ……………… フリーの諜報員。元公安調査庁特別調査官。

プロローグ

二〇二一年一月十八日、午前十時。

オーストラリア、南緯23・799度 東経133・737度。

荒れ果てた荒野の谷に、十四のレドーム（通信ドーム）の建つ基地があった。

パインギャップと呼ばれる米国とオーストラリアが共同運営する軍事基地である。オーストラリアのノーザンテリトリーにあり、大陸のほぼ中央に位置する。武器を携帯した警備兵はいるが、兵士の数は少ない。

主に勤務するのはCIA（米国中央情報局）、NSA（米国国家安全保障局）、NRO（米国国家偵察局）、それにオーストラリアの諜報機関であるASIO（オーストラリア保安情報機構）の職員である。

この基地のレドームに覆われたアンテナで、中国、ロシア、東南アジア、中東の上空を監視するスパイ衛星をコントロールし、グローバル盗聴システムであるエシュロン・プログラムを含むNSAの諜報業務を行うキー局となっている。つまり米国最大のスパイ基地と言っても過言ではない。

そのほぼ中央に厳重な警備システムに守られた〝レインフォール〟という施設があった。スパイ衛星をコントロールし、同時にエシュロン・プログラムも管理するスーパーコンピュータ〝モノリスＺ１〟がある基地の心臓部である。

〝モノリスＺ１〟は〝レインフォール〟の地下にあり、メンテナンスと定期チェックをする職員以外の出入りを禁じられていた。また、限られた上級職員にのみ入場許可が与えられている。

「ここは、いつも静かでいいわね」

白衣を着たアリッサ・フォアディは、マニキュアが塗られた指先でタブレットＰＣにデータを打ち込みながら言った。

「エスピオナージルーム（諜報室）は緊張を強《し》いられるからね」

同じく白衣を着たレナード・オドリッジは、０１２と記されたパネルを外しながら答えた。

〝モノリスＺ１〟は他のスーパーコンピュータと同じ構造で、高性能なコンピュータの集合体が並列処理することで演算スピードを上げている。レナードは、十二番目のコンピュータに不具合が生じたために基盤を取り替える作業をしているのだ。

地下の巨大なコンピュータルームは入室も厳しいが、監視カメラで常に監視されている。しかも、不正を防ぐために単独での入室は禁止されていた。作業はレナード一人でもできるのだが、監視役としてアリッサが付き添っているのだ。

「なんだ、これは？」

古い基盤を取り外したレナードが、首を捻《ひね》った。基盤にマイクロSDのスロットが付いているのだ。

「エスピオナージルームは、USBメモリの類は使えないし、そもそも持ち込みすら禁止されているのよ。ありえないわ。どうなっているの？」

基盤を覗《のぞ》き込んだアリッサは、険《けわ》しい表情で言った。

「エシュロン・プログラムから直接情報を盗み出しているんだ。エスピオナージルームから情報は盗めない。だが、メンテナンスの振りをして、情報が書き込まれたマイクロSDを持ち出しても誰も気が付かない」

レナードも眉間《みけん》に皺《しわ》を寄せた。

「職員の犯行ね」

アリッサは、鋭い舌打ちをした。

「私は二週間前にチェックしている。設置されたのは最近のことだ。アリッサ、この二週間でコンピュータルームに入室した職員のリストを出してくれ」

レナードは新しい基盤を差し込んで、コンピュータをリブートさせた。

「ちょっと、待って。マイク・リーが、忘れ物を取りに一月九日に四分間だけ入室している。でも、基盤を取り替えるだけなら可能ね」

アリッサはタブレットPCを険しい表情で見つめている。

「確かめよう」

レナードは立ち上がると、基盤を手に走った。

二人はエレベーターで二階に上がり、エスピオナージルームでマイク・リーを捜した。彼は午前八時から午後五時まで勤務予定になっている。

「いないぞ」

レナードは部屋を駆け回って捜した。

「今、警備室に電話している。……B4出口から六分前に出たのね。分かった。ドローンで追って、今すぐ」

アリッサはスマートフォンの通話を切ると、近くのデスクにある端末のキーボードを叩《たた》いた。二機の監視ドローンが、十秒以内に起動するように配置されている。モニターにドローンの監視映像が映し出された。

ドローンは基地の上空からすぐに高度を下げた。内蔵されているAIが敷地内に人間を認識したのだ。

「なっ！」

アリッサは声を失った。
ドローンは頭部から夥《おびただ》しい血を流して倒れているマイク・リーを発見したのだ。

七つの炎

1

二〇二一年二月十四日、午前九時五十分、フランス、パリ郊外ヴィスー。

ホンダXR125Lに乗った明石《あかし》柊真《しゅうま》は、パリ＝オルリー空港に着陸する航空機を横目にジョルジュ・コラン通りに入ると、住宅街の外れにある白い建物の駐車場にバイクを停めた。

建物の入口には、〝スポーツ・シューティング＝デュ・クラージュ（Du courage）〟と看板が掲《かか》げてある。フランス外人部隊の中でも精鋭と言われている第二外人落下傘連隊時代からの仲間三人と一緒に経営している射撃場である。

以前は水曜日と祝日のみを定休日としていたが、昨年の暮れから日曜日も定休日としていた。新型コロナウィルス感染症が流行《はや》り始めた昨年の初頭は盛況だったが、今ではその四十パーセントほどまで客足が落ちているためだ。

人々が外出する機会を失い、その分テロや暴漢の脅威を感じることが少なくなったためと柊真は分析していた。だが、パリ市警と専属契約していることもあり、今のところ赤字にはなっていない。

フルフェイスのヘルメットをシートに載せ、グローブを外した。気温は氷点下三度だが、風が強いためさらに底冷えがする。パリの冬には慣れたが、だからと言って好きになれるものではない。

駐車場に黒塗りのプジョーのミニバン、リフターが入ってきた。

柊真はグローブをヘルメットの中に押し込んで小脇に挟むと、リフターの前に立つ。

運転席から背の高いスーツの男が降りると、後部ドアを開けた。

「早かったですね。ムッシュ・カントナ」

柊真は後部座席から降りてきた革のジャケットが似合う中年の男に笑顔で言った。フランス外人部隊の秘密結社、〝七つの炎〟の本部長、ポール・カントナである。

秘密結社というのは少々大袈裟《おおげさ》かもしれない。元々互助会として組織され、助け合いの精神で成り立っている。だが、組織を悪用する人物の入会を阻止するため、社員を厳選して勧誘し、存在を公《おおやけ》にしないようになった。加えて、政財界にパイプがあり、極秘の依頼も増え、結果として秘密結社のような組織に変貌したのだ。

昨年柊真と仲間は、ナイジェリアに派遣された慈善団体の護衛をパリ本部の〝七つの炎〟から依頼された。契約時にカントナとも会っている。帰国後、柊真らは仕事の内容が高く評価されて特別手当も受け取っていた。ナイジェリアでは武装集団を撃退しただけでなく、彼らが拉致《らち》しようとしていた多くの現地住民を救い出したからである。

「市内はデモがあると聞いたから早めに出たのだが、迂回《うかい》したので大丈夫だったらしい」

カントナは苦笑すると、右手を前に突き出した。コロナ禍《か》でソーシャルディスタンスと言いながらも、フランス人に限らず欧米人はスキンシップを重んじる。ハグしないだけましであろう。

〝「イスラム分離主義」対策を目的とした法案〟に反対するデモが、パリの中心部で繰り広げられていた。イスラム過激派の活動を抑制するための法案であるが、イスラム教徒に負の烙印《らくいん》を押す悪法だと批判を浴びている。

「私も今到着したところです。寒空の下でお待たせしなくてよかったです」

柊真はカントナの右手を力強く握った。

「無理を言ったのは、私の方だ。本部の会議室でもよかったのだが、人目につかない場所で打ち合わせがしたかった。今日は君の店が定休日だと知っていたからね」

カントナは運転手に目で合図をして車に下がらせた。

「中も寒いと思いますが、とりあえずお入りください」

柊真は玄関のシャッターを開けると、ガラスドアの二重の鍵も開けた。射撃場には銃やライフルや実弾も保管してある。武器や弾薬は金庫に収め、厳重なセキュリティシステムに守られているが、用心に越したことはない。それに、警備に不備があるようでは射撃場の営業許可は下りないのだ。

建物の中は風がないぶんほっとするが、息が白くなるのは同じである。

エントランスに入った柊真は、受付横にあるセキュリティシステムを夜間モードから標準モードにして照明のスイッチを入れた。

「繁盛《はんじょう》していると聞いたが、立派な射撃場だ」

カントナは室内を見回して大きく頷《うなず》いた。かつては食品会社の倉庫だったが、改装して二つの射撃レンジに加え、フィットネスジムや会議室なども備えている。

「〝七つの炎〟から融資していただいたおかげです。こちらへ」

笑顔を浮かべた柊真は通路の右奥にある会議室と記されたドアを開けて中に入ると、暖房のスイッチを入れた。倉庫は広く、天井も高いため、冷暖房が効きにくい。そのため、通路の右手にプレハブの建物が五つほど建ててある。

開業したころは金がなかったので、柊真らはこれらのプレハブに寝泊まりしていた。事業が軌道に乗り、今では四人はそれぞれ近場にアパルトマンを借りて住んでいる。空いた部屋は、会議室やレクレーションルームとして使っていた。

柊真は中央の長机の椅子《いす》を引いてカントナに勧めると、自分はその対面に座った。

「実は私の古くからの友人であるジェラール・カンデラの十九歳になる娘ルイーズが、四日前から行方不明になっている」

カントナは両手を組んで長机の上に載せると、沈痛な面持ちで言った。言葉を区切ると、溜息《ためいき》を殺しているのか口をへの字に結んだ。

柊真は話を促《うなが》すために小さく頷いた。

「彼女だけでなく、同じ歳の女性二人が一緒に姿を消している。現地の警察ではギャングによる誘拐だと考えているようだ。君のチームに、ルイーズの捜索を頼みたい。現地の警察の協力も得られるはずだ」

カントナは険《けわ》しい表情で言った。なんとなく奥歯に物が挟《はさ》まったような言い方をしている。何か、重大な事実を隠し、それを教える前に柊真の承認を得ようとしているような気がする。

「『現地の警察の協力も得られる』とおっしゃいましたが、我々のような傭兵に警察が協力するとは思えません。それに誘拐の捜査なら警察の方が役に立つと思うのですが」

柊真は首を捻《ひね》った。

「警察も、駐在している外人部隊もあてにはできない。それに彼らを主体として動かせば、メディアに情報が漏《も》れる。犯人を刺激すれば、ルイーズたちは殺されるかもしれない。本部で打ち合わせをしないのは、他のメンバーに情報が拡散されることを恐れているのだ」

　カントナは大きく首を左右に振った。

「駐在している外人部隊？　まさか……」

　柊真の目が鋭くなった。駐在しているということは、フランス国内ではなく、海外ということである。

「事件は、ギアナで起きたのだ。困難が予想される。ハードな任務に耐えられるのは、君のチーム以外に考えられない。頼む！　引き受けてくれ」

　カントナは机に両手を突くと、身を乗り出した。任務地は、南米のフランス領ギアナである。外人部隊が駐留しており、厳しいジャングルの行軍訓練をすることで有名だ。現役時代の柊真も二度訓練で行っている。また、ギアナの貧民街は、ベネズエラやコロンビアよりも治安が悪い。

「半日時間をください。任務地がギアナとなれば、私の一存では決められませんので」

　腕組みをした柊真は、大きく息を吐き出しながら答えた。

2

午前十一時十分、〝デュ・クラージュ〟。

会議室の椅子に柊真とイタリア系のフェルナンド・ベラルタと米国先住民の血を引くマット・マギーの三人が、コーヒーを飲みながら座っている。

フェルナンドは爆弾処理のエキスパートで狙撃も得意としており、イタリア語で巨人を意味する〝ジガンテ〟というコードネームを持つ。身長一八二センチと体格はいいが、巨人というほどではない。イタリア人の割に背が高いというだけである。昨年、彼は外人部隊の任期を終えたことで得た権利を使ってフランス国籍に変更していた。

マットはヘリコプターと軽飛行機の操縦資格を持っており、コードネームは空を駆け巡ったとされるギリシャ神話の太陽神〝ヘリオス〟である。彼もフェルナンドと同じく昨年の夏にフランス国籍に変えていた。二人とも国籍変更が入隊の大きな目的だったため、戸惑いはなかったらしい。

「セルジオのやつ、遅いな」

柊真の右隣りに座っているマットが、大きな欠伸《あくび》をした。カントナとの打ち合わせを終えた柊真は、仲間に招集を掛けて集合時間を十一時と決めた。だが、セルジオがまだ顔を見せないのだ。

「これだから、ラテン系は困るよ」

フェルナンドが、コーヒーカップを机に置いて笑った。

「おまえには言われたくないよ」

マットが大袈裟に首を振った。

ドアが開き、セルジオ・コルデロが入ってきた。

「みんな早いな。すまん、すまん」

頭を掻《か》きながらセルジオは、柊真の向かいに座った。

スペイン人の彼は、柊真と同じく国籍の変更はしていない。外人部隊の入隊はそれが主目的でなかったこともあるが、フランスの未来に魅力を感じていないことが大きな理由である。

「新しい仕事が入ったんだろう。ブリーフィングを始めてくれ」

セルジオが両手を広げて催促した。彼は柊真が新しい任務をすでに引き受けたと思っているようだ。

「集まってもらったのは、他でもない、まず任務を受けるかどうかを皆に聞きたいからだ」

柊真は仲間の顔を順番に見て言った。

「おまえは、俺たちのリーダーだ。当然おまえに全権を与えていると思っている。仕事はおまえの意思で契約すればいいんだ。いまさら何を言っている？」

セルジオは首を傾《かし》げ、仲間の顔を見た。フェルナンドとマットも、顔を見返して頷いている。

「任務中はリーダーをすることもあるが、平時まで君らの上官じゃない。判断がつかない場合は、いつでも合議制と決めている。そうだろ？」

柊真は落ち着いた声で聞き返した。

「分かったよ。任務の内容を教えてくれ」

セルジオは右手を振って笑った。彼はなんでも柊真が決めればいいと思っている。というより、単に面倒臭いだけなのだろう。

「七つの炎の本部長ムッシュ・カントナから、四日前に拉致されたと思われるルイーズ・カンデラの捜索を依頼された。むろん、見つけ出して救出するという任務だ」

柊真は淡々と言った。

「傭兵の仕事とは少し違うようだが、何が問題なのだ？」

セルジオが質問すると、マットとフェルナンドが頷いて同調した。

「ルイーズが行方不明になったのは、ギアナだ。現地の警察はギャングが関係しているとみているようだが、犯人の目星もついていないのが現状らしい。問題は大ありだろう？」

柊真は肩を竦めた。

「ギアナ……」

マットとフェルナンドが、同時に苦笑を浮かべた。

「ギアナのどこに問題があるんだ」

右眉《まゆ》を吊《つ》り上げたセルジオが、マットとフェルナンドを交互に見た。

「ギアナで拉致されて行方不明なら、ジャングルの売春宿に売られた可能性がある。そうなれば、当然、ジャングルに入ることになるだろうな」

マットが答えた。

「ブラジル北部のジャングルにある秘密工場でコカインが精製されているそうだ。そこでは、拉致された人間が奴隷労働者として働かされていると聞いたことがある。ギアナはブラジル北部と隣接している。それも可能性の一つだよな」

今度はフェルナンドが言った。

「おまえたちはジャングルが嫌いなのか？」

セルジオが呆《あき》れ顔で聞き返した。

「おまえは、ジャングルが好きなのか？」

マットが言い返した。

「俺は……嫌いじゃない。好きではないがな」

セルジオが苦し紛《まぎ》れに答える。

「俺たちだって一緒さ。ジャングルは好きじゃないが、拉致された女性を救うためならなんでもする。違うか？」

マットが笑って答えた。

「それなりに装備は整えないといけない、と言いたかったのさ。ジャングルの行軍の厳しさを俺たちは知っているからな」

フェルナンドが相槌《あいづち》を打った。

「いやというほどな」

セルジオが苦笑混じりに頷いた。

「それじゃ、決まりでいいな」

柊真の言葉に仲間は挙手をした。

3

午後二時五十五分、パリ2区。

柊真はサン・タンヌ通りから2区に入ると、グラモン通りから九月四日通りに右折し、2ブロック先のコロンヌ通りにＸＲ１２５Ｌを停めた。

パリは新型コロナの第二波が峠を越え、夜間外出制限は継続されているが、ロックダウンは解除されている。だが、街に人通りは少なく、交通量は半減していた。どの通りもうらぶれたように見え、今にも息絶えそうである。

ヘルメットを左脇に抱えた柊真は九月四日通りを東に進み、ブルス広場の交差点を左に曲がってヴィヴィエンヌ通りに入った。道を隔てて右手にある広場の向こうに見えるローマ風建築は、旧証券取引所である。

今でも商業が盛んなエリアではあるが、ビジネスの中心はパリの西部近郊にあるラ・デファンスに移っていた。林立する超高層ビルや大型施設が人工地盤で結ばれた、近未来的なビジネス街である。

歩道の左手に丸テーブルと椅子が整然と並べてあった。三年前に百周年を迎えた〝ル・ヴォードヴィル・ブラッスリー〟のテラス席である。二十卓ほどあるが、客は数えるほどだ。今はテラス席のみの営業が許されているが、寒空を厭《いと》わぬパリ市民も新型コロナの感染を恐れているようだ。

テラス席を見回した柊真は首を傾げながら歩道を数十メートル進み、ブラッスリー傍のブルス通りを覗《のぞ》いた。この通りにもテラス席があるのだ。

柊真はブルス通りに入り、一番端のテラス席に座る男に近付いた。この通りには十卓のテーブル席があるが、座っているのは彼だけである。

「こんな場所ですまない。本部長から他の社員に見られないようにと命じられているもんでね」

男は柊真の背後を窺《うかが》いながら言った。尾行がないか確認しているらしい。クリストフ・デロン、〝七つの炎〟の本部総務部長である。柊真は一時間ほど前にカントナに仕事を引き受けると連絡したところ、デロンと待ち合わせをするように指示されていた。

「用心深いですね。マスコミに知られるとまずいと聞いていますが、他にも理由があるのなら教えてもらえますか？」

柊真は男の向かいの席に座った。

「カントナ本部長から聞いていないのかね。実は、行方不明になったルイーズの父親ジェラール・カンデラは、ギアナ宇宙センターの所長なのだ。政府はギアナで大きな事件が起きるたびにマスコミ対策に追われている。二〇一七年の事件は君も知っているだろう。政府は、ただでさえ新型コロナで国民から槍玉《やりだま》に挙げられている。そんな時に余計な問題で煩《わずら》わせたくないのだよ」

デロンは首をくねくねと振って見せた。柊真も最近知ったことであるが、〝七つの炎〟に所属している者がすべて外人部隊出身者というわけではないらしい。デロンは税理士で、彼のような専門職は外部から雇われるそうだ。

ちなみにデロンが言った「二〇一七年の事件」とは、〝仏領ギアナ騒乱〟のことで、〝五百人の兄弟〟と名乗る覆面グループが、宇宙センターを占拠するなどの大規模なデモを行い、インフラ投資と生活改善を本土政府に要求したのだ。

ギアナ宇宙センターは、欧州宇宙機関やアリアンスペースなどが利用するロケット発射基地である。フランスだけでなく、ヨーロッパ先進国の宇宙戦略基地と言っても過言ではない。そのため、基地の職員は厚遇されていた。

ギアナは若年層の失業率が四十パーセントを超え、平均所得はフランス本土の半分にも満たない。また、食糧は輸入に頼っており、支払いはユーロのため物価は本土の二倍近い。住民は長年過酷な生活環境を強《し》いられているのだ。そのため、宇宙センターで働く職員と現地住民との所得格差が激しいことが問題視されていた。

ルイーズの誘拐が、こうした社会状況を背景にしたものなら、騒乱後の政府の施策に問題があるとみなされるであろう。宇宙センターの所長の娘となれば、事件そのものが象徴的な意味をなす。カントナが任務を極秘のものとしたい理由はそこにあるようだ。

「了解しました。しかし、もしジャングルを捜索するようなことになれば、我々四人では到底手が足りないでしょう。仲間に応援を求めてもいいですか？」

予算が許すなら、藤堂浩志《とうどうこうじ》が率いる傭兵特殊部隊〝リベンジャーズ〟との共同作戦を進めるつもりである。

「〝七つの炎〟の社員なら問題ない。だが、部外者は一切使うことはできない。現地の警察からは捜査資料が提供される。また、ジャングルに捜査に出るようなことになれば、第三外人歩兵連隊、および第九海兵歩兵連隊の協力が得られるだろう。もっとも、部隊を総動員できるほど人数は割《さ》けないが、中隊程度なら大丈夫なはずだと聞いている」

デロンは上目遣《うわめづか》いで言った。

「駐屯部隊の陸軍は二個部隊約千五百五十人、その中から中隊クラスが我々に協力してくれるわけですね。ただし、それはギアナに限ってのことですよね。国境を越えるようなことになれば、どうなんですか？」

柊真は鋭く尋ねた。中隊クラスなら百人から二百人の兵士を動員できるだろう。だが、国境を越えての行動ができるわけがない。

「そっ、それは……」

デロンの目が泳いだ。国境を越えて捜索することまで考えていなかったはずはない。最初からその可能性があるから、正規の軍人でない柊真らを雇うのだろう。

「それでは、〝七つの炎〟の社員でなくても外人部隊出身で信頼できる人物なら同行させても構わないでしょう？」

柊真は食い下がった。四人ではどう見ても人員不足である。外人部隊出身の仲間なら何人かは手配できるだろう。

「分かった。リストを私に送ってくれ。ただし、出発は明後日の空軍輸送機と決まっている。それに間に合うのなら許可しよう」

デロンは渋々認めた。

「了解です。それでは許可証をいただけますか？」

軍の輸送機というのならどこかの空軍基地からの出発になるはずで、基地への入場許可証がいる。

「エヴルー＝フォヴィル空軍基地から午後一時半離陸というスケジュールになっている。許可証はこれだ」

デロンがポケットから封筒を出した。瞬間、突風に煽《あお》られたかのように封筒が飛ばされた。

「むっ！」

柊真はデロンに飛びかかって押し倒して転がると、店の壁際《かべぎわ》までデロンを引きずりながら移動した。高い場所から狙撃されたらしい。店の壁に近付けば、張り出している大きなオーナメントで狙撃手から見えなくなるはずだ。

「なっ、何をする！」

デロンが甲高《かんだか》い声で叫んだ。

「狙撃されたんだ！　動くな！」

柊真は立ち上がろうとしたデロンの頭を押さえつけた。見上げると、オーナメントの端に小さな穴が開いている。銃弾が抜けた跡だろう。

「ばっ、馬鹿な」

封筒は風に飛ばされたんだろう。

「銃弾の風切音を聞いた。間違いなく狙撃されたんだ」

銃声こそ聞こえなかったが、銃弾が耳元をかすめる音を聞き間違えることはない。柊真かデロンを狙《ねら》った銃弾が外れて封筒に当たったに違いないのだ。

「どうしたんですか？」

物音を聞きつけたウェイターが、駆けつけてきた。

「彼が心臓発作を起こしたんだ。だが、治まったらしい。ありがとう」

柊真は立ち上がると、笑って誤魔化《ごまか》した。警察を呼べば、極秘の作戦が台無しになる。

「本当に大丈夫ですか？」

ウェイターが、スマートフォンを出してみせた。救急車を呼ぶつもりだったらしい。さわぎに通行人も集まってきた。野次馬には悪いが、彼らは狙撃手への盾になる。

「大丈夫だよ。私は先に失礼します」

柊真は、落ちていた封筒を拾ってデロンに見せた。

「えっ！」

デロンは口を手で押さえた。封筒には直径一センチほどの穴が開いているのだ。

「お互い気を付けて帰りましょう。再発行をお願いしますよ」

柊真は穴の開いた封筒をデロンに返し、立ち去った。

4

午後三時四十分。

柊真はパリ2区のフェドー通りでXR125Lを降りた。

通りの左手は五、六階建てのビルが並び、一階にはバーやパブやレストランが軒を連ねているが、すべて閉店している。

右手の六階建ての雑居ビルには、旅行会社と〝キャリーサービス〟という二つの看板が出ていた。旅行会社のシャッターは閉じている。だが、キャリーサービスという会社の前には、会社のロゴステッカーが貼られたバンやバイクが何台も置かれていた。ライダースーツを着た男たちが、会社のドアを出入りしている。新型コロナが流行し、新しい宅配業が繁盛しているようだ。

ヘルメットを小脇に抱えた柊真は、〝キャリーサービス〟社の出入口から中に入った。ドアはドライバーが出入りするためにロックされていない。

柊真は目の前の階段を上がって最上階のドアの鍵をピッキングツールで開け、鉄製の梯《はし》子《ご》を上って屋上に出た。階段の途中で社員らしき男とすれ違ったが、咎《とが》められることはなかった。出入りするドライバーが多いため、ヘルメットを持った柊真を怪しむことはないのだろう。

屋上を西に進み、南側に隣接するビルの屋根に飛んだ。東に二十メートル進み、隣りの一階分高いビルの手摺《てすり》壁に助走をつけて飛びついた。腕の力だけで屋上までよじ上った柊真は、手に付いた汚れをはたきながら立ち上がる。

「いい眺めだ」

思わず柊真は呟《つぶや》いた。

ブルス広場に面した七階建ての郵便局のビルの屋上で、パリ旧証券取引所を間近に見ることができる。

柊真はデロンとの打ち合わせ後、パリ18区のグット・ドールにある人物を訪ねていた。柊真が以前借りていたアパルトマンの四階の部屋は、影山夏樹《かげやまなつき》がオーナーになっている。

彼は公安調査庁の元特別調査官で、殺人や拷問《ごうもん》も厭わない非情な手段で諜報活動をしていたため、中国や北朝鮮の情報機関から〝冷たい狂犬〟と呼ばれ恐れられていた。現在はフリーのエージェントとして主に日米の諜報機関から依頼された仕事をしている。

現在の住人はマジック・ドリルと呼ばれている天才ハッカーの森本則夫《もりもとのりお》という日本人で、彼は仕事場兼住居として使っていた。森本はハッキングで得た情報をブラックマーケットで取引して生活している。その傍《かたわ》ら、夏樹の情報屋としても働いていた。

夏樹がCIAの諜報員並みに世界を股《また》にかけて活動できるのも、様々な情報源があるからで、森本がもたらす極秘情報も活用している。日本の傭兵代理店にいる土屋友恵《つちやともえ》というハッキングの天才が、浩志らリベンジャーズのバックアップをしているのと同じである。

柊真は夏樹から森本を直接紹介されており、彼を情報屋として使うように言われていた。柊真が仲間とともに〝ケルベロス〟という傭兵チームを立ち上げたことを夏樹が知り、便宜を図ってくれたのだ。

森本を訪ねたのは、ル・ヴォードヴィル・ブラッスリーで打ち合わせをしていた柊真らを狙撃した犯人捜しのためであった。

ブラッスリー周辺の監視カメラをハッキングさせ、狙撃された午後三時四分時点の不審な人物や車両を調べさせている。また、銃撃された角度から狙撃ポイントは郵便局屋上だと断定し、その現場に潜入できる方法を見つけさせた。

森本は郵便局の屋上に潜入する方法を探るため、付近のビルのセキュリティをハッキングした。その結果、ブルス広場に面したビルから入りこむことは不可能だが、〝キャリーサービス〟社のセキュリティが甘いことが判明したのだ。

その情報をもとに柊真は〝キャリーサービス〟社の屋上に出て隣接するビルを移動してみた。おそらく、狙撃犯も同じルートを使ったのだろう。

柊真は郵便局のビルの屋上の端に立った。ブルス通りに面したブラッスリーのテラス席が見える。距離は百メートルほど。プロのスナイパーなら的《まと》を外すことはない。だが、柊真らは椅子に座っており、その状態では腰から上がオーナメントに隠れてしまう。

狙撃犯は、一か八《ばち》かで狙撃したのかもしれない。オーナメントを貫通した銃弾は柊真の右耳の僅《わず》か数センチ脇を抜け、デロンの右手の封筒を吹き飛ばした。二人が数センチ動いていれば、どちらかの頭に銃弾が命中したことは間違いない。弾は外れたものの、狙撃犯の腕は一流と言えよう。

「うん？」

視線を足元に移した柊真は、首を傾げた。一メートルほど先の屋上の縁にある溝に光る物を見つけたのだ。

「これは……」

拾い上げたのはライフル弾の薬莢《やっきょう》であるが、見慣れた5・56ミリNATO弾やベルギー製の5・7ミリ弾よりも僅かに口径が大きい。

「5・8ミリ弾か……」

柊真は右眉を吊り上げた。5・8ミリ弾は、中国で開発された徹甲《てっこう》弾である。しかも、アサルトライフル用の5・8×42ミリ弾よりも薬莢が短い。つまり、5・8×21ミリ弾ということになる。使用できる銃は、ハンドガンの92式手槍か05式短機関銃ということになるが、狙撃された距離が百メートルとなれば、ハンドガンではない。

05式短機関銃は、グリップの後方にマガジンがあるブルパップ方式のサブマシンガンで、サプレッサーも標準で装備されている。5・8×21ミリ弾を使用し、銃身が短いため有効射程も四百メートルと、狙撃銃としては性能不足だ。だが、百メートル先なら狙撃スコープを装着すれば、狙うことも可能だろう。05式短機関銃の性能からすれば、それが限界かもしれない。

ポケットのスマートフォンが鳴った。

柊真は屋上の換気ダクトの横に座り、非通知の電話に出た。

——マジック・ドリルに聞いたよ。大変だったね。

唐突に話しかけられたが、声で夏樹だと分かった。だが、のんびりとした口調である。

「ご心配をお掛けしました」

苦笑するほかない。森本に極秘で調べてもらったのだが、夏樹に知らせてはいけないと口止めしたわけでない。

——狙撃ポイントは分かったのかい？

「5・8×21ミリ弾の薬莢を見つけました」

——何！　……この件は私も動いてみるよ。

夏樹の声が硬くなった。05式短機関銃が使用されたことの意味を理解したのだろう。

9ミリ弾を使用するJS9ミリと呼ばれる05式短機関銃は、中国から輸出されている。

というか、輸出用として製造されたものだ。だが、5・8ミリ弾用の05式短機関銃は中国国内でも制限があり、使用できるのは人民軍の特殊部隊か工作活動をする諜報機関に限られる。

「ありがとうございます」

柊真は素直に礼を言った。夏樹が味方につけば、心強い。

――自宅には帰らないほうがいいだろう。くれぐれも注意してくれ。

夏樹の通話は切れた。

「まいったな」

溜息を吐いた柊真は、5・8ミリ弾の薬莢をポケットに入れた。

5

午後十時、ヴィスー、〝デュ・クラージュ〟。

柊真とセルジオ、マット、フェルナンドの四人が会議室で各々《おのおの》バックパックに荷物を詰め込んでいる。

一時間ほど前に〝七つの炎〟から装備とエヴルー〝フォヴィル空軍基地への入場許可証が届いた。柊真が本部総務部長であるデロンに頼んでおいた物だ。武器と弾薬は現地の第三外人歩兵連隊から支給されることになっている。

ハンドガンはベレッタ92、アサルトライフルはブルパップ方式のFA-MAS、つまりフランス軍歩兵の標準だ。ベレッタ92は時代遅れで、FA-MASに至ってはブルパップ方式のために前後のサイトの間隔が短く、長射程の命中精度が落ちる。設計上、排出された硝煙《しょうえん》を吸い込みやすい。しかも耳元で銃弾が発射される構造のため、聴覚の障害を起こしやすいなどの欠点も多い。武器を支給されるからと言ってありがたいとは言えないのだ。

柊真は現地の指揮官に、海兵コマンドが使用しているハンドガンのH＆K《ヘッケラーコッホ》 USPとアサルトライフルはH＆K HK416に変更してもらうように交渉するつもりである。ベレッタ92やFA-MASよりは、どちらも馴染《なじ》みがあって扱いやすい。

〝七つの炎〟から送られてきた装備は、ヘッドギアに取り付けた暗視スコープとFA-MASに装着できるライフルスコープとそれにマウントできる暗視装置である。暗視スコープをヘルメットでなく、ヘッドギアに取り付けたのは、単純にジャングルでは頭が蒸れるからだ。

武器以外に第三外人歩兵連隊から支給される物は、無線機と戦闘服である。タクティカルブーツは、各自が普段から使用している物を使う。ジャングルに限らないが、行軍で兵士を悩ませるものは、足のマメである。特にジャングルでは湿気と汗で足が蒸れ、その上ブーツのサイズや型が合っていないと靴擦《ず》れも起こす。柊真や仲間は、軍から支給される物より撥水性《はっすい》があり、通気性もいい高機能なタクティカルブーツを普段から履いているのだ。

「どうした。浮かない顔をして？　留守が心配か？」

自分の装備を整えたセルジオが柊真に尋ねてきた。

「ウィリアムとマルコのことなら心配するわけがないだろう」

柊真は首を振って苦笑した。

ウィリアム・ボリとマルコ・ブリットは、柊真らと同じ第二外人落下傘連隊出身で、一年前から射撃場で一緒に働いている。彼らもケルベロスの一員として活動できるように訓練をしているが、当面は会社が潰《つぶ》れないように留守番役である。

「それじゃ、一体何が心配で準備をしていないんだ？　忘れ物でもしたのか？」

セルジオは柊真のバックパックを指さした。

夏樹の忠告もあって、自宅に戻っていない。そのため、下着や着替えなどを用意できなかったのだ。もっとも下着や服は現地で買うこともできる。だが、革袋に入れた特注の鉄礫《つぶて》を自宅に置いてきたことが、気になってはいた。

柊真は幼い頃から祖父である妙仁《みょうじん》に古武道を叩き込まれており、中でも印地《いんじ》という投擲《とうてき》技を得意としていた。以前は直径十四ミリの鉄球を使っていたが、最近ではより殺傷力を高めるために直径十三ミリの鉄球を使っている。

護身用にズボンの左右のポケットに常に一個ずつ持ち歩いているが、それだけでは心細い。いざとなれば小石や鉄製のナットでも代用できるが、武器は手に馴染んだ物を使いたいのだ。

だが、一番の気掛かりは、狙撃犯がまだ野放しになっていることである。夏樹も調査に乗り出しているが、正体は摑《つか》めていない。もし、残された弾丸から想定されるように中国の工作員か特殊部隊というのなら問題がある。

昨年の五月、人民解放軍の情報機関、人民解放軍総参謀部・第二部第三処のトップである梁羽《りょうう》が、中央統一戦線工作部の鄧威《とうい》率いる特殊部隊によって拉致された。中国は一帯一路の名の下《もと》に世界侵略を企んでおり、梁羽は政府の政策に密かに抵抗してきた。鄧威はそこに目を付けて拉致したのだ。彼は政府の許可なくオーストラリアを密かに攻撃し、作戦が成功したら自分の手柄にして、失敗したら梁羽の責任にするためであった。

救出作戦を立てた浩志のリベンジャーズに、ケルベロスを率いた柊真は夏樹とともに参加した。柊真らはリベンジャーズを助けながら梁羽の行方を追い、バヌアツのエスピリトゥサント島に拘束されていた彼を救出した。同時に鄧威と彼の部隊を殲滅《せんめつ》し、その野望を挫《くじ》いている。

だが、もし、ル・ヴォードヴィル・ブラッスリーにいる柊真らを狙撃したのが中国の工作員なら、鄧威かあるいはその残党という可能性もあり得る。というのも、戦闘があったエスピリトゥサント島を調べたCIAは、鄧威の死体を発見していないからだ。

夏樹が敵の攻撃兵器を爆破した際に鄧威も一緒に吹き飛んだと考えられていたが、彼のDNAサンプルがないために確認できていない。彼が生きていて柊真に復讐《ふくしゅう》していると考えれば、狙撃も納得できるのだ。

「俺が狙撃されたことは話しただろう？」

柊真は肩を竦めた。

「なんだ。命を狙われたことを心配しているのか？　おまえらしくないぞ」

セルジオがマットとフェルナンドの顔を交互に見て苦笑した。

「俺のことを心配しているんじゃない。鄧威が生きている可能性はゼロじゃないんだぞ」

「狙撃犯が、05式短機関銃を使っていたからって鄧威が生きているっていうのは考えすぎだ。心配なら家に戻って下着でも取ってこいよ。なんにも起こりはしないさ」

セルジオは呑気《のんき》なことを言っている。

「家に……」

柊真は腕組みをした。

狙撃された待ち合わせ場所を指定したのはデロンのため、情報は彼から漏れたのだろう。だからと言って狙われたのがデロンとは限らない。もし、柊真が狙われているのなら、これからも執拗《しつよう》に攻撃されるはずだ。そうなれば、一緒に行動する仲間にも累《るい》が及ぶ。心配しているのはそこなのだ。

「そうだな。下着を取ってこよう」

柊真は笑顔で答えた。確かめるのが一番である。

6

午後十時二十分。

〝デュ・クラージュ〟を出た柊真はXR125Lに乗り、ヨーロッパ通りを東に進んでいる。

以前はヴィスーの北に位置するアントニーに住んでいたが、射撃場の顧客で柊真のファンを公言するアントワネットという女性が、頻繁にアパルトマンまで押しかけるなど迷惑行為を繰り返したので引っ越したのだ。

身長一八四センチ、体重九十六キロとプロレスラーのように鍛え上げた体を持ち、彫りの深い端整な顔立ちをしているのでモテないはずがない。〝デュ・クラージュ〟の女性客の中に柊真のファンは多く、中にはアントワネットのようにストーカー行為をする者もこの一年で二人ほどいた。結局その二人が大喧嘩《おおげんか》をして警察沙汰《ざた》になり、柊真への接近禁止令を出されて事は収まった。

アントニーのアパルトマンを出てから二週間ほど、職場のプレハブに寝泊まりしながら家を探し、半年ほど前にヴィスーの東に位置するランジスにある四階建てのアパルトマンに引っ越ししていた。

ランジスは庭付きの一戸建てが多い閑静な住宅地であるが、比較的新しく開発された街のため歴史を感じさせる建物はない。だが、街路樹や花壇は手入れされ、家々の壁や塀にも落書きひとつなく整然としている。

住民も中流階級より上で、穏やかな人が多い。すれ違えば、誰しも「ボンジュール」、「ボンソワール」と挨拶《あいさつ》する。平和を絵に描いたような環境だが、なぜか柊真は未《いま》だに落ち着いた気分にはなれない。それは平和すぎるからだろう。

柊真はアブルヴォワール通りの歩道にXR125Lを停め、ヘルメットをハンドルに掛けると用心深く歩いた。アパルトマンまでまだ二百メートル近くあるが、まずは周囲を調べるつもりだ。

次の交差点で左に曲がり、1ブロック先の交差点を窺う。この辺りの住宅は敷地内に駐車場があり、路上に停まっているのは、来客の車か駐車場からあぶれた車である。

交差点角にアパルトマンがあり、周囲に車はなさそうだ。

柊真は駐車場の脇を通り、アパルトマンの裏にある別の集合住宅の敷地に潜入した。アスファルトの駐車場を抜け、柊真のアパルトマンとの境にある生垣の陰に隠れる。柊真のアパルトマンは東西に長く、四階の西の端に自室のベランダが見える。玄関は南側にあり、建物の中央に階段はあるがエレベーターはない。

通路を挟んで北側と南側に各階八部屋あり、柊真の部屋は北に面している四〇五号室で3LDKと独り者にしては広すぎる間取りである。この辺りは、パリ市内のように狭い間取りのアパルトマンはない。もっとも新型コロナが収まったら、祖父の妙仁が遊びに来たいと言っていたのでちょうどいいと思っている。

「うん？」

柊真は右眉をぴくりと上げた。

アパルトマンの裏側にも駐車場があるのだが、停車しているアウディの中が一瞬明るくなったのだ。車に人が乗っており、スマートフォンを見たに違いない。周囲の道路にはガス灯を模した街灯が点《とも》っているが、駐車場内は入口と奥に二つだけで、かなり暗い。

柊真は生垣を飛び越えて駐車場に入ると、先ほどのアウディに後方から忍び寄った。運転席と助手席のシートが倒され、外から見えにくいようにしてある。住民でないことは確かだ。顔は分からないが、二人とも男で黒髪のようだ。

顔が分からないのなら確かめるほかない。柊真は運転席側のウィンドウをノックしようと近付く。

運転席側の男がサイドミラーを見て振り返った。

「しまった」

思わず舌打ちをした柊真は両手をポケットに突っ込み、鉄礫を握った。

「やつだ！」

運転席側の男が叫び、助手席の男と一緒に車から飛び出した。

柊真は運転席の男の眉間《みけん》に鉄礫を命中させ、前方に転がった。頭上数センチを銃弾が抜けていく。

助手席の男が、サプレッサー付きの銃で連射してきた。柊真は車の下を覗きながら男と反対側に回る。

男は逃げ回る柊真を執拗に銃撃し、銃弾を撃ち尽くした。

柊真はボンネットからルーフに駆け上がる。

男はマガジンを取り替えて銃口を向けた。だが、いち早くルーフから飛び降りた柊真の拳《こぶし》が、男の顔面を粉砕した。

「どうしたものか」

着地した柊真は頭を掻いた。警察に通報はできない。とはいえ、自宅の駐車場だけに放ってもおけないのだ。とりあえず二人の男らからスマートフォンと車の鍵を抜き取ると、車の後部座席に乗せた。二人とも数時間は目覚めることはないだろう。

「そうだ」

柊真は運転席に乗り込み、車を出した。サプレッサー付きのため銃声は聞こえなかったはずだが、アパルトマンの住民に見られていた可能性はある。一刻も早く移動する必要があった。

「私です。ちょっとトラブルがありまして。手を貸してもらえませんか？」

柊真は車を運転しながら〝七つの炎〟の本部総務部長であるデロンに電話をかけた。

――デロンです。どうした？

眠そうな声をしている。狙撃されたこともあり、疲れ切っているのだろう。

電話が繋《つな》がったので、スピーカーモードにしてダッシュボードの上にスマートフォンを載せた。

「また、襲撃されました」

――なんだって！　大丈夫か！

デロンの声が裏返った。

「落ち着いて欲しい。私は大丈夫です。襲ってきた二人は倒しました」

――殺したのか！

「まだ、話は終わっていません。最後まで聞いてください！」

いちいちデロンが反応するので、苛立《いらだ》ってきた。

——すっ、すまん。

「二人男を捕まえました。数時間は気絶しているでしょう。どこかに放置してもいいのですが、このまま逃がしてまた襲撃されるのも困ります。だからと言って警察とは関わりたくないのです。どうしたらいいですか？」

紛争地なら確実に命を奪っていたが、フランス国内にいる限り法律に従って行動したいのだ。

——それなら、DGSI（国内治安総局）に知り合いがいるのですぐに連絡する。どこで接触する？

DGSIは国内のテロやサイバー犯罪を取り締まる諜報機関である。

「パリ市内には行きたくないですね。ヴィスーにあるモンジャン公園の西を通るフレンヌ通りにしましょう。あそこなら人目につきません」

新型コロナの外出規制は緩んでいるが、パリ市内の夜間の外出には警察が目を光らせているはずだ。眉間に鉄礫を当てた男は脳震盪《のうしんとう》を起こしているだけだが、もう一人は鼻の骨を折ったため、顔面血だらけである。警察官に車の中を覗き込まれたら面倒だ。

——わかった。ただし、ヴィスーまで三十分はかかるだろう。それまで待ってくれ。

「了解」

柊真は田園地帯を抜けるモンジャン道路を通り、ガール通りから道なりにフレンヌ通りに入った。右手は公園の森、左手は畑、しかも街灯はないため、深い闇に包まれている。車を停めた柊真は、トランクを開けて中を覗いた。二人の男は当分目を覚ますことはないが、何かで縛っておいた方が安心できる。トランクにロープでもあればと思ったのだ。

「……これは」

柊真は眉を寄せた。工具箱の横にある樹脂製の小さなコンテナボックスを開けたところ、中身は爆弾だったのだ。時限装置の他に携帯電話も設置されているので、リモートで爆発させることもできるらしい。

ポケットから聞きなれない呼び出し音がする。男たちから奪い取ったスマートフォンに電話がかかってきたのだ。慌《あわ》てて手に取ったが、すぐに切れた。すると、別のスマートフォンにも電話がかかってきた。仲間が男たちと連絡を取ろうとしているのだろう。二人から報告がないので、怪しんでいるのかもしれない。だが、電話に出ることはできない。今度はトランクから呼び出し音がした。爆弾に繋がれた携帯電話が反応しているのだ。

「やばい！」

柊真は横の畑に飛び降りた。

轟音《ごうおん》！

車は爆発し、巨大な炎と化す。

コロナ禍《か》の傭兵

1

二月十五日、午前九時二十五分。

防衛省の北側にあるマンション〝パーチェ加賀町《かがちょう》〟。

エントランスの厳重なセキュリティを解除した藤堂浩志はエレベーターに乗り、階数表示もない地下二階で下りた。

廊下のすぐ左手にあるドアを開けて入る。

四十平米ほどの飾り気のない空間に折り畳み椅子《いす》が整然と並び、無骨な男たちが座っていた。傭兵代理店のブリーフィングルームである。

「お疲れ様です」

男たちは浩志を見て一斉に挨拶《あいさつ》をした。彼らはそれぞれコードネームを持つ傭兵仲間である。

爆弾の専門家で〝爆弾グマ〟のコードネームを持つ浅岡辰也《あさおかたつや》、狙撃のプロフェッショナル〝針の穴〟こと宮坂大伍《みやさかだいご》、オペレーターのプロフェッショナル〝ヘリボーイ〟こと田中《たなか》俊信《としのぶ》、追跡潜入のプロフェッショナル〝トレーサーマン〟こと加藤豪二《かとうごうじ》、陸自空挺《くうてい》団出身の〝コマンド1〟の瀬川里見《せがわさとみ》、それに海上自衛隊の特殊部隊である特別警備隊の元隊員だった〝ハリケーン〟こと村瀬政人《むらせまさと》と〝サメ雄《お》〟こと鮫沼雅雄《さめぬままさお》の七人だ。

その他に米軍最強と言われる特殊部隊デルタフォースの隊員だった〝ピッカリ〟ことヘンリー・ワットと彼の部下で医師の資格を持つ〝ヤンキース〟ことマリアノ・ウイリアムスの二人がいる。彼らは、米国在住のためいつも任務先で合流することになっていた。

昨年の任務中に宮坂、瀬川、加藤、村瀬、鮫沼の五人が新型コロナに感染したが、大事には至らなかった。回復後の彼らはいずれも抗体が出来ているため、世界中にウィルスが蔓延《まんえん》している現在、貴重な戦力といえる。

「揃《そろ》っているな」

浩志は軽く右手を上げると、彼らの前に立った。

タイミングを見計らったように出入口とは反対側のドアが開き、代理店社長の池谷悟郎《いけたにごろう》が現れた。エントランスのセキュリティが解除されたので、監視カメラで浩志が来社したことを確認したのだろう。池谷は浩志に黙礼すると、部屋の後ろに立った。

「今朝方、フランスにいる柊真から現地時間の昨日午後十時四十分に襲撃されたという連絡があった」

浩志は淡々と話し始める。仲間の反応は鈍い。傭兵という仕事に危険は付きもので、命を狙《ねら》われることなど珍しくはないからだ。

「フランスとの時差は八時間だから、日本時間で午前六時四十分。今から約三時間前ということですね」

瀬川が補足した。彼は浩志の話の腰を折らないように気を遣っているのだろう。

「二度目ということだ。その日の日中にも狙撃されたらしい。問題は狙撃ポイントに5・8×21ミリ弾の薬莢が残されていたことだ」

浩志は瀬川をチラリと見て、手短に説明した。

「ええっ！」

ブリーフィングルームがざわついた。仲間の全員が、弾丸から05式短機関銃で狙撃された意味を理解し、犯人は中国の工作員である可能性が高いと悟ったということだ。

「柊真は犯人が鄧威の部下の生き残り、あるいは鄧威自身という可能性も考えて、警戒するように連絡をしてきたのだ。復讐《ふくしゅう》というのなら、俺たちが狙われてもおかしくはないからな」

浩志は小さく頷《うなず》いた。

「しかし、中央統戦部の鄧威の関係者は粛清されたと聞いています。そもそも復帰した梁羽さんが、黙っていないでしょう」

辰也が肩を竦《すく》めた。

「梁羽は総参謀部・第二部第三処のトップに返り咲いた。だが、中央統戦部は中国共産党中央委員会直下の部隊だ。裁けるのはその上部組織である中共党大会だが、現実には五年に一度開催される大会は見せかけで、実権は国家主席とその取り巻きが持っている。梁羽によれば、粛清されたのは、中国国内に残っていた鄧威の部下数人だけらしい」

浩志は梁羽とはある特殊な衛星携帯電話を使って今でも連絡を取り合っている。中国共産党の裏組織に所属し、馬用林《マーヨンリン》と名乗っていたトレバー・ウェインライトから譲り受けた物だ。

ウェインライトは浩志の目の前で狙撃されて死んだ。友人というほど親しい間柄ではなかったが、立場は違えども巨悪と闘ってきた。そういう意味では戦友と呼んでもいいのかもしれない。

「我々が倒した連中以外にも、まだ残党がいるんですか？」

辰也が改めて質問した。

「日本だけでも約五万人の中国共産党員が滞在しているが、彼らは国家安全部に定期的にレポートを出す義務がある。五万人が諜報活動しているのと同じことなんだ。正規のパスポートで入国している一般の中国人でさえ、本当に一般人かどうかは怪しいものだ」

浩志は顔色も変えずに言った。

「中央統戦部が海外で極秘に訓練した工作員は、なおさら把握できないというわけですか。日本は工作員にとって天国と聞いたことはありますが、お手上げというわけですね」

辰也は腕組みをして首を左右に振った。

「まあ、一般論じゃな」

浩志はにやりとした。

「見つけ出す方法があるんですか？」

辰也は頭を掻《か》きながら尋ねた。

「これを見てくれ」

浩志が指を鳴らすと天井に設置してあるプロジェクターが起動し、浩志の横の壁に映像を映し出した。数字とアルファベットの羅列である。

後ろに下がっていた池谷が前に出てきた。

「これは、三十分ほど前にＣＩＡから送られてきた暗号情報です。今、友恵君が解読に取り掛かっています。ＣＩＡでは一部の解読に成功しているそうで、中央統戦部が所有するケイマン諸島の銀行口座の暗号情報だそうです。鄧威は、この裏口座を自由に使っていたらしいのです。ちなみにＣＩＡでは現在の中央統戦部と区別するために捜査中の残党を

〝レヴェナント〟というコードネームで呼んでいるそうです。日本語では〝帰ってきたやつら〟という意味ですかね」

池谷は説明すると、また部屋の後ろに下がった。入手先はＣＩＡの幹部であり、浩志の妻・森美香《もりみか》の実父である片倉誠治《かたくらせいじ》である。また、誠治は国際テロ組織である対〝ＮＧＳ（ニュー・ガバメント・ソサエティ）〟の責任者として局内で独自に動いている。浩志らリベンジャーズもこれまでＮＧＳと闘ってきた。そのため誠治はリベンジャーズをバックアップしている傭兵代理店に情報を提供している。もっとも情報は、彼が信頼している友恵に直接送ってくるそうだ。

「これってＵＳドルですよね。一千万ドル単位で動いていますよ」

瀬川が桁《けた》を数えたようだ。

「中央統戦部の秘密口座は世界中にいくつもある。そのうちの一つを鄧威は与えられていたらしい。ＣＩＡでその振込先を解析中だ。それに友恵にも独自に解析を要請した」

浩志が池谷を見ると、池谷は頷いてみせた。鄧威は莫大な資金を動かしていたのだ。今後浩志らが動く際には、池谷はこの情報を使って政府から予算を引き出すことだろう。

「友恵ちゃんの方が、早く結果を出しそうですね」

辰也の言葉に仲間が笑って頷いた。

「ＣＩＡが惜しげもなく情報を出してきたのは、前回の仕事がまだ終わっていない可能性があるからだ。もし、日本も含めたアジアに鄧威とそのチームの残党がいるのなら、我々が動くべきだと思っているらしい」

前回CIAからは鄧威とチームを殲滅するように命じられていた。

「もし残党がいたら、ただ働きになるんですか？」

辰也が首を傾《かし》げてみせた。

「細かいことを言うな。重要なことは、鄧威を絶対逃がさないことだ」

浩志は苦笑した。経費は出るだろうが、ただ働きになる覚悟はいるだろう。

「冗談ですよ。コロナのせいで腕が鈍っています。やりましょう」

辰也が立ち上がって拳《こぶし》を上げて見せた。

「ゲンキンなやつだ。詳細が分かり次第、またブリーフィングをする。身辺の注意を怠《おこた》るな。以上だ。解散」

浩志は仲間全員の顔を改めて見回し、退室した。

2

午前十時三十五分、市ヶ谷《いちがや》、傭兵代理店。

浩志はスタッフルームにあるソファーに座り、コーヒーを飲んでいた。出入口近くに豆から作るコーヒーサーバーがある。池谷は豆にこだわっているため、下手《へた》なカフェに行くより美味《うま》いコーヒーが飲めるのだ。

ブリーフィングを終えて仲間は解散したが、浩志は代理店に残った。ＣＩＡから送られてきた情報の解析は順調に進んでいるらしい。自宅に帰るよりここで待った方が早く結果が得られると思い、スタッフルームに詰めているのだ。

正直言って浩志は暇を持て余していた。新型コロナが流行する前は、個人的にもリベンジャーズも多忙を極めていた。また、仕事の依頼がない場合も、タイ国軍の第三特殊部隊との契約で教官として訓練に参加することになっている。もっともリベンジャーズの訓練も兼ねているため、交通費と宿泊費などの実費とささやかな報酬を得るに過ぎないが。

昨年までタイは新型コロナの感染者が少なかったのだが、今年に入ってから急増した。渡航するにも面倒な手続きがいるため、引き揚げてきたのだ。仲間はそれぞれ別の仕事を持っており、それなりに働いているため収入面の問題はない。

浩志は代理店の紹介で、昨年の暮れに自衛隊の特殊部隊である特殊作戦群で臨時教官に就任した。とはいえ週一のためにあとの六日間は、近くのジムに通って体を鍛えている。

スタッフルームの奥の壁に百インチモニターがあり、それを中心に四十インチのモニターが無数に並んでいた。また、パソコンが置かれたデスクでは代理店スタッフの中條修《なかじょうおさむ》と岩渕麻衣《いわぶちまい》が仕事をしている。彼らのキーボードを叩《たた》く音だけが、部屋に響いていた。

さきほどブリーフィングで見た鄧威の隠し口座のデータが、中央モニターに映し出されている。友恵が解読をすでに終えているため、英文で表記されていた。その送金先の身元を、中條と麻衣が確認する作業をしているのだ。ＣＩＡでも解析は進んでおり、米国内の捜査も同時に行われているらしい。

ドアが開き、池谷が入ってきた。自分のマグカップにコーヒーを注《つ》ぐと、浩志の隣りに腰を下ろす。以前彼は下北沢《しもきたざわ》で質屋を営んでおり、裏稼業が傭兵代理店であった。市ヶ谷に引っ越ししてからは代理店社長のみとなり、普段は暇らしい。

「友恵君のおかげで作業が捗《はかど》っていますが、問題は送金先の確認ですね。調べてみると、個人の場合もありますが、企業の可能性もあるそうです。しかし、ネット上の情報だけではそれが果たして〝レヴェナント〟に関係しているのか判断はつきません。これぱかりは友恵くんでも調べようがないと思いますよ」

池谷は首を振ったが、それでも友恵はなんとか手掛かりを見つけるだろう。

「あまり期待はできないが、公安の外事課か公安調査庁なら何か情報を持っているんじゃないのか」

浩志は中央モニターを見ながら言った。

「すでに知人を介して要請しています。情報があれば、フィフティ・フィフティということで、こちらからも提供するという条件ですが。それに情報局も独自に動いているはずですよ」

池谷は上目遣《うわめづか》いで浩志を見た。国家情報局は数年前に発足した非公開の諜報機関で、内閣調査室の上部組織である。それだけに相応の権限を持ち、独自に行動することが許されていた。主に海外での情報収集を任務としている。

「情報局？　だが、あそこは秘密主義だから、他の捜査機関とは連携しないはずだ。それに外事課や公安調査庁と情報の共有をしても、やつらが動くと思うか？」

浩志は苦笑しながら言った。妻である森美香は内閣調査室の特別調査官だったが、数年前にリクルートされて情報局に勤務している。互いに極秘任務を受けるため、夫婦間で仕事の内容を話すことはない。

「〝レヴェナント〟の下部組織だと分かっても、麻薬や武器の密輸など組織に違法性がなければ動かないでしょうね」

池谷は渋い表情で言った。

「だろうな。俺たちが動かないとだめだな」

浩志は小さく頷いた。バヌアツのエスピリトゥサント島での戦闘が終わってからも、すっきりとした気分にはなれなかった。前回の任務の完了は、鄧威の死を確認することである。ＣＩＡから催促されなくても片はつけるつもりだ。

「ところで、柊真さんはフランスの襲撃犯に対処されているのですか？」

池谷は心配顔で尋ねた。二回も暗殺されそうになり、一人では手に余ると言いたいのだろう。

「明日にはフランスを発《た》つそうだ。それまで身を隠していると言っていた。なんでも南米で任務が入ったらしい」

詳しくは聞いていない。それよりも、任務が優先である。だが、柊真は自分が狙われるよりも、仲間が巻き添えになることを恐れていた。そのためにも自宅に戻らずにパリのどこかに隠れるつもりなのだろう。

「任務ですか。代理店の仕事ではなさそうですね」

池谷は口をへの字に曲げた。パリにも傭兵代理店はあるが、柊真の傭兵の登録は日本でされているため、仕事が入れば連絡がある。池谷が不服顔なのは、代理店にマージンが入らないからだろう。

「あいつは、意外と顔が広いし、パイプがあるんだ。それにフランスの襲撃犯には頼りがいのある奴が対処してくれるらしい」

柊真から夏樹が動いていると聞いている。昨年、彼らはフランス国内の中国人工作員になりすまして中国に潜入した。襲撃犯が〝レヴェナント〟に関係なくても、中国から報復される可能性はあるそうだ。それを確認すべく、夏樹は調査を始めたらしい。

「頼りがいのあるやつ？」

池谷は首を捻《ひね》った。夏樹はこれまでリベンジャーズの任務に何度か関係している。だが、彼は傭兵でないため代理店に登録していない。また、自分の情報が拡散されることを嫌い、関係者にさえ素顔を見せないなど徹底している。任務中には、夏樹は現地の協力者として報告されており、池谷に紹介したことはないのだ。

傭兵代理店で夏樹のことを知っているのは、友恵だけである。彼女にはリベンジャーズのサポートをする関係で、夏樹を紹介した。また、彼女の判断で開発したアプリの使用許可を与えるなど便宜を図っている。池谷にも必要あれば、教えるつもりだ。

「柊真の知り合いだそうだ。外人部隊時代の仲間だろう」

浩志は中央モニターを見ながら適当に答えた。

出入口のドアが開き、ヘッドホンを首に掛けた友恵が入ってきた。彼女はスタッフルームとは別に自室を持っている。そこでいつもヘビメタを聴きながら作業をするのだ。右手にマグカップを持っているので、コーヒーを淹《い》れに来たのだろう。

「藤堂さん、ちょうど連絡しようと思っていたところです。ちょっとよろしいですか？」

浩志に気が付いた友恵が、笑みを浮かべた。彼女は気分屋だが、浩志と柊真にはいつも笑顔で対応する。

「もちろん」

浩志はコーヒーカップを手に立ち上がった。

友恵は、自分のコーヒーカップをコーヒーサーバーに置いてスタッフルームを出た。池谷が何か言いたそうな顔をしていたが、友恵は気にしていない。いつものことだ。

浩志はスタッフルームの隣りにある友恵の部屋に入った。

「CIAが送ってきたデータですが、どう思いますか？」

友恵は唐突に尋ねてきた。

「どうって？　何を聞きたい？」

浩志は質問の意図が分からず、聞き返した。

「暗号化されたまま送ってきて、不親切だと思いませんか？」

額《ひたい》に手を置いた友恵は、自分の仕事机の椅子に座った。

「送られてきた時点では、CIAでも解読されていなかったと社長は言っていたぞ。一刻も早くデータを送ることで誠意を示したかったのだろう。何か見せたいものがあるんじゃないのか？」

首を振った浩志は、壁際《かべぎわ》のソファーに座った。暗号化データを送るように指示したのは、誠治である。彼は友恵なら簡単に解読できると知っているため、解読前の情報を送ってきたのだろう。

「そうですね。〝レヴェナント〟を選別するためのプログラムを作りました」

友恵は肩を竦めると、自分のデスクのモニターを指差して言った。デスクには六つのモニターが二段に並んでいる。メインのモニターにはリスト化された名前が並び、サブモニターに次々とデータがアップロードされている。

「簡単に説明してくれ」

モニターを見た浩志は、首を捻った。

「とりあえず、送られてきた口座の情報から、送金先を抜き出してリスト化し、様々な情報が自動的に分類、タグづけされるようにしました。そこから単語や数字を抜き取って数値化し、リストに優先順位をつけるようにプログラムしたのです」

友恵は淡々と言った。彼女にしてみれば簡単に説明したつもりなのだろう。

「よく分からないが、リストの上位になれば、〝レヴェナント〟である可能性が高いということなのか？」

浩志は尋ねた。

「そういうことです。情報の入力が多いほど確率は高くなりますが、現段階では正確性に欠けます」

友恵は口調も変えずに言った。

「パーセンテージは？」

「二十パーセント以下です。これでは中国の諜報機関と中国マフィアとの区別もつきません」

「それじゃ、五十パーセントを超えたら、教えてくれ」

「了解！」

友恵は可愛らしく敬礼して見せた。

「頼んだ」

浩志は親指を立てると、部屋を後にした。

3

二月十五日、午前九時五十分、パリ13区、プラス・ディタリー。

一台のタクシーが、ゴブラン通りからイタリー広場のラウンドアバウトを抜けてショワジー通りに入り、トルビアック通りとの交差点を過ぎたところで停まった。

影山夏樹は運転手に料金とチップを払うと、タクシーを降りた。

カフェやレストランが建ち並ぶ通りであるが、漢字の店名が混じっている。この辺りはパリ最大のチャイナタウンなのだ。とはいえ、チャイナタウン特有のけばけばしい派手さはない。早朝ということもあるが新型コロナによる規制もあり、シャッターを閉じている店が多い。

白髪《しらが》が混じった金髪の夏樹は口髭《くちひげ》を生《は》やし、色褪《あ》せたブルーの瞳《ひとみ》に銀縁《ぎんぶち》の眼鏡《めがね》を掛けていた。いつもの特殊メイクで、見てくれはフランス人である。

目の前に〝上海菜飯《シャンハイツァイファン》〟という中華レストランがあり、その右隣りはカンボジア料理の店、左隣りはPMホテルである。さりげなく周囲を見回して人気《ひとけ》がないことを確認すると、〝上海菜飯〟の通用口から中に入った。

段ボール箱が乱雑に積み上げられた薄暗い通路を数メートル進むと、突き当たりに鉄製のドアがある。ドア横のインターホンのボタンを押した。

――誰だ？　マスクを取ってくれ。

インターホンのスピーカーから、フランス語で尋ねられた。

「FZ北京《ペキン》保険の者だ」

マスクを外した夏樹は中国語で返した。総参謀部・第二部第三処の諜報員だという合言葉である。

――しかし……。

相手は戸惑っているようだ。表の通用口から数メートルある通路に、監視カメラと金属探知機が設置してあることは分かっていた。監視映像では夏樹が中国人に見えないためだろう。

「面倒な。IDコードは、６３４９７３１だ。確認しろ！」

夏樹は声を荒らげた。

世界各地で中国の諜報員や工作員が一般人に紛《まぎ》れ込んでおり、本国から来た諜報員の支援を目的とした〝安全的家《アンチユアンディジャ》〟を運営している。直訳すれば、セーフハウスである。もちろん、安全な隠れ家としての機能もあるが、情報や武器弾薬を無償で諜報員や工作員に提供する業務を主としていた。〝上海菜飯〟は、パリの数ある〝安全的家〟の一つである。

——確認しました。

ドアロックが解除されたので中に入ると、銃を構えた男が二人立っていた。

「〝安全的家〟が何のためにあると思っているんだ！　私を紅龍《こうりゆう》と確認した上で銃口を向けているのか！」

夏樹は激しい口調で罵ると、首の下の皮膚を摑《つか》んで剝《は》がすように脱いだ。黒髪の東洋人の顔になる。特殊メイクをした上でフルフェイスの変装マスクを被《かぶ》っていたのだ。

以前は人民解放軍総参謀部・第二部第三処の楊豹《ようひよう》という身分を使っていた。だが、昨年梁羽が拉致《らち》された際に彼の部下は粛清されるか逮捕されるかしたため、追手から逃れるために楊豹はアフリカで死亡したことにしたのだ。

紅龍は実在していた第三処の諜報員であった。彼は海外で不正な資金調達をするなど任務でもない違法な活動をしていたため、以前から梁羽が目を付けていたらしい。梁羽は解放された一ヶ月後に復帰し、処内の腐敗を一掃した。その過程で、紅龍は抹殺されている。夏樹は、その身分を新たにもらったというわけだ。

「ええっ！　失礼しました！」

変貌《へんぼう》した夏樹の顔を見て驚きの声を上げた男たちは、慌《あわ》てて銃を下ろした。

「ここの主人に会わせろ」

夏樹は二人を睨《にら》み、低い声で言った。主人とはこのセーフハウスの運営者である。

「二階の右手の部屋です」

男たちは左右に下がって道を空け、背後の階段を指差した。

夏樹は無言で二階まで上がり、右手のドアをノックした。

「どうぞ」

女性の声である。

無言で部屋に入った夏樹は、目を見張った。声の主は若い女性だったのだ。二十平米ほどの広さがある部屋の壁に沿って仕事机と椅子とスチール棚が、整然と並んでいる。

「私が若いから驚いたの？　それとも、女性だから？　後者ならセクハラね。フランス語話せる？」

机に向かって書類を見ていた女性が、顔を上げて言った。彼女の中国語の発音は少々おかしい。年齢は二十五、六歳といったところだろう。〝安全的家〟の責任者としては若すぎる。彼女の両親が亡くなったために引き継いだのだろうか。

親かその前の世代からフランスに住みついているスリーパーセル（潜伏工作員）の家族

なのだろう。スリーパーセルの家庭に生まれた子供は、適齢期になると中国に留学という形で半強制的に帰国させられる。工作員としての教育を受けるためだ。だが、フランス生まれの彼女は、中国語が苦手らしい。

「総参謀部・第二部第三処の紅龍です」

夏樹は彼女の机の前にあるソファーに足を組んで座り、フランス語で答えた。

「当セーフハウスの責任者、張欣怡《ちょうきんい》です。事前に連絡をいただければ、歓迎しましたよ。IDナンバーは確認させていただきましたが、規則ですから掌《てのひら》認証をさせてください。第三処の方は変装の名人が多いので」

張欣怡は流暢《りゅうちょう》なフランス語で言うと、机の上に小型のスキャナーを出した。夏樹は海外では素顔を曝《さら》け出すことはない。中国のセーフハウスを利用する際も変装しているので認証に時間がかかるのだ。

「用心深いな」

苦笑した夏樹はスキャナーの上に右の掌を載せた。スキャナーが反応し、点滅する。梁羽の部下で高度なプログラミング技術を持つ栄珀《えいはく》が、人民解放軍のサーバーに保管されていた楊豹の情報を紅龍のデータと差し替えている。

「確認できました。ようこそ紅龍先生。今日はどのようなご用件ですか？」

パソコンの画面を見ていた張欣怡は、言葉遣いも改めて笑みを見せた。

「昨日、2区のブルス通りで狙撃事件が起きた。使われていた弾丸は、5・8×21ミリ弾だ。使用されたのは05式短機関銃だろう。私は上層部から犯人を特定するように命じられている」

夏樹は抑揚のない口調で説明した。梁羽に連絡を取ったところ、鄧威の部下がフランスにいるのなら捜して欲しいと頼まれている。暗に始末してくれということだ。

「05式短機関銃？　まさか。あの銃は人民軍で厳重に管理されていると聞いていますが」

両眼を見開いた張欣怡は、首を振った。彼女は海外で生活しているのに中国政府のプロパガンダを信じているようだ。人民軍がいかに腐敗しているか知らないらしい。

「犯人は、フランスかあるいはEU加盟国で手に入れたのだろう。05式短機関銃はともかく、どこのセーフハウスでも5・8ミリ弾は扱っている。最近5・8ミリ弾を手に入れた工作員や諜報員はいないか知りたいのだ」

夏樹は鋭い視線で見た。

「私の記憶の限りでは、5・8ミリ弾は過去一年まで遡《さかのぼ》っても取り扱っていません。たいていの諜報員の方は9ミリパラベラム弾を使用されますから」

張欣怡は机の上のノートPCを開き、キーボードを叩いた。ノートPCの隣りに彼女のものと思われるスマートフォンが置いてある。

5・8ミリ弾を使って一番先に疑われるのは、中国人である。諜報員ならそれは避けたいところだ。そのため、中国製のハンドガンも彼らは使わない。

「それで？」

夏樹は顎《あご》を上げて催促し、さりげなくポケットのスマートフォンを操作してアプリを起動させた。近くにあるスマートフォンとペアリングさせるアプリで、傭兵代理店の友恵が開発したものだが、森本に改良させている。ペアリングされたスマートフォンのデータが森本に転送され、彼が解析できるようにしたのだ。

セーフハウスの運営者は一癖も二癖もある人物が多い。彼らの言葉を鵜呑《うの》みにするわけにはいかないので、スマートフォンをペアリングさせ、そこからセーフハウスのネットワークに侵入して調べるのだ。

「やはり、当セーフハウスでの取り扱いはありませんね」

張欣怡は首を横に振って見せた。

「それじゃ、他のセーフハウスはどうなんだ。パリだけで四つあるはずだ。私に画面を見せてくれ」

夏樹は人差し指でパソコンを指した。セーフハウスの表稼業を知っていたとしても、パソコンの回線は別になっているらしく、森本でも特定できなかった。そのため、夏樹は直接出向いたのだ。

「すみません。他のセーフハウスの情報は調べることができないのです。それにラ・デファンスを含めてパリ市内には、うちも入れて五つあります。パリは大都市ですから」

張欣怡は渋い表情で答えた。夏樹が知らない場所があったらしい。

「それじゃ、一軒ずつ聞いて回るほかないのか？　すまないが、９区以外のセーフハウスの情報をくれないか？　なぜか第三処が使えるセーフハウスは、昔からここと９区と決まっているんだ」

すでに早朝に９区のセーフハウスは訪れており、５・８ミリ弾のことも確認済みである。

「お教えしますけど、うちと９区以外のセーフハウスは第三処以外の諜報機関の担当です。直接行かれてもご利用できません。あなたの上司から各諜報機関にご連絡していただき、事前に許可を得てください」

張欣怡は大きく首を振って見せた。

「もちろんだ。門前払いを食らうのはごめんだ」

夏樹は笑って両手を振った。

「リストを表示します。データをお渡しできないので、覚えてもらえますか？　本当は、これも規則違反ですから」

舌打ちをした張欣怡はノートＰＣのキーボードを叩き、ディスプレイが夏樹に見えるようにノートＰＣを反対に向けた。画面に五ヶ所の住所と電話番号、それに責任者の名前が表示されている。夏樹は一瞬で記憶に留めた。諜報員としての特技の一つである。

「ありがとう。助かったよ」

夏樹はノートPCを元に戻した。

「ええっ、もういいんですか？」

張欣怡が目を丸くしている。

「私は優秀なんだ」

夏樹は表情もなく親指を立てた。

4

午後四時五十分、パリの西部近郊、ラ・デファンス。

夏樹はサルバドル・アランド通りでタクシーを降りた。

高層ビルが建ち並ぶラ・デファンスの西の外れ、プトー墓地よりも西に位置する街角である。

午前中にパリ9区とパリ13区のセーフハウスを訪れ、昼食は13区のセーフハウスの表の顔である〝上海菜飯〟で御馳走《ごちそう》になった。

昼食後、10区と11区のセーフハウスを訪ねている。どちらも総参謀部・第二部の管轄ではないため、梁羽から他の諜報機関に根回しをしてもらった。だが、有力な情報は得られていない。もっとも、彼らの言葉を信じることはできないので、夏樹がセーフハウスの責任者のスマートフォンをペアリングさせて、そこから森本が情報をダウンロードしてチェックしている。

パリ13区の張欣怡が言うように中国の諜報員や工作員は、5・8ミリ弾を使うことを嫌っているようだ。それに新型コロナの流行で、中国人はどこに行っても目をつけられる。諜報活動も休止しているため、銃弾の補充も必要ないのだろう。

05式短機関銃に関しては、梁羽が人民軍の管理部門に徹底的に調べさせたところ、書類上の銃の数と合致するという。ただし、中央統戦部に出荷した三百丁のうち、鄧威の部隊が管理していた百丁の所在が分からないという。

部隊が消滅してしまったために、どこで管理されていたのかも不明らしい。中央統戦部のように国外で特殊任務にあたる部隊の装備は、部隊ごとに独自のルートで国外に持ち出すそうだ。極秘の部隊だけに彼らの上層部にも搬出ルートは知らされないらしい。

柊真を狙撃した犯人は、証拠となる薬莢の始末もせずに立ち去っている。考えられることは身元が知られる心配を全くしていないのか、柊真に犯行の意図を教えたいのかのどちらかであろう。後者なら復讐ということになる。

昨年、中国に潜入するために夏樹と柊真は、パリ在住の国家安全部第二局の諜報員を二人殺害し、中国に入国してからも数名殺害している。だが、彼らに存在を知られる可能性は低い。やはり、鄧威の残党の復讐と考えるのが妥当だろう。

夏樹は交差点角に建つ十二階建てのアパルトマンのエントランスに入った。この辺りは、ラ・デファンスの中心部と違って超高層ビルはなく、緑も多い落ち着いた街並みだ。メトロやトラムなどが乗り入れているラ・デファンス＝グランダルシュ駅にも歩いて行けるので便利な場所である。ラ・デファンスで働く高所得者が住んでいるのだろう。

ガラスドアの横に、テンキー付きのインターホンがある。部屋番号の１０１２と入力し、呼び出しボタンを押した。パリ市内にある最後のセーフハウスである。他のセーフハウスは設立から三十年から四十年経《た》っており、スリーパーセルが運営している。だが、ここは歴史も浅く、国家安全部第十局である対外保防偵察局が運営していた。

対外保防偵察局は、外国駐在組織や留学生の監視や反政府組織などの偵察を主たる任務としている。簡単に言えば、中国人が海外に出て自由思想に感化されないように監視する組織だ。ラ・デファンスのセーフハウスは政府から派遣された局員をサポートする役も担っているため、他のセーフハウスとは違うそうだ。

――アロー！　どちら様ですか？

フランス語の挨拶である。

「ＦＺ北京保険の者だ」

夏樹もフランス語で答えた。フランス人に見える特殊メイクマスクは外している。

——请进《チンジン》！（どうぞ、お入りください）

返事が中国語に切り替わり、ガラスドアのロックが外れる。

「謝謝《シェイシェイ》」

夏樹はガラスドアを開け、数メートル先のエレベーターに乗り込んだ。

十階で下りると廊下を進み、１０１２号室のインターホンを押した。

ドアが開き、三十代半ばと思《おぼ》しき男が顔を覗《のぞ》かせた。夏樹の顔をじっと見据えている。

「私の顔に何かついているのか？」

夏樹は目を細めて見つめた。

「……紅龍さんですよね？　あなたと四年ほど前に会ったことがあります。その時の印象と違うから確かめているのです」

男は首を傾げてみせた。他人に成りすますのに苦労するのはこんな時だ。だが、曖昧《あいまい》に答えればかえって怪しまれる。

「私は記憶にない。どうでもいいが、私を廊下に立たせたままで、ここが不審な場所だと思われてもいいのか？」

廊下の左右を見た夏樹は、男を睨みつけた。紅龍という男を名乗るために、梁羽から百五十ページほどの資料をもらっている。紅龍の生年月日や出生地から始まり、彼が任務でどんな人間と接触していたかということまで記されている膨大なデータだ。夏樹は数時間で読みこなして頭に入れている。いくら似た顔に変装したとしても、紅龍のことを知らなければ、成りすますことはできないからだ。

「すみません」

男はドアを開いて後ろに下がった。

「四年前というと、私は七月までベルリンに勤務していた。八月からベルギーに異動したんだが」

夏樹は腕組みをして首を捻った。紅龍の資料の二〇一七年の項目を思い浮かべている。

「ベルリンです」

男は試すように答えた。実際、夏樹の顔に違和感を覚えているのだろう。

「ひょっとすると、大使館で行われたレセプションパーティーのことかね？」

遠い目をしていた夏樹は尋ねた。

「えっ、ええ、そうです。思い出されましたか？　大使館で武官の秘書をしていた安洋《あんよう》です」

安洋は戸惑いながらも答えた。武官の秘書というと聞こえはいいが、おそらく雑用係だろう。

「すまない。王《おう》武官は覚えているが、あの時は人が多くてね。記憶が曖昧なんだ」

夏樹は苦笑した。大使館でレセプションパーティーに出席した記録だけは知っている。それ以上の情報は資料に記載されていなかったのだ。

「あなたは王武官と握手されていました。その横に私はいたんです。記憶がないのも無理はないですね」

安洋は首を振って笑った。夏樹が先に武官の名前を言ったので安心したのだろう。

「私は二年前に交通事故に遭ってね。顔の造作が少し以前と違っているんだよ。それより、責任者の高剣《こうけん》先生に面会させてくれ」

夏樹は顎を上げて古い傷痕を見せた。これも特殊メイクである。疑われた場合に備え、傷痕を目立たない場所に作っておくのが、コツなのだ。

「失礼しました。ご案内します」

安洋は廊下の奥へと進み、突き当たりのドアをノックした。途中にドアが四つあった。あらかじめ不動産会社のホームページにアクセスして、間取りは確認してある。５ＬＤＫ百六十八平米となかなか広い。

「入ってくれ」

低い男の声に従って部屋に入った。

十六平米ほどの部屋に仕事机とソファーが置かれている。机のすぐ後ろに壁があり、ドアがあった。設計図では二十八平米とあったので、部屋を仕切るための壁を作ったのだろう。

「総参謀部・第二部第三処の紅龍です。掌認証はしなくていいんですか？」

夏樹は仕事机の椅子に座っている男に挨拶をし、笑みを浮かべた。男は三白眼の鋭い目つきをしている。どこのセーフハウスでも認証を義務付けられているのだ。

「当施設の責任者、高剣です。部下が確認をとったようなので大丈夫でしょう。それにしても第三処の方が訪ねてくるのは、珍しい。ご用件は？」

高剣は鋭い視線を向けてきた。階級は警視に相当する一級警督で、多言語を話すことができる切れ者らしい。

「昨日、2区のブルス通りで狙撃事件が起きました」

夏樹は他のセーフハウス同様、事件の状況を説明し、使用された弾丸、5・8×21ミリ弾と05式短機関銃について尋ねた。

「残念ながら、うちとは関係ありませんね。というのも、国家安全部第十局の職員は武器を携帯しないんですよ。私たちの仕事はあくまでもフランスにいる職員に情報を提供したり、生活をサポートすることです。武器どころか弾薬の提供もしていません。セーフハウスの形を取っていますが、別に極秘の施設ではないんです」

高剣は太い声で笑った。夏樹の掌認証をしなかったのもそのためだろう。

「そうですか。それでは上司に報告しますので、電話をかけさせてください」

夏樹は溜息《ためいき》を堪《こら》えてスマートフォンを出すと、電話をかける振りをして高剣のスマートフォンとペアリングさせた。

「せっかくいらっしゃったのなら、美味《おい》しい中国茶を御馳走しますよ」

高剣は右手を伸ばし、ソファーを勧めた。

「結構です。他にも回る場所がありますので」

首を振った夏樹は、高剣の部屋を後にした。

5

午後九時四十分、パリ17区。

小雨《こさめ》降る中、ホンダＸＲ１２５Ｌに乗る柊真は、ベルティエ通りからアンドレ＝シュアレ通りに左折する。

夕暮れとともに降り始めた雨は、乾燥した埃《ほこり》っぽいパリの街をしっとりと濡《ぬ》らした。グローブに防滴のライダージャケットを着ているので雨はさほど気にならないが、二度という気温は骨身に染《し》みる。

正面の左手に近代建築のパリ市高等裁判所が見える。新しい建築物が次々と建設されている開発エリアだ。ある意味、パリらしさを感じられない場所ともいえる。

通りに入って数十メートル先の右手にあるスロープを下りた柊真は、〝ティムホテル〟の地下駐車場にバイクを停めた。

昨日は二度も命を狙われたため、柊真は早朝からバイクを飛ばしてパリを離れてフランス北部のマルヌ県、リリー＝ラ＝モンターニュに住む知人を訪ねた。

マキシム・ジレスという第二外人落下傘連隊で直属の上官だった人物だ。気難しい男であるが、外人部隊を退役してからも何かと世話になっている。彼は数年前に退役し、今はブドウ農園のオーナーとして悠々自適の生活を送っていた。

柊真は、日が暮れるまで農園の手伝いをして時間を潰《つぶ》した。おかげでパリ市内を逃げ回るより、有意義に過ごすことができた。

駐車場からバックパックを背に一階に上がり、フロントの前に立った。

「予約していた。マニュエル・香山《かやま》です」

柊真はフロントで偽名のクレジットカードを出した。ハッカーの森本に頼んで作ってもらったもので、金は偽名で開設した銀行口座から引き落としになる。本名やいつも使っている外人部隊時代のアノニマ（偽名）のどちらも、狙撃してきた犯人には知られている可能性があるからだ。

「伺っております。メッセージが届いておりますよ」

フロント係はクレジットカードを受け取ると、封筒を渡してきた。

「むっ！」

右眉《まゆ》を吊《つ》り上げた柊真は、周囲を見回した。三つ星ホテルの狭いロビーに客はいない。

柊真は封筒をジャケットのポケットに入れ、宿泊カードにサインした。

「五〇八号室です。おやすみなさい」

フロント係はキーカードとクレジットカードを渡してきた。

「ありがとう」

柊真はキーカードとクレジットカードを受け取り、エレベーターに乗った。ポケットから封筒を出し、中のメッセージカードを見た。〝八一二号室、ｂｙバラクーダ〟と記されている。

「そういうことか」

柊真は鼻息を漏《も》らすと、五階ではなく八階のボタンを押した。メッセージカードを残したのは夏樹に違いない。彼は魚の名前のコードネームをよく使う。

八階で下りるとまっすぐ八一二号室まで行った。バックパックを左手に持ち、ドアをノックする。

「どうぞ」

聞き覚えのある声とともにドアが開いた。

柊真は部屋に足を踏み入れた瞬間、前方に飛んで床に転がる。

「さすがだね」

ドアの陰に立っていた素顔に近い夏樹が、僅《わず》かに口角を上げた。右手に銃を持っている。

「人が悪いですよ」

膝《ひざ》立ちになった柊真は、右手を前に構えていた。その手には鉄礫《てつつぶて》が握られている。夏樹は音も立てず息も殺していたのだが、長年武道で鍛えあげた五感で察知したのだ。

「チェックインして、そのまま来たんだろう。無用心だから、少々警告しようと思ったんだが、老婆心だったようだね。危うく、君の鉄礫を食らうところだったよ」

「油断していました。魚のコードネームなので、間違いないと思ったんです。先に電話で確認するべきでした。影山さんじゃなかったら、殺されていたところです。それにしても、私の居場所がよく分かりましたね」

柊真は立ち上がると鉄礫をポケットに仕舞った。

「すまないが、マジック・ドリルは私が管理している。私が知りたい情報を彼は拒めない。君が例のクレジットカードかその名前を使った時点で行動が分かるんだ」

夏樹はカーテンが閉じられた窓際の椅子を勧めると、ミニテーブルに載せてあるウィスキーのボトルを手に取った。二つのグラスにウィスキーを注《つ》いでいる。まるでバーテンダーのように手際が良い。

夏樹は日本で活動していた森本をパリに呼び寄せ、自分の隠れ家の一つであるアパルトマンを住居兼仕事場として与えている。森本は自由に活動しているが、夏樹専用のスタッフなのだ。森本に仕事を依頼すれば、夏樹と情報を共有したことになるらしい。

「何か、問題でもあったのですか？」

柊真は夏樹の手元を見ながら尋ねた。夏樹とは親しいが、だからと言って柊真の前に突然現れるようなことは決してしないはずだ。

「どうやら狙撃犯が見つけられそうなのだ。そこでちょっと手を借りたいと思ってね」

夏樹はグラスの一つを柊真に渡し、自分のグラスを手にベッドに腰を下ろした。

「明日、任務でパリを離れます。それまでなら動けますけど……。すみません。自分を狙ってきた犯人なのに勝手なことを言って」

柊真は戸惑いながらも答えた。輸送機に乗り遅れたくはないからだ。

「任務が優先、それは分かっている。今日中に片付けるつもりだ。私一人でも大丈夫だが、二人なら手間が省けるからね」

夏樹は口角を僅かに上げて笑った。

6

二月十六日、午前一時二十分、パリ環状道路を走っていたシトロエンのコンパクトSUV、C3が国道13号線のトンネルに入る。

長い地下トンネルを抜けてピュトー島に架かるヌイイ橋でセーヌ川を渡り、対岸に出た。

黒縁の眼鏡を掛けた柊真がハンドルを握り、助手席に夏樹が座っている。夏樹は金髪にブルーの瞳を持つフランス人に扮《ふん》していた。柊真との打ち合わせを終えた夏樹は、出がけにフルフェイスの特殊メイクマスクをしたのだ。柊真の眼鏡は夏樹から借りた物で、CIAなどの諜報機関が使う顔認証を妨害する特殊なレンズが嵌《は》められている。

国道13号線はラ・デファンスの超高層ビル群の中をループし、ヌイイ橋に繋《つな》がる。ラ・デファンス内の小さな環状道路のようなものだ。

柊真はヌイイ墓地脇で国道13号線から県道23号線に入り、ラ・デファンスの西の外れに出る。そのままプトー墓地の西端を通って3フォンタノ通りに左折し、ビルの工事現場の傍に車を停めた。

「この辺で大丈夫ですか？」

柊真は周囲を見回しながら尋ねた。夏樹から目的地を簡単に説明されただけだが、迷わずに来られた。パリは裏通りまで頭の中に入っているのだ。

「さすがだ。君なら一流の諜報員になれるよ。ここは監視カメラの死角になっているんだ」

頷いた夏樹は、書類バッグを手に車から降りた。

「タクシー運転手なら自信がありますが」

苦笑した柊真も車を離れた。フランス外人部隊で国内最強といわれる特殊部隊のGCP（空挺コマンド部隊）で過酷な軍事訓練だけでなく、敵地での諜報活動の方法も学んだ。情報収集することで、有利に活動するためである。だが、夏樹のような〝超〟が付くほど優秀な諜報員を見ていると、足下にも及ばないと思うのだ。

二人は1ブロック移動し、サルバドル・アランド通りの交差点角にあるアパルトマンの前に立った。ここは国家安全部第十局が管理するセーフハウスで、当初夏樹は事件と無関係だと思ったらしい。

夏樹は他のセーフハウスの責任者と同様、高剣のスマートフォンともペアリングしていた。高剣のデータを解析したところ、銀行のアプリがあったそうだ。アプリで口座を参照し、ケイマン諸島にある銀行から十万ユーロ（約千三百四十万円）振り込まれていたことが判明した。日付は、柊真が狙撃された前日である。

夏樹はすぐさま栄珀に高剣の経歴を調べさせた。彼は国家安全部第十局に転属になる前は、南京《ナンキン》軍区の特殊部隊〝飛龍《ひりゆう》〟に所属していたらしい。格闘技はもちろん狙撃の腕も優《すぐ》れ、高剣が狙撃犯という可能性が出てきたのだ。

柊真は出入口付近にある監視カメラから顔を背けた。

「大丈夫だよ。ジャミングしている」

夏樹はポケットから無線機のような物を出して見せた。小型のジャミング装置だ。夏樹はガラスドアの横にあるインターホンのテンキーに、四桁の暗証番号を入力した。ロックが外れる。あらかじめ、ビルの管理会社のサーバーを調べ上げ、セキュリティをはじめ、様々な情報を得ているようだ。

「急ごう」

夏樹はドアを開け、小走りにエレベーターに乗り込む。

柊真も乗ると、ドアは閉じた。

「先に渡しておくよ」

夏樹はジャケットのポケットから小型の銃を出して渡してきた。グロック26である。

「ありがとうございます」

柊真は遠慮なく受け取るとマガジンを確認し、ポケットに入れた。

二人は十階で下りると、1012号室の前で立ち止まった。

夏樹は書類バッグから銃の形をしたピッキングガンを出し、先端を鍵穴に差し込んでトリガーを二、三度引いてロックを解除した。

柊真は銃のスライドを引き、部屋に足を踏み入れる。夏樹は銃身がやや長い銃を握り、柊真に続くと音を立てないようにドアを閉めた。

廊下の突き当たりまで四つのドアがある。

銃を構えた柊真は、手前のドアを開けて中を確認した。十六平米ほどの部屋にベッドがあり、男が眠っている。柊真は男の首筋に強烈な手刀を打ち込んで気絶させた。振り返ると、夏樹は部屋を出て行く。交互に援護しながら突入するということだ。

夏樹は向かいの部屋のドアを開けた。すかさず柊真は背後で銃を構える。先ほどと同じ広さの部屋にベッドが二つ、小さなテーブルを挟んで男たちがベッドに座っていた。カードゲームをしているらしい。

「なっ！」

男たちが同時にこちらに顔を向ける。

夏樹は次々と男たちを銃で撃った。サプレッサーのように空気が抜けるような銃声を立てる。発射されたのは羽付きの弾丸で、男たちは白目を剝いて倒れた。彼が使ったのは、麻酔銃のようだ。

「ほお」

苦笑した柊真は右手を前に出し、夏樹を先に行かせた。拳銃を使わないで済ませられるのなら、それに越したことはない。

「突き当たりが高剣の部屋で、あとは食堂とバスルームだ」

夏樹は歩きながら廊下にある食堂とバスルームのドアを開けて中を確認した。

さらに突き当たりのドアも開けて踏み込み、その後ろに柊真が続いた。

十二平米ほどのスペースに、執務机とソファーが置いてある。他の部屋よりも狭い。

銃を構えたまま柊真は首を捻った。

夏樹は銃を左手に持ち替えて壁を調べた後、柊真に奥の左端に立つように合図をした。

壁の向こうに何かあるらしい。今度は、机の周囲を調べている。

「ここか」

夏樹は机の下に手を入れた。

小さな機械音がし、柊真の前の壁が開いた。隠しドアがあったのだ。

柊真は銃を構えると、隠しドアを蹴《け》って突入した。

十六平米ほどの広さがあり、カーペットが敷かれ、ベッドとテーブルが置かれている。

柊真は別のドアだけでなく、ウォークインクローゼットも調べた。この部屋だけトイレとシャワールームもあるが、誰もいない。奥には全面ガラスのベランダがあるが、ガラスドアは内側から鍵がかかっている。ベランダに出た様子もない。

「慌てて逃げたようだ。ジャミングが察知されたのかもしれない」

　夏樹は険《けわ》しい表情で部屋の中を見回している。テーブルの上に氷とウィスキーが入ったグラス、それに灰皿の上に火が点《つ》いたままの煙草《たばこ》が残されていたのだ。

「この状態なら、まだ一、二分というところでしょう。どこかですれ違っていてもおかしくないですよ」

　柊真は煙草の灰を見て言った。

「これを見てくれ」

　夏樹はベッドの下を指差した。ベッドの脚に沿ってカーペットに引き摺《ず》った跡がある。

　柊真はベッドを手前に移動させた。すると、ベッド下の床に四角い穴が開いており、梯《はし》子《ご》が下ろされているのが目に飛び込んできた。

「しまった。下の階と繋がっていたのか」

　穴を覗き込んだ夏樹が梯子に足をかけた。柊真も階下に下りる。普段は使っていないらしく、家具類はない。出入口に金属製の箱が置いてあるだけだ。

「箱は私が調べる」

　夏樹はポケットからナイフを出し、金属製の箱のカバーを外す。

「やられましたね。このドアは外側に何か置かれているので、開けることができません。上の階に戻りましょう」

出入口のドアを確認した柊真は、首を振ると夏樹の傍に立った。鍵が掛かっているわけではないが、ドアの隙間から大きな物が置かれているのが見える。

夏樹は箱のカバーをこじ開け、両手で持ち上げた。

金属製の箱の中に配線に繋がれたデジタル時計がある。数字は〝00……30〟からさらに減っていく。

「まずい！」

柊真と夏樹が同時に声を上げた。

「梯子を上っている暇はありませんよ！」

柊真は振り返ってガラス窓を見た。

「分かっている。ベランダから下の階に飛び下りるんだ！」

夏樹はガラス窓に麻酔銃を投げて割ると、ベランダに飛び出した。

柊真も走りながら窓ガラスに銃弾を浴びせて割り、そのままベランダから飛び降りる。

轟音《ごうおん》。

凄《すさ》まじい炎と爆風が九階と十階の部屋から吹き出した。起爆装置は、他の場所に仕掛けられた爆弾と連動していたのだ。証拠を残さないように自爆装置が設置されていたに違いない。慌てて上階に逃げていたら、二人とも命を落としていただろう。

「大丈夫ですか？」

柊真は八階のベランダの手摺りに片手でぶら下がり、右手のグロックをポケットに仕舞った。数メートル離れたベランダの手摺りには夏樹が両手で摑まっている。飛び降りる際、上階の手摺りに手を引っ掛けて垂直に下りるようにした。身体能力が高くないとできないことだが、何よりも判断力と冷静さが求められる。

「危うかったな」

夏樹は珍しく笑って答えた。

ギアナの捜査

1

二月十六日、午後四時四十分、マルティニーク・エメ・セゼール国際空港。

フランスの海外県マルティニークの首都フォール＝ド＝フランスにある空港で、カリブ海の西インド諸島の一つである。

柊真とケルベロスの仲間を乗せたフランス空軍の輸送機エアバスA３１０は、予定通りエヴルー＝フォヴィル空軍基地を午後一時半に離陸し、九時間近くかけて給油のためエメ・セゼール国際空港に到着した。ギアナのカイエンヌ・フェリックス・エブエ国際空港へは、ここから二時間半ほどのフライトである。

エアバスA３１０は中型の双発ジェット機で、座席数こそ少ないが旅客機と同じシートがある輸送機である。ギアナの宇宙ステーション基地に勤務する職員と家族を乗せるためのものらしい。C130―Hのような貨物室の折り畳みシートを覚悟していたが、意外にも長時間の移動でも快適である。

新型コロナの流行で、民間機だけでなく空軍機にも規制がかかっており、ギアナ行きは月一の便だったらしい。

昨夜、柊真と夏樹は、ラ・デファンスの国家安全部第十局が管理するセーフハウスを急襲した。その際、監視映像を妨害するためにジャミング装置を使っていたのだが、それを察知したらしく高剣に逃げられてしまった。スマートフォンが繋がらないことで、ジャミングされていると思ったに違いない。

高剣は脱出時に階下の部屋に時限爆弾を設置していた。タイマーを三、四分に設定したのだろう。柊真と夏樹が発見したときには、三十秒を切っていた。ベランダから飛び降りて難を逃れたが、二人とも常人離れした身体能力を持っていたからできたことである。

アパルトマンを撤収した二人は尾行の有無を確認するため、すぐにはパリに戻らずに二時間ほど郊外をドライブした。

高剣が国家安全部第十局の正規の仕事以外に、裏稼業を持っていたことは確実だろう。軍から極秘の任務を帯びていたとしても、部下まで殺害するはずがないからだ。

ホテルに戻ると、午前五時を過ぎていた。夏樹は柊真を車から降ろすと、そのまま立ち去った。ホテルにはチェックインしただけで、持ち込んだのはウィスキーのボトル一本、他に荷物は置いていないらしい。夏樹はこのまま単独で高剣を追うそうだ。梁羽から鄧威と彼の部下を捜索するように要請されたという。柊真は一時間ほど仮眠を取って、エヴルー＝フォヴィル空軍基地に向かった。

出発前に新型コロナのワクチンを接種するため、乗客は遅くとも午前八時までには基地に入るように命じられていた。ギアナもそうだが、マルティニークも人口が少ないため、ウィルスの水際《みずぎわ》対策が出発前から行われているのだ。

「出国前にワクチンを打ったのに、ＰＣＲ検査と抗体検査なんて厳しすぎないか？　もたもたしていると日が暮れるぞ」

セルジオは文句を言いながら折り畳み椅子《いす》に座った。

空港ロビーの一角に設けられた検査場で、輸送機に乗っていた乗客と乗務員はＰＣＲ検査を義務付けられていた。ＰＣＲ検査と抗体検査の結果が出るまで、検査場からの移動を禁じられている。

検査場の周囲はＨ＆Ｋ　ＨＫ４１６を提《さ》げた兵士が、誰も出入りできないように警備していた。島外からの来訪者は、安全を確認するまで軍の管理下に置かれるのだ。

「出国前って、おまえ、いつフランスから出たんだ？」

セルジオの隣りの椅子に座っているマットが笑っている。柊真らはパスポートを持参しているが、マルティニークやギアナもフランス領なので出国したわけではない。

「細かいことを言うなよ。ワクチンを打って、十二時間以上経《た》っている。免疫はもうあるんじゃないか？」

セルジオは苛立《いらだ》ち気味に言った。任務地を前にして足止めを喰らっているので腹を立てているのだろう。

「ワクチンの効果が出るのは二週間後らしい。それ以前に行動するんだ。向こうも神経質になるのは当たり前だ。どのみち今日はマルティニーク泊まりだ。急いでも仕方がないだろう」

柊真は二人を横目で見て言った。

Ａ３１０の給油は間もなく終わるだろう。だが、ギアナに着く前に日が暮れてしまう。カイエンヌ・フェリックス・エブエ国際空港は、夜間に発着するための設備が整っていないのだ。そもそもフランスからの出発時間が午後に設定されているのは、ギアナに到着するまでにワクチンの効果を少しでも高めるためだろう。マルティニークで一泊することで、時間を稼ぐのだ。

「それよりも、早く飯を食いたい」

それまで無言だったフェルナンドが口を開いた。

柊真も含めて仲間は、エヴルー＝フォヴィル空軍基地で輸送機に乗る前に各自で朝食を摂っている。

移動中の機内では柊真らにも正規軍と同じクルーミール（乗務員用食事）が出た。機内食といえば聞こえがいいが、軽食に過ぎない。そのため、皆腹が空《す》いているのだ。

「ガイド次第だな」

柊真は、ＰＣＲ検査の順番を待つ軍人を見て鼻先で笑った。アルベール・ウリエ、第三外人歩兵連隊の連隊本部に所属する少尉である。

今回の任務は、ギアナ宇宙センターの所長であるカンデラが、〝七つの炎〟に依頼した娘の捜索だ。そこで、〝七つの炎〟はギアナに駐屯する第三外人歩兵連隊に協力を仰いだのだが、連隊本部の中には捜査を外注したことに面子《めんつ》を潰《つぶ》されたと捉えた者もいるようだ。

ウリエはもともと今日の輸送機でギアナに戻る予定だったが、急遽《きゅうきょ》柊真らの案内役に任じられたらしい。

「ガイドが来たぞ」

セルジオがわざとらしく小声で言った。

ＰＣＲ検査を終えたウリエが、こちらに大股《おおまた》で近付いてくる。

「君らをこれからホテルに案内する。検査結果は分かり次第、伝える。ただし、陰性と判明するまでホテルからは一歩も出ないように」

ウリエは命令口調で言った。彼は案内係ではなく、柊真らの上官を気取っているらしい。柊真らは傭兵ではなく、予備役の第六中隊の兵士ということになっている。

「ウィ、ムッシュ！」

セルジオとマットとフェルナンドの三人が同時に立ち上がり、ウリエにわざとらしく敬礼した。

「なっ！」

ウリエが両眼を見開き、たじろいだ。馬鹿にされたことは分かったようだが、怒るより先に驚いたらしい。彼の身長は一七八センチほどで、鍛えているのだろうが軍人としては普通の体型というより華奢《きゃしゃ》である。一八五センチ前後のプロレスラーのようなセルジオらに圧倒されたに違いない。実戦を経験した兵士との違いは歴然なのだ。

「そういえはリーダーも少尉でしたね。ただ、昇格したのは確か五年前じゃなかったかな。どっちが先任ですかね」

セルジオが馬鹿丁寧に言った。暗に柊真の方が、上だと言いたいのだろう。

「いい加減にしろ」

柊真は立ち上がり、啞然《あぜん》としているウリエの腕を軽く叩《たた》いた。

「えっ？」

ウリエが首を捻《ひね》った。

「案内してくれ」

柊真は検査場の外を指差した。

2

二月十七日、午前六時、台北《タイペイ》。

浩志は台北商旅大安館《レスイーツダアン》の一室で、いつもと同じ時間に目覚めた。

とはいえ、一時間早い日本時間での話だ。毎朝、五時に起きて十キロ走り、自宅に戻ってウエイトトレーニングをする。午前中に二時間のトレーニングをこなすのが日課だ。新型コロナの流行で、それまでより一時間早く行動することで人との接触を避けてきた。

浩志は新型エボラウィルスの抗体があり、それは新型コロナウィルスに対しても有効だと米国のCDC（米国疾病予防管理センター）からもお墨付きを得ている。それでも気を配ってきた。

だが、今日のトレーニングはできそうにない。なぜなら、昨日台湾に到着し、強制的に台湾政府が指定する防疫ホテルにチェックインしたからだ。台湾では海外からの渡航者には、PCR検査をし、政府指定の防疫ホテルで二週間の隔離期間が設けられる。むろん外出は禁止される。

台湾は新型コロナの発生源である中国に地理的に近いが、厳しい防疫態勢でウィルスの蔓延《まんえん》を防いでいる。その成功の秘訣《ひけつ》は、中国を仮想敵国として国民を統制する態勢にあるのだろう。

二〇一九年末に中国の武漢《ぶかん》で発生した新型コロナの流行に伴い、二〇二〇年一月二十二日、台湾の出入国管理は、中国湖北《こほく》省への団体旅行と中国湖北省からの台湾訪問を禁止した。二月六日には中国全土からの入国を禁止するという迅速な対処をしている。同時にマスクの買い占めを禁止してマスクマップシステムを短期間で完成させて供給態勢を整え、新型コロナの情報サイトを立ち上げるなど、防疫態勢を徹底させた。

一方、日本の外務省は北京の日本大使館のホームページに安倍《あべ》首相が中国の春節（旧正月）を祝うとともに、多数の中国人の訪日を促《うなが》す内容を掲載したのだ。オリンピック前に習近平《しゅうきんぺい》国家主席の来日予定があり、それを盛り上げるための安倍首相のリップサービスであった。だが、不謹慎だと批判を受けると、外務省は一週間で掲載を削除した。ところが、入国を禁止するどころか、中国人観光客を大挙して来日させる結果となる。

その後、総額二百六十億円も使っていわゆる〝アベノマスク〟を海外に発注し、旅行業界や飲食業界の売り上げを伸ばすために〝Ｇｏ　Ｔｏ〟というクーポンを発行するなどした。次々と愚策をこうじて医療機関への補助を蔑《ないがし》ろにし、国内でのパンデミックを助長させて新型コロナを国中に蔓延させたのだ。

浩志はベッドから下りると、窓に掛かるカーテンの隙間《すきま》から外の景色を見て溜息《ためいき》を吐《つ》いた。空はどんよりと曇り、おまけに雨まで降っている。

部屋は四十二平米のデラックススイートルームで、カーペットが敷かれたベッドルームには洗面所とシャワールームがあり、板張りのリビングルームにはソファーやワークデスクもある。四つ星の防疫ホテルに文句はない。空模様を見たところで気分が変わるわけでもないが、外出できないストレスが溜息を誘う。

「雨が降っているの？」

クイーンサイズのベッドで毛布に包《くる》まっている美香が体を起こして尋ねた。

「嫌な天気だ。関係ないけどな」

浩志はカーテンの隙間を閉じた。

「ご機嫌斜《なな》めね」

美香は腕を伸ばしてまた横になった。

「運動不足を心配しているんだ」

浩志は床で腕立て伏せをはじめた。

鄧威の隠し口座から振込先をリスト化し、それを友恵が作ったプログラムで数値化して〝レヴェナント〟である可能性が高い順にリストを再度作成した。日本の個人、団体もリストに載っていたが、三十％前後と確率は低かった。だが、台湾に確率が八十％を超える団体があったのだ。

だからと言って台湾政府に情報だけ送って捜査を依頼することはできない。中国の工作員がどこにいるか分からないからだ。そこで、日本の国家情報局のパイプを使って台湾政府に麻薬密輸の捜査とし、〝特別入境（国）許可〟を取った。浩志と美香は麻薬Ｇメンという肩書である。

だが、捜査の許可は得られたものの、ワクチンを接種した者、あるいはウィルスの抗体を持っている者が二名という条件が付けられた。

浩志は新型エボラウィルスの抗体があり、それは新型コロナウィルスに対しても有効だと米国のＣＤＣからもお墨付きを得ている。美香は中国製ではあるが身分の高い共産党員用の安全性も有効性も高いワクチンを二度接種していた。また、彼女は中国語だけでなく数ヶ国語の話者である。中国で活動するのなら彼女の力を借りるに限る。そのため、二人で捜査することになった。澤村蓮《さわむられん》、恭子《きょうこ》という名前のパスポートで入国している。

「何をしているの？」

美香が気怠《けだる》そうに尋ねた。

「二週間もここに缶詰になるんだろう？　体が鈍らないようにしているんだ」

浩志は腕立て伏せをしながら言った。

「そんなことにはならないわ。台湾の警察局が便宜を図ってくれるはずよ」

美香はベッドに横になったまま答えた。日本の警察庁に相当する、台湾の内政部警政署刑事警察局が対応することになっている。

「ほんとうかなあ」

浩志は顔だけ美香の方を向き、腕立て伏せを続ける。

ベッド脇の内線電話が呼び出し音を上げた。

「はい、そうです。……分かりました」

受話器を取った美香は英語で答え、笑顔で受話器を戻した。

「まさかとは思うが」

浩志は右眉《まゆ》を吊《つ》り上げ、首を捻った。

「PCR検査をして欲しいって」

美香は下着姿のままベッドから下りた。

「昨日もしたじゃないか」

鼻息を漏《も》らしながらも浩志は、腕立て伏せをやめない。腕立て伏せ五十回、腹筋五十回、スクワット五十回をワンセットとしている。

「今回の検査で陰性だったら、外食もいいそうよ」

美香は着替えながら親指を立てた。

3

午前九時四十分。

マスクをした浩志と美香は、台北商旅大安館を出て小雨《こさめ》降る忠孝《ちゅうこう》東路の歩道を歩いていた。一月、二月の台湾は、弱い雨がよく降る。

気温は十二度だが、雨のせいで体感温度はさらに低い。

PCR検査が陰性という結果を受け、日本の厚生労働省に相当する衛生福利部の疾病管制署から外出許可を得られた。彼らは浩志らの事情を警察局から聞かされており、二人に対して特別の措置をしたらしい。

食事はホテル内のレストランでもできるが、美香の希望で外食することにしたのだ。だが、ホテルから半径三キロ以上は離れないようにと言われている。

「自由にしてくれるわけじゃないようね」

通りを歩きながら美香が文句を言った。

「二週間のところを二日に短縮したんだ。文句は言えないだろう」

浩志は苦笑した。ホテルから一人の男が、十五メートルほどの距離を保って尾行している。撒《ま》こうと思えばできるが、気付かない振りをしている。尾行がおそろしく下手《へた》なので、疾病管制署の職員なのだろう。

「警察局はいつ接触してくるんだ?」

台湾に入国してすぐに捜査ができないことは覚悟していた。だが、暇を持て余すのは、勘弁して欲しいのだ。

「もう衛生福利部から警察局に連絡は行っているはず。今日中に接触してくるわ」

美香は脇目も振らずに歩いている。彼女は若い頃から世界中を旅している。台北も裏通りまで熟知していた。もっとも彼女の場合、旅の目的は美食である。

ひたすら忠孝東路を西に進む。美香に少々遠いと言われたが、運動になるからと歩くことにしたのだ。

「ひょっとして、尾行者をからかっているのか?」

浩志は赤信号で立ち止まった杭州《こうしゅう》北路との交差点で思わず尋ねた。すでに二キロ近く歩いているからだ。

「それもあるけど、朝食は一日の始まりよ。陳腐なファーストフードを食べるような真似《まね》はしたくないの。それに美味《おい》しいご飯を食べるには、事前の運動が大事なの」

美香は意に介さず、青信号で歩き始めた。

1ブロック先の紹興《しょうこう》南街との交差点角には華山《かざん》市場、道路を挟んで北側に善導寺《ぜんどうじ》がある。市場と言っても台湾では珍しい十階建てのビルの一階に収まっている。浩志も美香ほどではないが、台湾には任務で入国したこともあるのでそこそこ知っている。

横断歩道を渡った美香は交差点を左に曲がり、紹興南街沿いにある市場の出入口に続く行列の最後尾に並んだ。

「この列はなんだ？」

浩志は列に並ぶ意味が分からずに尋ねた。市場に行列が出来るとは思えないし、並ぶ必要もない。朝の六時に起きてからまだ朝食を摂っていないのだ。おかげで腹の虫は鳴りっぱなしである。

「市場の二階に〝阜杭豆漿《フーハンドウジイアン》〟という食堂があるの。台北で一番美味しい朝食が摂れる店の一つよ」

美香は涼しい顔で答えると、スマートフォンを出してメールのチェックを始めた。

「人気店らしいな」

浩志は頷《うなず》いた。朝飯時は過ぎているのに長蛇の列が出来ているのにも驚いたが、列が速いペースで動いている。店の回転率はいいようだ。

後ろを振り返ると、尾行してきた男も列に並んでいる。浩志と目が合うと、慌《あわ》てて視線を逸《そ》らした。

ようやくビルの出入口まで辿り着くと、列は奥にある階段に続いている。この調子なら二十分ほど待てば、店内に入れるだろう。

浩志は何気なく紹興南街を見た。

現代《ヒョンデ》自動車のステーションワゴン、i30がゆっくりと近付いてくる。

「うん？」

浩志は右眉をぴくりと上げた。

i30の後部ドアのウィンドウが下げられ、銃口が覗《のぞ》く。

「伏せろ！」

中国語で叫んだ浩志は、横目で美香を確認しながら隣りに立っていた男の肩を摑《つか》んで膝《ひざ》を落とす。美香は近くの女性客を押し倒し、低い姿勢になった。

頭上を銃弾が抜けた。

車は通り過ぎながらも銃口を浩志に向ける。

並んでいた客は悲鳴を上げ、逃げ惑う。

浩志は道に飛び出し、銃弾と交差するように車の背後に転がった。後部座席の男は身を乗り出したが、浩志は反対側の駐車帯に停めてあるバイクの陰に隠れる。

標的を見失った車は一気に加速した。走り去る車のナンバーは覚えた。

立ち上がった浩志は急いで道路を渡り、美香の元に駆け寄る。目視できる範囲で血を流している者はいないようだ。

「大丈夫か？」

浩志は美香の手を取って立たせた。

「平気よ。狙撃犯は、なかなかの腕ね。あなただけを狙《ねら》ったから、怪我人《けがにん》は奇跡的に出なかったようね」

周囲を見回した美香は、パンツの裾《すそ》に付いた汚れを払いながら言った。

「警察が来ると面倒だ。戻ろう」

浩志は美香の背中に手を回し、尾行してきた男をちらりと見た。

男は浩志に頷く。彼もホテルに戻ることに賛成のようだ。

「ついてないわね。阜杭豆漿の鹹豆漿を食べ損なったわ」

舌打ちをした美香は、眉間《みけん》に皺《しわ》を寄せた。単純にお気に入りの店で朝食が摂れなかったことに腹を立てているらしい。銃撃を受けたことはあまり気にしていないようだ。

「また来るさ」

浩志は美香の肩を軽く叩くと、交差点を渡った。

4

午前十一時、台北商旅大安館、会議室。

約三十平米の部屋の中央には十人ほど座ることのできる長テーブルが置かれ、ガラス窓の向こうは坪庭のように狭い空間で、植えられた椰子《やし》の木が洒落《しゃれ》ている。

浩志は窓を背に長テーブルの端の席に座っており、テーブル中央に設置してある透明のアクリル板のパーテーションを挟んで反対側の端には気難しい顔をした三人の男が座っていた。美香は浩志の右隣りの椅子にこぢんまりと収まっている。

長手方向の端に座っているのは新型コロナ対策であるが、浩志らが抗体を持っていると聞かされていても、男たちは日本からの渡航者ということで恐れているのだろう。

「今日は、とんだ災難でしたね」

アクリル板の向こうに座っている男の一人が、浩志に中国語で話しかけた。男は内政部警政署刑事警察局の副局長、肇大宝《ちょうたいほう》で、左右に座っているのは彼の部下の柳《りゅう》と文《ぶん》と簡単に紹介された。三人ともサージカルマスクをしているので、顔はよくわからない。

華山市場の前で銃撃された浩志と美香はすぐにホテルに引き返した。その際、尾行していた男は疾病管制署の職員の陳《ちん》だと名乗り、一緒にホテルまで戻っている。襲撃されたにもかかわらず、冷静な浩志らに声を掛けることで動揺を抑えたかったらしい。震えながらも中国語で捲《まく》し立てた。

浩志は相手にしなかったが、美香は話し相手になっている。陳は五分ほど話し続けて落ち着いたらしく、元の職務に戻った。上司から浩志らの行動を監視し、タクシーなどに乗るようなことがあれば遠出する可能性があるため阻止するように言われていたらしい。

「美味《うま》い朝飯を食い損ねただけだ」

浩志は不機嫌そうに答えた。中国語は得意ではないが、自分の感情を素直に伝えるだけの会話力はある。前回の任務では必要に迫られて使ったものの、我ながら会話力のなさに腹が立った。そのため、帰国後に美香相手に特訓している。新型コロナで時間はいくらでもあったのだ。

浩志らがホテルに戻って間もなく警察局の四人の警察官が現れ、ラウンジで事情聴取された。陳が上司に報告し、驚いた上司が地元の警察局に通報したそうだ。その後、肇大宝が部下とともにホテルに駆けつけ、地元の警察官は退散させられた。

地元の警察官があまりにも高圧的な態度だったため、美香が日本の上司を介して肇大宝を呼びつけたのだ。結局、浩志らは朝食を摂る時間もなかった。不機嫌なのは、腹が減っているせいもある。

「そっ、そうですか。あなた方が狙われる理由に心当たりはありますか？」

肇大宝は浩志と美香を交互に見た。浩志の不機嫌さに驚いたらしい。

「事情聴取ですべて話してある。車のナンバーも教えた。くだらない質問をするよりは、捜査をとっとと進めるべきだろう」

浩志はじろりと肇大宝を睨《にら》みつけた。

「私たちが夫婦で覆面捜査をするのは、官憲だと悟られないようにするためです。とはいえ、台湾では日本人カップルと見られ、狙われたのかもしれないですね」

美香が浩志の太腿《ふともも》をテーブルの下で抓《つね》りながら流暢《りゅうちょう》な中国語で言った。浩志のような態度では、今後の活動ができなくなるとでも思ったのだろう。やり方の違いは認めるが、浩志は相手にハードに対処しているだけである。

「それでは、あなた方を襲ったのは、反日勢力か暴力団ということですか？」

肇大宝は小さく頷いた。

「反日勢力が銃撃するとは思えません。天道盟《ティエンダオメン》かもしれませんね」

美香は落ち着いた声で答えた。

「天道盟は台湾で一番の広域暴力団です。ご存知かもしれませんが、天道盟は連盟組織で、小さな暴力団まで吸収し、勢力を拡大しています。その分、統制が取れていません。身勝手なグループが、あなた方を襲った可能性はあるでしょう。ただ、日本人カップルを見て、いきなり銃を発砲するような連中がいるとは考えにくいんです」

肇大宝は首を傾《かし》げた。

「それなら、我々が追っている麻薬関係かもしれないな。我々に協力してくれ。犯人を見つければ、捜査が進展するはずだ」

腕組みをした浩志は、鋭い視線で肇大宝を見た。いきなり襲撃されたことから、犯人は鄧威が指揮していた中央統戦部の残党という可能性が高くなったと思っている。浩志らの情報が、どこからか漏れているのだろう。台湾の捜査機関に情報を提供すれば、事態は悪化するだろう。

「参りましたね。あなた方に便宜を図るよう局長に言われたのですが、私としてはすぐに帰国していただくつもりでした。しかし、白昼堂々と発砲するような凶悪犯をこのまま放っておくわけにはいきません。二人の腕利《き》きの捜査官をあなたに紹介しましょう。ボディーガードにもなりますから。彼らをすぐに呼び出します。捜査は彼らと始めてください」

肇大宝はポケットからスマートフォンを出した。部下に連絡するつもりだろう。気に入らない男だが、仕事はできるようだ。

「助かると言いたいところだが、腕利きだろうと二十四時間ずっと一緒にいるわけじゃない。今度狙われたら、素手では身を守れないだろう。拳銃の所持許可が欲しい」

浩志は肇大宝の目を見据えて言った。

「携帯はいつでも許可しますよ。ただし、警察局から拳銃の貸与はしませんが」

肇大宝はにやけた顔で言った。冗談を言ったつもりのようだ。拳銃の入手方法はないと思っているのだろう。

「携帯の許可はいただけるんですね」

浩志はにやりと笑った。

5

午後一時二十分、台北。

浩志は西園路一段から廣州《こうしゅう》街に左折したところで、タクシーを降りた。

警察局の肇大宝と打ち合わせを終えた直後に、監視の目を盗んで台北商旅大安館の裏口から抜け出してきたのだ。美香は浩志が抜けたことを誤魔化《ごまか》すためにホテルに残った。

通りの左手は台北随一のパワースポットと言われる龍山寺《りゅうざんじ》、右手はアートをテーマにしたユニークな艋舺《もうこう》公園がある。どちらも観光スポットとして人気があり、台北の西地域の経済の起爆剤として期待されていた。だが、新型コロナの流行で人通りも激減しているらしい。

浩志はさりげなく周囲を見回して尾行がないかを確認すると、次の交差点を左に曲がって西昌街に入った。この通りは食堂や靴屋や薬屋など地元住民向けの商店街だが、少々廃《すた》れた雰囲気がある。どことなくうらぶれた感じがするのは、新型コロナのせいというより元は売春街だったせいもあるのかもしれない。

数十メートル先にある四階建てのビルの一階に入っている茶屋の前で立ち止まった。薄暗い店内には、茶葉の陳列棚がある。店内にはテーブル席もあるようだが、客はチェスを楽しむ男が二人だけだ。台湾は新型コロナの感染者を抑え込んでいる。それは国民が政府の防疫政策に従っているだけでなく、普段の生活も犠牲にしているからだろう。客はそんな憂《う》さを和《やわ》らげるために茶屋の片隅《かたすみ》で寛《くつろ》いでいるのかもしれない。

店内に小さな木製のカウンターがあり、山羊《やぎ》のような白い髭《ひげ》がマスクからはみ出した年配の男が立っている。店主かもしれない。

「文山包種《ぶんさんほうしゅ》茶の清《しん》茶が欲しい。一番上等なやつだ」

浩志は陳列棚の茶葉を見て言った。

文山包種茶は台湾四大銘茶の一つで、緑茶に近い烏龍《ウーロン》茶である。その中でも最高級品を〝清茶〟というが、この店で清茶は扱っていない。上階で密《ひそ》かに営業している〝台北安全〟という会社に上がるための合言葉を言ったのだ。

日本の傭兵代理店に台湾で武器商はないか調べてもらった。台湾には傭兵代理店がないからだ。以前教えてもらった武器商は天道盟の息がかかっており、無用なトラブルを避けるため使わなかった。新たに教えてもらった武器商は、意外にも歴史があるという。

〝台北安全〟は、三十年ほど前に国軍のＯＢが始めた退役軍人を警備員として雇い、派遣する会社である。だが、それは表稼業で、裏では中国の工作員に対抗するために仲間に銃の売買もしているそうだ。傭兵代理店とは規模は違うが、同じような内容である。

日本の傭兵代理店が〝台北安全〟の裏稼業を知ったきっかけは、この会社が傭兵代理店の協会に資格申請をしたからだ。新型コロナの流行で経営が思わしくなくなったため、傭兵代理店のグローバルネットワークに繋《つな》がることで業績を上げようとしているらしい。

「清茶は、二階だよ」

山羊髭の男はカウンター後ろのカーテンを引き、隠してあった階段を指差した。客は、見て見ぬ振りをしている。常連のようだが、客の振りをしている社員なのかもしれない。どこの国の傭兵代理店も胡散臭《うさんくさ》いが、この店は際立っている。

「ありがとう」

浩志は急な階段で二階に上がった。突き当たりに鉄製のドアがある。

「こちらに、どうぞ」

ドアが内側に開き、若い男が頭を下げた。

浩志は無言で頷き、部屋に入る。

二十平米ほどの板張りの部屋にブルーのソファーとテーブルがあり、部屋の四隅に中国の古い壺《つぼ》が飾られていた。ドア口に立っている若い男が、ソファーに座るように手招きをした。浩志は中国語が話せないと思っているのだろう。

「気を遣うな」

浩志は鼻先で笑うと、出入口と反対側のソファーに座った。浩志の中国語に驚いた若い男は、慌てて部屋を出て行く。店番でもするのだろう。

ドアが開き、山羊髭の男が入ってきた。

「いらっしゃいませ。日本の傭兵代理店から紹介された藤堂先生ですね。私は、〝台北安全〟の責任者、武呈棟《ぶていとう》です。握手は遠慮しておきます。それから、お互いマスクもこのままでお願いします。台湾人は抗体を持っておりませんので」

武呈棟は軽く頭を下げると、浩志の向かいに座った。

「用意してあるか？」

浩志は腕組みをして尋ねた。世間話をするつもりはない。日本の傭兵代理店を通じて、自分用のグロック19と美香用のグロック26を注文しておいたのだ。

「もちろんです」

武呈棟は立ち上がると、ソファーの後ろから樹脂製のケースを取り出した。テーブルの上に載せると、ケースの蓋《ふた》を開けて浩志に見えるように反転させた。グロック19とグロック26、それにそれぞれのマガジンが五本ずつ入っている。

「支払いは終わっているな」

銃の状態を確かめると、ケースを閉じた。

「もちろんです。それで、あなたにお願いがあります。今回の働きで、日本の池谷先生に傭兵代理店協会に推薦状を書いていただけるようにお伝え願えませんか？」

武呈棟は上目遣《うわめづか》いで言った。マガジンは四本ずつ注文したのだが、一本多いのは下心あってのサービスだったらしい。

「伝えておく」

浩志は銃が収められたケースを提げ、部屋から出て階段を下りた。店内に客の姿はなく、最初に対応してくれた若い男は、カウンターの後ろでなぜか自分の首を右手で切るジェスチャーをしている。危険を知らせたいらしい。

「うん？」

通りに出た浩志は右眉を上げた。目の前に黒塗りのレクサスが停まっているのだ。店の若い男が警告していたのは、この車のことらしい。

助手席から降りてきたスーツ姿の男は後部ドアを開けると、浩志に深々と頭を下げた。

浩志は男を睨みつけた。

「ミスター・藤堂。お乗りください。さもないと、あなたの荷物を取り調べることになります。申し遅れましたが、私は国家安全局の王洪波《おうこうは》と申します」

王洪波は後部座席から顔を覗かせ、訛《なま》りのない英語で言った。実名で呼んだということは、身分を偽証して入国したことも知っているようだ。

「仕方がない」

浩志は溜息を殺し、後部座席に乗り込んだ。

6

午後二時、台北士林《しりん》区。

浩志を乗せたレクサスは新生高架道路を北に向かい、森に囲まれた仰徳大道一段沿いの建物に入った。有刺鉄線を張り巡らせた高いコンクリート塀に囲まれた、まるで要塞《ようさい》のような建物は国家安全局の本部である。

正門から入り、敷地内の道路を右回りに進む。大小様々な建物が中央にあるグラウンドの周囲に建っており、そのさらに外側に環状道路がある。

レクサスは正門と反対側の環状道路の外にある倉庫に車ごと入った。

「お荷物は車に残しておいてください。お帰りの際にお渡しします」

王洪波は荷物に手をかけている浩志に人差し指を振ると、車を降りた。ケースの中身が何か知っているようだ。

「どうして、俺があの店にいることが分かったんだ」

浩志はケースを助手席のシートの下に足で押し込み、車を後にした。〝台北安全〟からここまで三十分近く車に乗っていたが、王洪波は一言も口を利かなかった。会話を運転席と助手席の部下に聞かれたくなかったのだろう。

「〝台北安全〟は、国家安全局の監視下にあるんですよ。ここだけの話ですが、あの会社の裏稼業を知った上で通信を傍受しています。あなたのような大物が来台するということで、我々は緊張しましたよ」

王洪波は車から離れると、近くのエレベーターのボタンを押して乗り込んだ。

「〝台北安全〟の裏稼業を知っているのなら、なぜ放置しておく？」

浩志もエレベーターに乗り、王洪波の隣りに立った。彼の部下は車から降りてくる様子もない。ここから先は、王洪波と二人だけのようだ。エレベーター表示からすると五階建てらしく、王洪波は三階のボタンを押した。

「武呈棟は、愛国者です。我々の感知できないところでも、国のために役に立っていることは把握しています。そのため、少々法律に反することも許しているんですよ。現にあなたにだって我々は見て見ぬ振りをするつもりです。ただ、そのためには、私をまず納得させてください」

王洪波は目的が国家のためなら銃の売買も目を瞑《つぶ》るということらしい。

「俺は麻薬の捜査をするために来台した。それだけのことだ」

浩志は正面を向いたまま言った。

エレベーターを三階で下りた王洪波は、正面の部屋に入る。四十平米ほどのフロアにテーブルが一卓、椅子は二脚だけ置かれていた。

「愛想がなくてすみません。本当は、ホテルのレストランかバーでと思ったのですが、あなたが街中で銃撃されたことを考えてご足労願ったのです。国家安全局なら安心して打ち合わせができます。ここはちょっとした軍事基地並みに警備が厳重ですから」

王洪波は笑いながら浩志に椅子を勧め、自分はテーブルを挟んで反対側の椅子に腰を下ろした。

「俺と何の話がしたいんだ？」

浩志は尖《とが》った口調で椅子に座る。朝から食事を摂っていないため、不機嫌なのだ。

「襲撃事件の目撃者の証言では、狙撃犯は明らかにあなただけを狙っていたそうです。しかし、調べたところ、あなたは日本政府が発行した別の名前のパスポートを使って入国されています。いくら麻薬の捜査だとしても、おかしいですよね。本当の目的を言って頂かないと、失礼ながら国外退去ということもありえます」

王洪波はにこやかに言った。口調は穏やかでも恫喝《どうかつ》しているのと同じだ。

「俺の任務は極秘だ。それくらい分かるだろう。だが、国外追放は避けたい」

「それなら、詳細とまでは言いませんが、できる限りお話をお聞かせ下さい」

「ううむ」

浩志は腕組みをして王洪波を見た。目の前の男が、傭兵代理店では〝レヴェナント〟というコードネームで呼んでいる鄧威の残党に関係しているか疑っているのだ。浩志と美香が襲撃されたのも、二人の来台を知る機関から情報が漏れたと考えれば辻褄《つじつま》が合うからだ。

「あなたの任務は、台湾の国益になりますか？」

浩志の沈黙に痺《しび》れを切らした王洪波が、質問を変えた。

「むろんだ。日台関係を疑うのか？　だが、正直言って誰も信頼できない」

浩志は戸惑うことなく答えた。〝レヴェナント〟の排除は、中国を除く世界中の国の国益になるだろう。

「我が国のモグラを心配されているのですね。それでは、私の信頼できる部下を二人、帯同させてください。ボディーガードにもなりますから」

頭を横に振った王洪波は、不満げに言った。

「同じ提案を警察局の肇大宝から受けている」

浩志は鼻先で笑った。四人の男を引き連れて極秘の捜査はできない。

「そっ、そうなんですか。大丈夫です。警察局より、国家安全局の方が組織的には格上です。警察局を下がらせましょう。それで、問題解決ですよね。どうですか？」

王洪波は強気に言った。

「いいだろう。だが、捜査の邪魔はするなよ」

浩志は立ち上がった。

「交渉成立ですね。ホテルまでお送りしましょう」

王洪波も席を立ち、二人はエレベーターに乗り込んだ。

「改めてご紹介しますが、さきほど車に一緒に居合わせた二人が私のもっとも信頼する部下です。車ごとお貸ししますからご自分の部下のようにお使いください」

王洪波は笑顔で言った。わざわざ浩志を国家安全局に連れてきたのは、最初から部下を押し付ける算段だったのだろう。

一階に到着し、エレベーターのドアが開く。

「むっ！」

駐車場に停車している車を見た浩志は、両眉を吊り上げた。王洪波の二人の部下が、居眠りしているかのようにぐったりとしているのだ。

「下りるな！」

浩志はエレベーターから下りようとする王洪波の腕を摑んで引き戻し、エレベーターの「閉」ボタンを押した。

「どうしたんですか！」

眉間に皺を寄せた王洪波が中国語で怒鳴《どな》った。

「おまえの自慢の部下は、死んでいるだろう。銃を持っているのなら、俺に寄越《よこ》せ」

浩志は表情もなく言った。

う。

「ばっ、馬鹿な。何を根拠に」

両眼を見開いた王洪波だが、一拍置いて笑ってみせた。浩志に担《かつ》がれたと思ったのだろう。

「二人ともウィンドウにもたれ掛かっていた。優秀な部下が、仕事中にうたた寝するのか？」

浩志はわざと首を捻った。おそらく二人は胸か腹を銃で撃たれているはずだ。二人の諜報員が抵抗することなく殺されたというのなら、後部座席から銃撃されたに違いない。銃で脅して後部座席に乗り込み、シート越しに撃てば血飛沫《ちしぶき》も飛ばないからだ。

「そっ、それはない」

王洪波は首を振り、ジャケットの前をはだけてみせた。武器は持っていないようだ。

「やるしかないか。ここにいろ」

舌打ちをした浩志はエレベーターのドアを開けると、車に向かって猛然と走った。銃撃犯はまだ後部座席にいる可能性がある。まずはそれを確認し、敵が後部座席にいるのなら対処する。いなければ、ケースの銃を取り出すまでだ。

耳元を銃弾が抜ける。十時の方向にある柱の陰から撃たれた。

レクサスのドアを乱暴に開けた浩志は、後部座席に飛び込んだ。血の臭いがする。生死は分からないが、やはり王洪波の二人の部下は撃たれたようだ。助手席の下に押し込んでおいたケースからグロック19とマガジンを取り出し、マガジンをセットした。初弾を込めると、反対側のドアから飛び出す。

敵は、柱の後ろから銃撃しながら走ってくる。反撃しないので、武器を持っていないと判断したのだろう。浩志は車のウィンドウ越しに男の胸を撃った。身を低くし、周囲を警戒しながら車の陰から出た。他に敵はいないらしい。浩志は、倒れている男が握っている銃を足で蹴《け》って飛ばした。後部ウィンドウを破った二発の銃弾は、男の心臓に命中していた。

「こいつは、総務室の宋鉄《そうてつ》！」

王洪波は銃撃犯を睨みつけながらレクサスに駆け寄って運転席のドアを開けた。運転手が車から力なくずり落ちる。

「葵《き》！　鄭《てい》！　くそっ！」

二人の部下の状態を調べた王洪波は、地団駄を踏んだ。浩志の予想通り、二人は胸と腹を撃たれていた。

「むっ！」

浩志は倒した男の足を撃った。立ち上がろうとしたのだ。服の下にボディアーマーを着用しているらしい。

足を撃たれた男は慌てて自分の右手の指に嚙《か》み付いた。

「何！」

浩志は眉間に皺を寄せた。男は突如全身を痙攣《けいれん》させ、口から泡を吹いたのだ。指輪に毒薬を仕込んであったに違いない。

「やられたな」

浩志はグロック19をズボンに差し込んだ。

レヴェナント

1

二月十七日、午後九時、市ヶ谷、傭兵代理店。

「どう考えても、おかしいわね」

友恵は自室でパソコンのモニターを見ながら首を捻《ひね》った。デスクの上に置いてあるスマートフォンで池谷を呼び出すと、スピーカーモードにした。

——何か、またあったのですか？

池谷の緊張した声が響く。浩志から二度襲われたと報告を受けている。任務中の報告は夜にまとめて暗号メールで送ることになっているのだが、浩志はその都度連絡を入れてきた。敵は位置情報をなぜ知りえたのか、突然の襲撃に疑問を持ったからだ。そのため、友恵は襲撃場所の監視カメラの映像を手に入れて分析している。

「こっちに来てもらえますか？」

友恵はそっけなく答えると、通話を切った。

ドタバタと慌《あわ》ただしい足音とともにドアが開き、池谷が顔を見せた。

「まさか、また藤堂さんが襲われたのですか？」

池谷は怯《おび》えた顔で友恵に迫った。

「大丈夫ですよ。私はただ犯人が、本当に鄧威の残党なのか疑問に思っているのです。藤堂さんと柊真さんを襲撃した連中は、いずれも二人の位置情報を摑《つか》んでいたんです。そうでなければ、警戒心が強い二人を襲うことは不可能だとは思いませんか？」

友恵はパソコンのモニターを見ながら言った。六つのモニターには、浩志と柊真の二人が襲われた現場周囲の監視映像や地図など、様々な情報が映し出されていた。

「確かにそうですね。藤堂さんと柊真さんの位置を割り出すには、組織力が必要なはずです。あるいは、あなたのような凄腕《すごうで》のハッカーならできるかもしれませんね。あなたなら襲撃犯の手口は分かるでしょう？」

池谷は腕組みをして唸《うな》った。

「私ならハッキングしたエシュロンの情報に顔認証アプリをかけて二人の場所を特定します。ただ、私のパソコンでは割り出すのに時間がかかります。敵はスーパーコンピュータ並みのマシンを使っているはずです。また、場所を特定したとしても、襲撃犯が急行できるとは思えないのです。おそらく、複数の襲撃チームがあり、二人に近い場所にいたチームが襲撃したのでしょう。また、藤堂さんの二度目の襲撃の場合、場所を特定した敵は、台湾国家安全局の仲間に暗殺を命じたようです」

　友恵は厳しい表情で言った。

「フランスや台湾で複数の襲撃チームを持っているということですか。それに台湾国家安全局にまでモグラを潜り込ませている。とすれば、かなり大掛かりな組織になりますよ」

　池谷は両眼を見開き、首を振った。

「鄧威の残党と考えていたのは、間違いだったのかもしれない。もっと大きな闇の組織があるような気がする」

　友恵は沈痛な表情で呟《つぶや》いた。

「とすれば、鄧威の部隊が勝手な作戦を遂行していたのではなく、バックにもっと巨大な組織があり、世界的な陰謀を企てているということになりますよ。これは大変だ。政府の知り合いに報告します」

　池谷は、慌てて部屋を出て行った。彼は個人的にも政府要人と繋《つな》がりがある。それに防衛省の諜報機関である情報本部には独自のルートがあった。

　友恵は池谷の足音が遠ざかるのを確認するとドアをロックし、自分の席に座った。パソコンで米国バージニア州の時間を確かめると、鼻歌まじりにキーボードを叩《たた》いた。

画面にＣＩＡのマークが表示される。友恵は、ＩＤとパスワードを入力し、ログインした。画面が変わり、ＣＩＡのトップページになる。友恵は右上のボックスにセキュリティコードを入力し、別の画面になると新たなコードを入力する。すると、画面に誠治の顔が映し出された。

「おはようございます。朝早くからすみません」

友恵は頭を下げた。彼女はＣＩＡのサーバーをハッキングしたのではない。正規の手続きに従ってログインしたのだ。

——おはよう。大丈夫だよ。まだ自宅だが、一時間前に起きているからね。新しいウェブ会議システムは快調だ。君が開発したオニオンルーティングシステムは、エシュロンでも探知できないと技術開発部で好評なんだ。おかげで、来月から正式に局内で使用することになったよ。

いつも気難しい顔をしている誠治が、笑みを浮かべて言った。一ヶ月ほど前に誠治は、友恵の高度なプログラミング技術を見込んで、暗号化されて発信元も特定できない通信方法の開発を彼女に依頼した。極秘の作業のため、誠治は友恵に個人的に依頼している。今では彼女をＣＩＡの準局員として扱っているのだ。

オニオンルーティングは米国海軍調査研究所の出資で開発された暗号化通信方式で、玉ねぎの皮のように何重にも暗号化と復号化が行われるので、外部からの解析は不可能ともいえる技術だ。友恵はこの技術を元に、海外からのアクセスを第三者から守るシステムを開発した。現在はテスト期間中だが、問題は発生していない。

「ありがとうございます。実はご相談があります。こちらでも〝レヴェナント〟の捜査をしていますが、リベンジャーとバルムンクが襲撃されました。そこで様々な疑問点が浮かぶのです」

友恵は自分が調べたことの詳細を説明した。〝レヴェナント〟というコードネームは、実は傭兵代理店ではなく、ＣＩＡで付けられたものである。ちなみに〝バルムンク〟は柊真のコードネームだ。

――うーん。

誠治は険《けわ》しい表情になり、額《ひたい》に手を置いた。

「何か思い当たる節があるのですね」

友恵は身を乗り出した。

しばらくして誠治は重い口を開いた。

――……先月のことだが、パインギャップで情報漏洩事件があった。犯人は中国系アメリカ人のコンピュータ技師だったが、情報を盗み出した直後に自殺したんだ。現場には特殊な衛星通信携帯機が残されていた。だが、破壊されていたので情報送信先もわからない。

「パインギャップ？　どんな情報が盗まれたんですか？」

舌打ちをした友恵は、咎《とが》めるように尋ねた。彼女はパインギャップがどんな施設か理解した上で尋ねているのだ。

――衛星通信携帯機に差し込まれていたマイクロSDカードも破壊されていたので、送られたデータが何かは分からない。だが、エシュロン・プログラムの一部を盗まれた可能性はある。

誠治は肩を竦《すく》めてみせた。

「マイクロSDカード？　エスピオナージルームは、USBメモリやその類は使えないはず。まさか、〝モノリスZ1〟から直接データが抜き取られたんじゃないですよね」

友恵は眉間《みけん》に皺《しわ》を寄せた。

――なっ、なぜ、君が〝モノリスZ1〟のことを知っているんだ。極秘のコードネームで、その存在すら知られていないんだぞ。

両眼を見開いた誠治は、首を振った。

「私にとって極秘の情報なんてありませんよ」

友恵はすました顔で答えた。

――君にかかるとどんなファイアウォールも無意味だね。……現在、パインギャップで調査をしているが難航しているそうだ。君ならできそうか？

誠治は友恵を指差して聞いてきた。

「行ってみないと分かりませんが、その辺のプログラマーよりは役に立つと思います。ただ、パインギャップは遠いですし、オーストラリアは入国制限していますよね」

友恵は苦笑した。

——君がOKなら、リムジンで迎えに行くよ。移動方法は私が確保する。

「社長には、なんて言ったらいいんですか？」

誠治から秘密裏に仕事を請けているだけに後ろめたいのだ。

——私の方から直接オファーを出すから大丈夫だ。

「了解です。お引き受けします」

友恵は親指を立て軽い調子で答えた。

2

二月十七日、午前九時四十分、ギアナ。

北西の方角から着陸態勢に入っていたエアバスA310が、カイエンヌ・フェリックス・エブエ国際空港に着陸した。

マルティニークで一泊した柊真らを乗せたA310は、マルティニーク・エメ・セゼール国際空港を午前七時十分に離陸している。

滑走路をゆっくりと移動したA310は空港ビルのボーディングブリッジに接続することなく、エプロンの端に停止した。柊真ら以外の乗客の多くもフランス本国からやってきたため、検疫のために空港ビルに直接入れないようにしているのだろう。

タラップを民間人が下りていく。ほとんどは宇宙センターの職員とその家族である。

「さて、どんな歓迎が待っているのやら」

セルジオが先を行くウリエに続いて大股《おおまた》で歩いてタラップを降りた。ウリエの真似《まね》をしているのだ。

「期待はしていないがな」

柊真が相槌《あいづち》を打つと、仲間が笑って頷《うなず》いた。

気温は二十六度、湿度は六十パーセント程度と高い。機内の空調は輸送機といっても旅客機と同じなので快適だっただけに汗が滲《にじ》んできたが、不快ではない。

ギアナ北部は熱帯雨林気候、南部は熱帯モンスーン気候で、地域によって多少異なるが十二月から七月が雨季で、八月から十一月にかけて乾季となる。そのため、雨季の今は、カイエンヌは比較的に気温が低いので過ごし易《やす》い。また、北西部のギアナ高地では標高が千メートル近いため、気温はさらに低くなる。

十メートルほど先に停まっていたマイクロバスが先に降りた乗客を乗せると、ドアを閉じて出発した。柊真らは乗客リストに入っていないらしい。入れ替わるように軍用四駆プジョーP4と小型軽量トラックルノーTRM2000が、目の前に停まった。

「君たちは、荷台のベンチシートに座ってくれ」

ウリエはTRM2000を指差し、自分はP4の助手席に乗った。

「本気かよ」

セルジオはフンと鼻息を漏《も》らし、腕組みをした。

「当然だな」

柊真はセルジオの肩を叩いてトラックの荷台に乗り込んだ。傭兵は歓迎されない。むしろ当たり前のことである。P4の荷台にある狭いベンチシートでないだけありがたいと思うべきだろう。

「相変わらず、硬いシートだな」

柊真の隣りに座ったセルジオは、不満を漏らした。ベンチシートと言ってもクッションがあるわけではない。樹脂製の板が渡してあるだけだ。

「おまえ、文句がやたら多いが、何かあるのか？」

セルジオの向かいに座ったマットが怪訝《けげん》な表情で尋ねた。セルジオはどちらかというと口が悪いが、今回の任務では愚痴《ぐち》が多いのは確かである。

「おれは、事実を言ったまでだ」

セルジオは肩を竦めた。

「俺は理由を知っているぞ」

マットの隣りのフェルナンドがにやけた顔で言った。

「何を知っているんだ。教えろ」

マットがフェルナンドを肘《ひじ》で突いた。

「俺たちがはじめてギアナに派遣された時に、セルジオはジャングルの行軍訓練で音《ね》を上げていたよな」

フェルナンドは、笑いながら言った。

「そんなの関係ねえから」

セルジオは腕組みをしてそっぽを向いた。

「思い出した。教官に怒鳴《どな》られて、泣いてたな。だからギアナに来るのが嫌だったんだ」

マットが指を鳴らして笑った。

「馬鹿野郎、泣いたのはフェルナンドだろう。俺は音を上げた覚えはない」

セルジオは首を激しく横に振った。

「そうだ。行軍中に小便が我慢できなくて、漏らしたんだ。それを思い出したんだな」

フェルナンドが手を叩いて笑った。

「何を言っている。豪雨でみんなずぶ濡《ぬ》れだったんだ。小便を漏らそうが関係ないだろう。そもそも、俺が小便を漏らしたところで分かるはずがない。俺は腰を痛めているから不機嫌なだけだ。三日前に軽いぎっくり腰になったんだ」

セルジオがしかめっ面《つら》で言った。

「おまえたち、うるさいぞ」

柊真は自分のスマートフォンを見ながら言った。今回の任務では衛星携帯電話機とは別に衛星通信モバイルルーターを持参している。そのため、いつも使っているスマートフォンが使えるのだ。

ＴＲＭ２０００に乗り込んでからメールの確認をしたところ、友恵から暗号メールが届いていた。自動的に復号化されたテキストは、数秒で一行ごとに削除されるようになっている。ゆっくり読んでいる暇はない。

「何か重要なメールが届いているのか？」

セルジオが柊真のスマートフォンを覗《のぞ》き込んだ。

「日本の傭兵代理店からの情報だ。先月、中国の工作員がパインギャップから重要な情報を盗み出したらしい。エシュロンの基幹プログラムを盗まれた可能性もあるようだ。俺やムッシュ・藤堂が襲撃されたのも、エシュロンを乗っ取って情報を集めた可能性が出てきたらしい」

柊真は友恵に夏樹にも情報を送るように暗号メールで返信をした。すると、すでに送ってあるとメールが送られてきた。

「おまえに恨みを持っているのは、中央統戦部の残党だろう。あいつらにそんな力があるのか？」

セルジオは首を捻った。

「日本の代理店では、〝レヴェナント〟と呼んでいるが、残党とは考えていないらしい。世界規模の組織が、バックにいる可能性が高まったようだ」

柊真は渋い表情で答えた。

「敵がエシュロンを手に入れたのなら、世界中、どこにいても監視下に置かれるぞ」

セルジオは頭を掻《か》きながら溜息《ためいき》を吐《つ》いた。

「ギアナなら監視カメラは少ないから心配はないだろう。だが、通信は傍受される可能性がある。これからも通話や無線はコードネームを使い、暗号メールを必ず使用するようにしてくれ」

柊真は仲間に厳しい表情で言った。

3

ギアナ、クールー、午前十一時半。

カイエンヌからN1道路を北に向かっていたTRM2000は、クールーの西の外れを抜けて、ギアナ宇宙センター入口のラウンドアバウトから正門を抜ける。

前を走るP4はスペースミュージアムの前を通り、一般人の入場が禁じられているエリアに入った。

P4とTRM2000は、センターの西の端にある白い建物の前で停まる。玄関ドアに第三外人歩兵連隊の連隊章が貼ってあった。警備を任されている第三外人歩兵連隊の詰所兼兵舎である。百人ほどの兵士がここに詰めているはずだ。

「やっと、着いたか」

セルジオは大きな息を吐き出した。腰の痛みを我慢していたようだ。

「全員、降りてくれ」

ウリエが右手を上げて軽く回した。柊真らを部下と思っているのだろう。

「降りるぞ」

柊真は荷台から飛び降り、仲間を急《せ》かした。

ウリエは詰所に入っていく。柊真らも後に続き、左手の小部屋に入った。廊下の右手は宿舎なのだろう。Tシャツ姿の若い兵士が出入りしていた。

「じきに憲兵隊の中隊長が来るから、ここで待っていてくれ」

ウリエは柊真らを部屋に通すと、ドアを閉めた。

四十平米ほどの部屋に椅子《いす》が沢山《たくさん》置いてあり、窓際《まどぎわ》にホワイトボードもある。会議室ではなく、ブリーフィングルームのようだ。

「先にホテルにチェックインしたかったな」

セルジオが椅子に腰を下ろし、足を組んだ。

「お気楽なやつだ」

マットがその隣りに座り、ポケットから爪楊枝《つまようじ》を出して口に咥《くわ》えた。古参の兵士がよくやることだ。

「おまえ、このご時世だぞ。その癖はやめたほうがいい」

フェルナンドは指先で爪楊枝を咥える真似をして首を振った。

「いつも新品を使っている。心配ない」

マットは両手を広げて笑ってみせたが、彼がトイレで爪楊枝を洗っているのを見たことがある。

柊真は椅子には座らずに部屋の隅々《すみずみ》まで調べ、窓から外を見た。夏樹から初めて入る部屋は徹底的に調べるように教えられている。エシュロンは人々の普段の生活まで入り込み、監視しているからだ。

「どうした、柊真？　この部屋に何かあるのか？」

セルジオが怪訝な表情で見た。

「確認できた範囲だが、空港で二台、このセンターには正門から三台の監視カメラがあった。敵は顔認証で場所をたちどころに特定できるスーパーコンピュータを使っている可能性があるそうだ」

柊真は常に監視カメラの位置を確認しながら移動していたのだ。計算上では敵は数秒で位置を特定したと友恵は考えている。

「ほっ、本当か」

セルジオが腰を浮かせた。

ドアがノックされ、ウリエと一緒に迷彩の制服を着た憲兵の将校が入ってきた。フランスでは〝ジャンダルム〟と呼ばれる地方圏での警察活動をする軍隊である。

「チームリーダーの影山《かげやま》少尉です。中佐に敬礼！」

「はっ！」

柊真は憲兵の将校の前に立つと、号令を掛けて敬礼した。

仲間は威勢よく立ち上がって敬礼する。柊真は外人部隊で与えられたレジオネラネームで名乗った。

「ユネス・サニョル中佐です。さすが、国防省から派遣されたという予備役の兵士ですね。年季が入っている。これを皆さんに」

サニョルは褒《ほ》めたのか貶《けな》したのか分からないような言葉を投げかけると、脇に挟んでいた書類を柊真に渡した。

「ありがとうございます」

柊真は書類をセルジオらに配った。拉致《らち》事件の調書のようだ。

「それでは、事件の概要を説明します。調書の一ページ目を開いてください」

サニョルは胸ポケットから取り出した眼鏡を掛けて調書を読み始めた。

被害者はルイーズ・カンデラと彼女の友人であるマリー・デュール、それにジュリー・ラドリー。三人はクールーにある大学で二月十日に催されたパーティーに友人らと出席。だが、ルイーズらはパーティーが終わっても帰宅しなかった。

翌朝、憲兵隊は百人体制で捜索したが、三人を見つけることはできなかった。だが、キャンパスの北側にある体育館で三人の男子学生の死体が発見された。現場には女性のバッグとマリファナが残されていた。

「おそらく、パーティーを抜け出したルイーズらと男子学生が、体育館でマリファナを吸引して楽しんでいたのでしょう。そこを襲われたものと思われます。現場には学生とは別の複数の靴跡が残されていました」

サニョルは一通り読み上げると、大きな息を吐き出した。未だに捜査の成果が出ていないために疲れているのだろう。あるいは、政府が現地の憲兵隊を見かねて柊真らを派遣したことで、やる気が失せてしまったのかもしれない。

「我々も拉致現場を見たいのですが」

柊真は書類を閉じて尋ねた。

「現場は保全されていないので、何も出てきませんよ。それより、有力な手掛かりがあります。添付資料のDを見てください」

サニョルは添付資料を傍のホワイトボードに磁石で貼り付けた。

「なに？」

柊真は添付資料の写真を見て、眉《まゆ》を顰《ひそ》めた。マリファナが入った袋である。

4

ギアナ、カイエンヌ、午後九時四十分。

柊真はD3道路沿いにあるギアナ・ホテルの一室で、先月号のフランスの雑誌〝ル・ポワン〟を読んでいた。ラウンジに置いてあったので、暇つぶしに借りてきたのだ。二等ホテルだが部屋は清潔で、サービスの悪さも気にするほどではない。

ドアがノックされた。

雑誌をベッドに置いた柊真はベレッタ92を握り、ドア口に立った。銃は第三外人歩兵連隊から貸与されたものだ。

「ちょっと早いが、行かないか？」

セルジオの声だ。

「そうだな」

柊真はベレッタ92をズボンに差し込んでTシャツの下に隠すと、部屋から出た。廊下にストローハットを被《かぶ》り、椰子《やし》の木の柄シャツを着たセルジオが立っている。

「おまえの格好《かっこう》は、貧乏学生のヒッチハイクだな」

セルジオが柊真を見て笑った。

宇宙センターで憲兵隊のサニョルから、拉致事件のブリーフィングを受けた。拉致された大学の事件現場からマリファナが入った小袋が発見されている。状況からしてルイーズを含む男女六人は、マリファナを吸引していた。彼女らは酩酊《めいてい》状態になっているところを拉致されたと思われる。

憲兵隊ではカイエンヌの麻薬組織が関係していると睨《にら》んでいた。だが、憲兵隊の兵士は麻薬組織に顔を覚えられているため、普段から彼らを取り締まることがなかなか難しいらしい。そこで、サニョルは柊真らに麻薬組織を捜査するように要請したのだ。また、彼は柊真らが大学校内の拉致現場を調べるような行動を禁止した。あからさまな捜査活動は売人に情報が漏れるからだという。憲兵隊では大学の関係者から売人に密告される可能性が高いと見ているのだ。

サニョルとの打ち合わせを終えた後、宇宙センターの所長であるジェラール・カンデラに引き合わされた。彼は憲兵隊の捜査が行き詰まったという連絡を受け、すぐに〝七つの炎〟に依頼したそうだ。柊真らはカンデラから改めて娘の捜索を要請された。彼はカイエンヌの治安を改善させられない憲兵隊をあまり信用していないようだ。

柊真とセルジオは一階のラウンジに下りた。マットとフェルナンドは、派手な私服でラウンジのソファーに座っている。観光客に成りすましているつもりなのだろう。派手な格好をすれば、観光客に見えると思っているらしい。

「出かけるぞ」

柊真はマットらに手招きすると、エントランスを出た。

「俺とマットで行く。セルジオとフェルナンドは、車で見張りを頼む」

柊真は仲間の顔をチラリと見て決めた。四人の中での比較だが、セルジオとフェルナンドの人相は悪い。ドラッグの売人にいらぬプレッシャーを掛けたくないのだ。

「そう言うと思った」

マットはセルジオとフェルナンドの肩を叩き、嬉《うれ》しそうに柊真の横に立った。逆にセルジオらは鼻白んだ顔で柊真らを見た。三人とも柊真の意図が分かっているということだ。

ホテル前の駐車場にシトロエンのハッチバック、C5ツアラーが置いてある。本当は小回りが利《き》くバイクを四台借りたいところだったが、レンタカーショップには在庫が二台だけだったのだ。

「みんな、無線機をオンにしてくれ」

柊真は左耳にブルートゥースイヤホンを入れた。

「感度良好」

マットもブルートゥースイヤホンを耳に差し込むと、他の二人も手を上げた。小型の無線機とブルートゥースイヤホンは、〝七つの炎〟に要請してエヴルー＝フォヴィル空軍基地で受け取っている。

「近いから俺たちは歩く」

柊真とマットはＤ３道路を東に向かい、次の三叉路《さんさろ》で左に曲がり三、四階建ての古いアパートが並ぶ住宅街に入る。街灯もなく、照明が点《つ》いている家は少ない。

車に乗ったセルジオらは、ライトを消してゆっくりと付いてくる。

「薄暗くて治安が悪そうだ。グット・ドールと変わらないな」

マットが口を曲げて首を振った。

「グット・ドールは、そんなに悪いところじゃないぞ」

柊真は苦笑を浮かべ、次の交差点で立ち止まった。交差点を渡った右手にスーパーマーケットがある。この時間すでに閉店しているが、駐車場で若い男女が遊んでいた。

憲兵隊ではドラッグの売買が行われている場所を数ヶ所把握している。もっとも、本国での新型コロナ流行の影響で、カイエンヌでも外出禁止令が出されている。そのため、ドラッグが売買されている場所も少なくなっているそうだ。しかも、取引される時間帯は憲兵隊のパトロールが終了する午後十時以降らしい。今回はドラッグの売人に接触し、情報を得ることが目的である。潜入捜査に近い形を取るのだ。

柊真らは交差点を渡り、スーパーマーケットの駐車場に入った。駐車場にある街頭の下でたむろしているのは、二十代から三十代半ばの、女が二人、男が八人である。

マットはポケットから赤ん坊の写真とその下にマルボロと印刷されたパッケージの煙草《たばこ》を出した。フランスでは二〇一七年からいわゆる〝ジャケ買い〟ができないようにパッケージにロゴなどを使用できなくなった。その代わり、監視を意味する目や赤ちゃんの写真などが「煙草は人を殺す」などの標語とともに印刷されている。だが、フランスの喫煙人口が減ったとは聞いていない。

柊真はマットから煙草をもらうと、ジッポーで火を点けた。普段は煙草を吸わないが小道具としてである。

二人は煙草を吸いながら若者らに近付いた。

「楽しそうじゃないか。俺たちも仲間に入れろよ」

柊真は煙草の煙を吐き出しながら、一番凶悪な顔の男に話しかけた。髭面《ひげづら》の白人で、身長は一九〇センチ弱、背は高いが痩《や》せている。年齢と顔付きからしてたむろしている連中を仕切っているように見える。

「なんだ、おまえら?」

男は煙草の煙を柊真に吹きかけた。甘いが鼻につく匂いだ。どうやらマリファナ煙草のようだ。

「一緒に楽しみたいだけだ。いくらで楽しくなる葉っぱが買えるんだ? ただの煙草じゃ、つまらないだろう?」

柊真は男の顔の前で指先を擦《こす》り合わせて見せた。金はあるという意味だ。

「俺は売人じゃない。別の場所に行ったよ」

男は美味《うま》そうにマリファナ煙草を吸った。まだ、午後十時前だが、ドラッグの売買は終わったらしい。憲兵隊の情報を素直に信じるべきではなかった。

「それじゃ、どこに行けば買えるか、教えてくれ」

柊真は男の胸ポケットに二十ユーロ札を捻《ね》じ込んだ。

「カイエンヌの物価は、パリよりも四十パーセント高いんだ。笑わせるな」

男はゆっくりと首を振ってみせ、自分のスマートフォンをさりげなく見て、ズボンの尻ポケットに入れた。

「そうだったな」

柊真は五十ユーロ札をポケットに差し込んだ。

「マルシュ広場だよ。夜になれば、別のマーケットになるんだ」

男は不敵に笑ってみせた。マルシュ広場にあるカイエンヌ市場の駐車場が溜まり場なのだろう。ここから四キロ北西に位置する。

「なるほどな」

柊真は振り返った。男たちが手にナイフを持って取り囲んでいるのだ。女の姿はない。どこかに隠れているのだろう。男たちの動きは見なくても察知していた。

「おいおい」

マットが口笛を吹いた。

——こちらブレット、手伝いが必要か？

セルジオからの無線連絡だ。

「大丈夫だ。気にするな」

柊真は表情も変えずに言った。全員を叩きのめすのは簡単なことだが、それでは捜査にならない。

「銃は使うなよ。面倒なことになる」

柊真は背後にいる年長の男に注意を払いながら言った。

「正当防衛で殺してもだめか？」

マットが頭を掻きながら尋ねた。

「やさしく対処するんだ」

柊真は後ろの男に声を掛けた。

「俺たちが誰か知っているのか？」

「誰だっていいさ」

男はそう言うと、ナイフを突き出した。

柊真は振り向きもせずに避《よ》けると、同時に裏拳を男の顔面に炸裂《さくれつ》させた。男は顔面から血を吹き出して昏倒《こんとう》する。

手加減はしたが、鼻の骨は折れたらしい。やはり彼がリーダーだったのだろう。周囲の男たちは、リーダーがいきなり倒されたので固まっている。

「つまらん。おまえのせいであいつら戦意喪失したぞ」

マットは大きな溜息を吐いた。男たちをぶちのめしたかったのだろう。

「誰でもいいから、無傷で捕まえよう」

苦笑した柊真は男たちを見回した。

「逃げろ！」

男たちが途端に逃げていく。

「逃がすか！」

マットが一人を追って走り出し、タックルして路上に転がした。すかさず柊真は男の右腕を後ろに捻り上げる。

「どうして、あんな馬鹿な真似をした？」

柊真は、男の顔を路上に押し付けた。

「リッ、リーダーの命令だ。……あんたたちに、賞金がかかっていると言っていた」

男は喘《あえ》ぎながら答えた。

柊真は男を突き離すと、気を失っている男の体を調べてスマートフォンをズボンのポケットから抜き取った。スマートフォンに男の親指を付けてロックを解除する。

柊真は右頰《ほお》をピクリとさせた。

「俺の首は、一万ユーロらしい。安く見られたものだ」

ロックを解除すると、欧米で人気の写真共有アプリである〝スナップチャット〟の画面が表示された。そこに柊真の顔と一万ユーロと記載された写真がアップされていたのだ。

「有名人になったな」

スマートフォンを覗き込んだマットが、ニヤついている。

「ギアナでまで追われる身になるとはな」

苦笑した柊真は、男のスマートフォンをポケットに戻した。

5

ギアナ、カイエンヌ、午後十時二十分。

シトロエンC5はN1道路を北に進み、エリー・カストール通りを左折した。3ブロック先の三叉路でライトを消し、アドジュダン・パンダール通りに入ったところで停止した。

柊真らは車から降りると、銃を構えて進む。マルシュ広場は百メートル先だ。

スーパーマーケットで気絶させた男を目覚めさせて尋問した。男はトレゾールという名で、売人からの情報をダークウェブ（闇サイト）から得ていたらしい。

トレゾールは、ダークウェブへのアクセスに匿名化機能を持つ〝Tor《トーア》ブラウザ〟を使っていたそうだ。一般的に使われているグーグル・クロームやサファリなどのブラウザからはアクセスできないからである。

ダークウェブでは麻薬、銃、偽札、個人情報など様々な違法な物が取引されている。その中でも、トレゾールは〝マーダー・リクエスト（殺人依頼）〟というサイトを好んで見ていたそうだ。サイト上で自分の住んでいる地域を登録すると、その地域での殺人依頼案件がスナップチャットに送られてくるらしい。殺人サイトが〝スナップチャット〟を使うのは、特別なブラウザが必要ないからだろう。依頼されたターゲットを殺害して死体の写真をマーダー・リクエストに送れば、指定した口座に報奨金が振り込まれる仕組みらしい。

昨日、トレゾールのスマートフォンに突然柊真の手配書が送られてきたそうだ。すぐさま彼は仲間に招集をかけて街中を探したが、見つけられなくてガセネタだと思ったらしい。柊真らがマルティニークに留《とど》まっているという情報までは、含まれていなかったようだ。また、トレゾールが漏らした「売人はマルシュ広場にいる」という情報は、本当らしい。

売人もマーダー・リクエストから殺人依頼を受け取っている可能性は否定しなかった。いつにもまして大勢の手下を連れていたというのだ。

カイエンヌを仕切っているのは〝レザール〟、日本語で蜥蜴《とかげ》を意味し、組織の人間は右腕に蜥蜴の刺青《いれずみ》をしているグループらしい。彼らは凶暴で、銃かナイフを必ず所持しているそうだ。本拠地は巧妙に隠されており、蜥蜴の刺青を両腕に入れている幹部のみ知っているという。

柊真らは1ブロック手前の交差点で立ち止まった。通りを渡ればマルシュ広場になり、右手は公園、左手はカイエンヌ市場になる。市場は東西に長い体育館のような建物だ。公園に街灯はなく、暗闇に包まれていた。トレゾールの話だと、市場の常夜灯の下に売人がいるそうだ。スーパーマーケットと違い、この辺りは割と裕福な客が多い場所のため馬鹿騒ぎはしないらしい。

柊真はマットとフェルナンドに通りの右手から援護するように指示すると、セルジオと交差点を渡って通りの左側を進んだ。

市場の北側の角に常夜灯があり、その下に男が一人で立っている。柊真はベレッタ92をズボンの後ろに差し込むと、セルジオを先に行かせた。ジーンズにランニングシャツを着て、首から両手首にかけて刺青が入っている。ランニングシャツを着ているのは、刺青を誇示するためだろう。身長は一七五センチほどだが、腕と首は丸太のように太い。

「いい夜だな、兄弟」

セルジオは男に声を掛けた。

柊真は彼の後ろに回り、顔を見られないようにした。

「見慣れない顔だな」

刺青の男は首を捻った。

「葉っぱを持っているか？」

セルジオは笑顔で尋ねた。

「持っているが、そっちの男の顔を見せろ。まさかポリスじゃないだろうな」

刺青の男は、セルジオを押し除《の》けて柊真の顔を覗き込んだ。

「おっ、おまえは……」

男は後ずさると、指笛を鳴らした。

「ちっ！」

舌打ちをしたセルジオは、男の両肩を摑んで強烈な膝蹴《ひざげ》りで気を失わせた。

――こちらジガンテ、市場の裏手から武装した連中が来るぞ！

フェルナンドからの無線連絡だ。

「油断するな」

柊真はベレッタ92を抜き、セルジオを常夜灯の下から後退させた。

建物の陰から銃やナイフを手にした男たちが、続々と現れる。銃は二人、ナイフを持つ男は九人だ。

セルジオもベレッタ92を構え、柊真から離れた。

銃を手にした二人の男が、動きを見せたセルジオに銃口を向ける。

柊真は男たちの腕を撃ち抜くと、銃をズボンに差し込んだ。銃を使用不能にした段階で、武器使用は過剰防衛になるからだ。柊真は紛争地でない場合は、法に従って行動するようにしている。可能な限りではあるが。

「セルジオ、銃を仕舞え！」

叫んだ柊真は駆け寄ってきた二人の男のナイフを紙一重で避《よ》け、目にも留まらぬ速さの左右のパンチで沈めた。

セルジオは数メートル離れた路上で、ナイフを手にした三人の男に対処している。

「おまえらは、こっちだ！」

柊真はセルジオを横目に残りの四人の男たちに両手を振った。

「賞金首は、この男だぞ！」

一人の男が柊真の顔をまじまじと見て声を上げた。彼らも〝マーダー・リクエスト〟から情報を得ていたらしい。

「抜け駆けするなよ！」

セルジオの正面にいる男が声を張り上げた。途端、強烈なセルジオの右フックで一回転して倒れた。

「舐《な》めんなよ」

セルジオは残った二人の男たちに手招きをした。

柊真は新たに対峙《たいじ》した四人の男たちのうち二人をすでに倒している。普通なら柊真の圧倒的な力を見れば怯《ひる》むはずだが、彼らは一万ユーロに目が眩《くら》んで挑み掛かってくるのだ。

左の男がナイフを突き出してきた。この男も他の男たち同様に二十代前半と若い。柊真は男の右肘を左手で摑んで引き寄せながら、右肘打ちを顎《あご》に決めた。

「くそっ！」

眉間に皺を寄せた右の男が、ナイフを振り上げる。

「馬鹿が」

柊真は右足刀蹴りで男を三メートル後方に軽々と飛ばすと、周囲を見回した。最初に銃で撃った二人の男たちの姿はない。セルジオに近づくと腕組みをした。彼は最後の一人と闘っている。相手はなかなか腕が立つようだが、手伝う必要はないだろう。

セルジオは男が繰り出すナイフを左右に避けると左手でナイフを払い、右のボディーブローを決めた。男が膝を折って崩れると、すかさず顎に膝蹴りを入れて昏倒させる。

「おまえが八で、俺は三か。まあ、実力の差だな。どいつを尋問する」

セルジオは肩で息をしながら路上に転がっている男たちを見回した。

「こいつらは雑魚《ざこ》だろう。一応両腕に蜥蜴の刺青があるか調べよう」

柊真は涼しい顔で答えた。倒す際に相手の人相や風体《ふうてい》を確認している。幹部らしき男はいないはずだ。

「そうだな」

セルジオは頷くと、倒した男たちの腕を確認した。

「俺が銃撃した男たちは逃げた。そいつらは両腕に刺青があるのかもな」

柊真は視界の隅で、逃げていく二人の男を認識していた。目の前の男たちを倒すのに忙しかったのもあるが、あえて放っておいたのだ。

「じゃ、どうする？　無駄足か？」

セルジオは不満そうに聞き返した。

「こちら、バルムンク。ヘリオス、どうなっている？」

柊真は無線でマットを呼び出した。

――徒歩で追跡中。心配するな。

マットがすぐ返事をよこした。柊真は男らを銃撃した直後に、マットとフェルナンドに逃げる男たちを車で尾行するように命じていたのだ。だが、逃走している男たちが徒歩で移動しているために車は使わなかったのだろう。

「マットとフェルナンドが追っている。行くぞ」

柊真は右手を振ってその場を去った。

6

午後十時四十五分。

柊真とセルジオはスマートフォンのアプリを見ながら、E・ゴベール通りを東に向かって走っていた。マットとフェルナンドのスマートフォンの位置情報を追っているのだ。

E・ゴベール通りに限らないが、幹線道路であっても薄暗い。省エネのためではなく、元から街灯がまばらなのだ。

やがてガルモ通りのラウンドアバウトからN1道路に入り、南に向かう。すでに一・五キロほど走っているが、柊真もセルジオも息を乱していない。

三百メートルほど進んだところで、二人は歩き始めた。マットとフェルナンドの信号がすぐ近くを示しているのだ。

街路樹の陰からマットが現れて手を振った。

「二人の男は、フェンスの中の倉庫に入って行った。自動車修理工場らしい」

マットは囁《ささや》くような声で説明すると、手招きしてフェンス前の街路樹の背後にある金属製のゴミ箱まで移動した。

三百坪ほどの広さの敷地の中央に東西に長い倉庫があり、周囲には鉄屑《てつくず》同然の車が十数台置かれている。フェルナンドはゴミ箱の後ろから暗視双眼鏡で敷地内を窺《うかが》っていた。

「逃走した二人が倉庫に入る際、内部に四人の男が見えた」

フェルナンドはそう言うと、暗視双眼鏡を渡してきた。

「倉庫前の見張りは、二人か。敵は十人前後いると見ていいだろう。セキュリティ装置は特になさそうだな」

柊真は暗視双眼鏡で敷地内を見渡すと、双眼鏡をセルジオに渡した。

「どうする？」

セルジオも敷地内を観察すると、暗視双眼鏡をフェルナンドに返した。

「倉庫の表と裏から同時に踏み込む。俺たちは西側の正面から、マット、フェルナンドは、一本東側にある通りから潜入してくれ。倉庫内は幹部ばかりのはずだ。気を付けてくれ」

柊真は仲間に告げた。〝レザール〟の幹部は銃を携帯していると聞く。至近距離の銃撃戦となれば腕だけでなく運も働くため、銃を持った素人《しろうと》に殺される可能性もある。

「倉庫の裏に着いたら連絡する」

マットはフェルナンドとともにフェンスに沿って、来た道を戻って行った。敷地は角地にあり、北側は古いアパルトマンと接しているが、その他の方角は道路に面しているためフェンスに囲まれている。正面の入口は西側に面しており、フェンスを越えれば見つかってしまうだろう。

反対側に回り込むにしても南側の道路から通ればフェンスから丸見えになるため、マットとフェルナンドは道を戻って行ったのだ。五十メートルほど戻れば、一本東の通りに出られる路地がある。

「正面の見張りはどうするんだ？」

セルジオは見張りを見て難しい顔をした。距離は三十メートルほどだが、柊真らの場所は暗闇のため見張りからは見えない。

「北側の建物からなら、うまくいくだろう」

柊真は十メートルほど戻り、隣りにある四階建てのアパルトマンに忍び込んだ。玄関にロックは掛かっていない。低所得者用のアパルトマンのようだ。廊下を進むと螺旋《らせん》階段がある。むろんエレベーターなどない。

「ここから入るぞ」

柊真は螺旋階段のすぐ脇にある窓を開けた。縦横九十センチと小さいが、日中は明かり取りの役目もするのだろう。倉庫の北側には、見張りはいないようだ。柊真は一八四センチの巨体を折り畳むようにして、いともたやすく窓を擦《す》り抜けた。鋼《はがね》のような筋肉に覆われているが、柔軟性があるのだ。

「俺にはきついぞ。こんなことなら、他の道から回り込めばよかったんじゃないのか？」

セルジオは文句を言いながらも外に這《は》い出して来た。

「文句を言うな。三、四分は時間が稼げた」

苦笑した柊真は、壁に沿って倉庫の正面に向かう。

――こちらへリオス。倉庫の裏側に出入口があるが、見張りが二人立っている。フェンスを乗り越えれば、見つかってしまう。

マットから無線連絡が入った。

「隣りのアパルトマンから潜入できる。すぐこっちに来てくれ」

柊真はアパルトマンから潜入した経路を教えた。

——了解。

柊真は、無線連絡を終えた。

二分後、マットとフェルナンドは、アパルトマン一階の窓から這い出してきた。

柊真は改めて二手に分かれるようにハンドシグナルで合図すると、セルジオとともに西の正面に向かう。

倉庫の角で立ち止まった柊真は、ポケットから二つの鉄礫《てつつぶて》を出した。振り返ってセルジオに頷くと、柊真は見張りに向かって歩き出した。

「貴様！　どこから出て来た」

二人の見張りが銃を抜いた。

「落ち着けよ」

柊真の両腕が一瞬消えた。目にも留まらぬスピードで両手を振り上げたのだ。

「ぐっ！」

鉄礫が眉間に命中した二人の見張りが、弾《はじ》かれたように後方に倒れた。手加減したので脳震盪《のうしんとう》を起こしただけだろう。男たちの銃を拾う。シグザウエルP226である。柊真らが使っているベレッタ92より軽くて扱いやすい。それに頑丈だ。

柊真はセルジオにハンドシグナルで合図した。

セルジオは銃を構え、ドアの横まで駆け寄る。拾った銃の一つを渡すとにやりとし、ベレッタをズボンに差し込んでP226を手にした。セルジオはドアノブをゆっくりと回し、首を横に振った。内側から鍵が掛けられているようだ。

「こちら、バルムンク。先に突入する。ヘリオス、後に続いてくれ」

柊真はマットに連絡すると、銃を抜いてドアを蹴破った。セルジオが銃を構えて突入する。柊真も両手に銃を持って続く。

二百平米以上の広さがあり、修理中の車がいたるところに置いてある。中央にいる五人の男が一斉に振り返った。

「動くな！《ヌブジェパ》」

セルジオが大声で叫んだ。

三人の男が手を上げたが、二人の男が銃を向けて来た。

柊真は銃を持った男たちの右胸を撃ち抜く。

「手を上げろ！《ルヴェレマン》」

セルジオは男たちに駆け寄り、胸を撃たれた男たちを蹴り上げて昏倒させた。

銃撃！

倉庫の奥から連射される。柊真とセルジオは近くの車の陰に転げ込む。

カービン銃を持っている二人の男が銃撃して来たのだ。一瞬だったので断言できないが、おそらくM4カービンだろう。一人は左奥の車の陰に、もう一人はドラム缶の後ろにいる。最初に手を上げた三人の男たちは車の陰に逃げ込んだ。

「カービン銃まで持っているとはな」

セルジオが舌打ちをした。

「俺たちよりも装備はいいらしい。連射モードで撃ってきた。今の銃撃で二十発は撃っただろう。三十発装塡《そうてん》のマガジンだったとしても、後一回撃たせればいいんだ」

柊真は冷静に答えた。射撃からして素人だと分かる。プロなら連射モードで無駄撃ちはしない。彼らはマガジンが空《から》になるまでトリガーを引くだろう。撃ち尽くしてからマガジンを交換する。その時、反撃すればいいのだ。

M4カービンは、毎分九百発、一秒間に十五発発射される。連射は威嚇射撃や動きのある敵には有効だが、半面、銃弾があっと言う間に尽きてしまう。

「銃撃戦の経験はないかもな」

セルジオは笑った。厳しい軍事訓練を受けた者でさえ、はじめての銃撃戦は恐怖心に襲われて無駄に銃撃するものだ。まして、敵との距離が十数メートルという近接戦では、古参の兵士でさえ平常心を失う。逆に恐怖に慣れてしまえば、戦場では早死にする。

柊真は車の陰から飛び出し、倉庫の奥に向かって二発撃って別の車の後ろに転がる。途端に銃弾の雨が降り注いだ。カービン銃の二人だけでなく、はじめは逃げた三人の男たちも銃撃に加わってきた。だが、おかげで三人の位置は確認できた。

――こちらヘリオス。裏の見張りは倒した。これから突入する。

マットからの連絡だ。柊真が突入した騒ぎに乗じて倒したようだ。

「こちらバルムンク。裏口から見て十時の方角にあるドラム缶に一人、二時の方角の車の背後にカービン銃を持った男たちがいる。俺たちが派手に銃撃するからそれを合図に踏み込め」

――了解！　楽しみだ。

「ブレット、ドラム缶の方だ。俺は車の奴らを狙《ねら》う」

――任せろ。

「カウント3。3、2、1、撃て！」

柊真は両手の銃を交互に撃った。セルジオも負けじと両手に銃を持って銃撃している。

――こちらヘリオス。カービン銃の男は倒したぞ。

マットからの報告だ。

「ブレット、右手を頼む。俺は左手だ。ヘリオスとジガンテは援護」

柊真は仲間に命じると車の陰から飛び出し、左の壁際に向かって走った。

銃弾が遅れながらも柊真に迫る。

正面の車の陰に男が二人、銃撃してきた。

柊真は滑り込んで車体の下に覗く二人の足首を撃って倒し、立ち上がると車のボンネットを飛び越えて男たちの肩を撃って着地した。すかさず男たちのそばに落ちている二丁のP226を遠くに蹴った。

銃声はやんでいる。

「こちらバルムンク。二名倒した。報告してくれ」

柊真は車の陰から様子を窺いながら仲間に呼びかけた。

──こちらブレット。一名を戦闘不能にした。

──こちらヘリオス。カービンの二名以外の敵は見かけないな。

セルジオとマットからの報告である。フェルナンドはマットと行動をともにしているので報告はない。とりあえず、最初に確認した五人とカービン銃の敵は倒した。

「引き続き索敵してくれ」

柊真はベレッタをズボンの後ろに差し込むと、P226を手に注意深く歩き始めた。物陰から至近距離で撃たれれば、致命傷になりうる。銃は使い手が誰であろうと関係なく、相手を傷つける。そういう意味では銃はすべての攻撃者に対して平等なのだ。

五分ほどかけて柊真らは倉庫の隅々まで確認すると、外の見張りも含めて全員を倉庫の中央に集めた。重傷者もいるが、死ぬほどではない。仲間は皆、手加減をしたのだ。

「ボスは誰だ？」

柊真は倒れてもがき苦しんでいる男たちに尋ねた。

男たちは二十代後半から四十代半ばまで十一人いるが、誰も答えようとはしない。

「我々は憲兵隊ではない。情報を提供してくれれば、見逃す。だが、手ぶらで帰れというのなら、一人残らず死んでもらう。まずはおまえだ」

柊真はP226の銃口を一番年配の男の眉間に当てた。スキンヘッドの頭に刺青が入っている。四十代半ばに見えるが、もっと上かもしれない。

「分かった。何が知りたい？」

男は開き直ったらしく、聞き返してきた。やはりこの男がボスらしい。最初に右胸を撃ち抜いた男だが、比較的に軽傷と言えるだろう。

「この女性に見覚えはないか？」

柊真はスマートフォンにルイーズ・カンデラの写真を表示させ、男に見せた。

「……知らない」

男はゆっくりと首を振った。だが、柊真は男が写真を見た瞬間に右頬を引き攣《つ》らせたのを見逃さない。

「そうか」

柊真は顔色も変えずに男の左太腿《ふともも》を撃った。大動脈は外している。

「ぎゃあ」

男は叫び声を上げてひっくり返った。

「右足も撃たれたいのか！」

柊真は冷酷な表情で言った。

「はっ、白状する！　助けてくれ」

男は両手を合わせ、拝むように言った。

「いいだろう。嘘《うそ》をつけば、殺す！」

柊真は男の眉間に銃口を突き付けた。

台湾の敵

1

二月十八日、午後三時、台北士林区、国家安全局本部。

浩志は、敷地の中央にある建物の窓もない部屋でブラックコーヒーを飲んでいる。

十平米ほどの部屋で隣りの尋問室とマジックミラーで仕切られていた。尋問室では局員がポリグラフの装置で、白衣を着た尋問官から質問を受けている。

昨日、王洪波の部下が二人殺された。狙《ねら》いはもちろん浩志だったのだろう。犯人は総務室の宋鉄という男で、普段は大人しく目立たない存在だったらしい。

王洪波は事件後ただちに本部の門を閉ざし、局内を調査するように命じた。彼は主に国際情報工作を行う国家安全局の第一処の処長で、副局長に次ぐナンバー3であった。彼は局長の許しを得て、捜査の全権を与えられている。二百二十人の局員をポリグラフに掛けるという徹底ぶりで、全局員に身の潔白を証明するように命じたのだ。

浩志は局内にある宿泊施設で休むように言われたが、王洪波と行動をともにした。彼らに自浄機能があるのか確かめたかったこともあるが、寝首を掻《か》かれるような真似《まね》はしたくないからだ。

「最後の局員も問題ないようです」

椅子《いす》に座って尋問室を見ていた王洪波が、立ち上がると大きく伸びをした。全局員を対象にしたポリグラフが、ようやく終わったらしい。昨日、非番で出勤していなかった局員は、今朝から呼び出されて順次調べられた。台南《たいなん》など遠方にいた局員も呼び出したので時間がかかったようだ。

「苦労を踏みにじるようだが、高度な訓練を受けた諜報員ならポリグラフはかわせるらしいぞ」

浩志はコーヒーを啜《すす》りながら言った。眠気覚ましに飲んでいるが、出されたコーヒーは不味《まず》くはない。客として扱われているため、気を遣っているのだろう。

訓練によって血圧や心拍数さえもコントロールできると美香から聞いている。そうなれば、ポリグラフも誤魔化《ごまか》せるというのだ。もっとも、それができるのは一握りの諜報員らしい。

「そんなことができる諜報員がそうそういるとは思えませんが、それを言われては元も子もありません。局員の潔白を証明することで、あなたから信頼されることを目的としていました。極秘情報を簡単に聞き出せるとは思えませんが、かけがえのない部下を二人も亡くしたんですよ。私の身にもなってください」

　王洪波の目の下に隈《くま》が出来ている。捜査の陣頭指揮を執《と》って一睡もしていないため、疲れも限界に達しているのだろう。

「情報を共有すれば、死を覚悟することになるぞ」

　浩志は壁際《かべぎわ》のテーブルに空《から》になったコーヒーカップを置いた。一睡もしていないのは同じだが、ストレスを感じていないので疲れてはいない。テーブルにはコーヒーカップとコーヒーポット、それにサンドイッチが載せられた大皿が置かれている。局内のレストランで作られたものらしいが、なかなか美味《うま》かった。

「脅しですか？」

　王洪波は険《けわ》しい表情で尋ねた。

「事実を言ったまでだ。俺を狙ってきた奴らは、中央統戦部の元工作員だと思っていた。CIAでは〝レヴェナント〟というコードネームで呼んでいる。だが、最近違うらしいことが分かってきた。もっと大きな組織で凶悪だ」

　浩志は大雑把《おおざっぱ》に説明した。柊真からの新しい情報を日本の傭兵代理店経由で得ている。敵はダークウェブを駆使しているらしい。賞金をかけて、プロアマ問わずに殺人の依頼ができるようだ。アマに頼るのは、近場にプロがいない場合なのだろう。だが、狙われる側にとって、世界中どこでも命の危険にさらされることになる。

「中央統戦部！〝レヴェナント〟？　はじめて聞きました。しかし、敵が中央統戦部というのなら、分かります。中国はいつでも我が国を陥《おとしい》れようとしてきました。あなたたちの目的が、そのレヴェナントの捜索というのなら納得です」

王洪波は大きく頷《うなず》いたが、浩志の断片的な話でどこまで理解しているかは怪しいものだ。

「〝レヴェナント〟は、どこにでも潜入している可能性がある。だから、話すことができなかった。実際、ここにもモグラがいた」

現段階で〝レヴェナント〟の正体を闇雲に追及しても仕方がないため適当に話を進めた。

「捜査を恐れた〝レヴェナント〟が、執拗《しつよう》にあなたを狙っているのですね」

王洪波はポットからカップにコーヒーを注《つ》いだ。

「恐れているかどうかは知らないが、俺を邪魔だと思っていることは確かだろう」

浩志は苦笑した。二人を殺すため、一方的に多大な損害を出していることは妙に笑える。それだけ敵は浩志と柊真を抹殺したいと躍起になっているということだ。

「我々はあなたにどう対処したらいいでしょうか？」

王洪波はコーヒーカップを手に尋ねてきた。

「監視するのは構わないが、自由にさせてくれ」

浩志もポットからコーヒーを注いだ。

「局長からは一任されていますが、武器を持ったあなたを自由にすることなどあり得ません。しかし、部下を二人も死なせてしまって、他に誰を任命すべきか躊躇《ちゅうちょ》しています」

王洪波は渋い表情でコーヒーを啜った。巻き添えになることを恐れているのだろう。

「現場経験はあるのか？」

浩志はコーヒーを飲みながら王洪波の前の椅子に座った。

「私は軍事情報局に所属して中国や東南アジアに十二年間赴任し、国家安全局の第一処に転属になりました。今でも海外の任務に就くこともあります。体力は落ちましたが、現役ですよ」

王洪波は笑ってみせた。

「それなら、あんたが一緒に行動すればいい」

浩志は横目で見た。

「わっ、わたしですか……いいでしょう」

王洪波は、戸惑いながらも首を縦に振った。

「俺は帰るぞ」

浩志はコーヒーを一口飲むと、腰を上げた。

2

午後五時五十分、台北商旅大安館。

「お待たせ」

洗面所から出て来た美香が声を掛けてきた。ジーパンにダウンジャケットを着ている。今日は曇りがちで最高気温も十四度と肌寒い。

「そんな時間か」

スマートフォンで代理店からの情報を確認していた浩志は、黒縁《くろぶち》の眼鏡《めがね》をかけてソファーから立ち上がった。

国家安全局本部から二時間ほど前に帰っている。

シャワーを浴びて一時間だけ仮眠した。王洪波は浩志と行動することを約束したが、徹夜明けなので捜査は明日からということになった。徹夜したこともあるが、二人の部下を失ったことで心労が重なったらしく、休養が必要だったようだ。

浩志と美香はホテルを出ると、仁愛路四段に向かって歩いた。武装していることもあるが、浩志は顔認証を妨害する眼鏡を掛けている。武装集団にいきなり銃撃される可能性はまだある。だが、今度は対処できるだろう。

仁愛路四段を出ると、二百メートルほど歩いて復興《ふっこう》南路一段の交差点の赤信号で立ち止まった。

「台湾も監視カメラが増えたわね」

美香はさりげなく周囲を見回して言った。近くの街灯に監視カメラが設置してある。通り沿いのビルのエントランスにもあった。顔認証されていれば、すでに浩志の位置情報は漏《も》れているということだ。そういう意味では、昨日は無用心だったらしい。

「どこも住みにくくなったな」

浩志は鼻先で笑った。

「任務が終わったら、別荘でバカンスもいいんじゃない？」

美香は明るく笑う。別荘とはマレーシアのランカウイ島にある海辺のコテージのことである。古くからの友人で大佐と呼ばれているマジェール佐藤《さとう》が所有していたが、昨年譲り受けていた。美香は新型コロナの流行で、海外で情報活動ができなくなったために暇らしい。休暇も自由に取れるのだろう。

「それもいいな」

適当に頷いた。任務の先行きが見えない現状においては深く考えないようにしている。

信号が変わり、地下鉄の高架橋を潜《くぐ》って道を渡り、右に進んだ。今のところ、尾行はないらしい。さらに百メートルほど歩き、交差点角にある高層ビルの一階にある〝真的好《チエンディハオ》海鮮餐廳《ハイシエンツアンティン》〟という看板を出すレストランに入った。

「ここを選ぶなんて、センスがいいわね。私も来たのははじめてよ」

美香は広い店内を見回して大きく頷いている。噂《うわさ》には聞いていたが、まだ来たことがなかったらしい。ホテルの大広間のような空間に白いテーブルクロスが掛けられた丸テーブルが、十分な間隔を空けて置かれている。高級食材を使った海鮮中華レストランとして人気らしいが、装飾はヨーロッパ調である。

「董学峰《とうがくほう》先生の名で予約が入っているはずだ」

浩志は、エントランスに立っていた白い制服のウェイトレスに名前を告げた。

「高科《たかしな》ご夫妻ですね。伺っています。どうぞこちらへ」

ウェイトレスは満面の笑みで、先に歩き出した。

テーブル席を抜けると、一番突き当たりにダイナミックに書が書かれたガラスのパーテーションで仕切られた一角がある。

「こちらです。ごゆっくり」

ウェイトレスは右手を優雅に伸べて、パーテーションの奥を示した。

洒落《しやれ》たシャンデリアの下にある大きな丸テーブルが、十脚の椅子に囲まれている。一番奥の席に髪がやや薄い白髭《しろひげ》の老人が座っていた。

「待っていたよ」

老人は浩志に右手を上げて中国語で挨拶《あいさつ》をすると、美香に丁寧に頭を下げてみせた。どこからどう見ても中国人の年寄りに見えるが、特殊メイクをした夏樹である。暗号化メールを使って、指定の場所で打ち合わせをしたいと連絡を入れてきた。この店の予約をしたのも彼である。

「ヨーロッパで調査をしていたんじゃないのか？」

浩志は夏樹と一つ離れた椅子に美香と並んで座ると、フランス語で尋ねた。中国語や英語だと会話を他人に聞かれるおそれがあるためだ。

「パリで国家安全部第十局の高剣という男を追っていたが、台湾経由で中国に帰ったことが分かった。それで、私も同じルートで台湾に寄ったんだ。航空関係者が使う特殊なルートで二週間の強制隔離も回避することができる。だが、せっかくなら君たちとディナーを楽しみたいと思ってね。スペシャルコースを頼んであるんだ」

夏樹は表情も変えずに言うと、唇に人差し指を当てた。二人のウェイトレスがスープ皿を手に現れたのだ。

「特上鱶鰭《ふかひれ》のスープです」

ウェイトレスは、スープ皿を丁寧にテーブルに載せた。大振りの鱶鰭が入った贅沢《ぜいたく》なスープである。

「打ち合わせじゃなかったのか?」

浩志はウェイトレスが出ていくと、香りたつスープを見て尋ねた。

「打ち合わせというより情報交換だが、食事を楽しみながらでもいいんじゃないか」

夏樹は肩を竦《すく》めてみせた。

「二人とも、スープが冷めちゃうわよ。……美味《おい》しい」

美香はスープを口にすると舌鼓を打った。グルメの彼女を唸《うな》らせる味なら間違いない。

浩志と夏樹は顔を見合わせて、スプーンを手に取った。

「俺は昨日台湾に到着したが、すでに二度襲撃を受けている。柊真もギアナに到着して二度襲われたらしい。敵はダークウェブを使って、世界中に暗殺指令を出せるらしい」

スープを飲み込んだ浩志は、簡単に報告した。歯応《ごた》えがある鱶鰭は、絶品である。

「ダークウェブか、なるほど。以前から問題になっていたが、中国は裏世界も支配しようとしているのか。これまで中国政府は華僑や海外で生活している中国人に対して公安や国家安全部などの諜報機関を介して個別に命令し、諜報活動をさせていた。だが、ダークウェブを駆使することで、自国民であるかどうか関係なく中国の手先として使うことができる」

いつもは口数が少ない夏樹が、捲《まく》し立てるように言った。

「それに中国が各国の闇組織を掌握すれば、紛争や経済制裁などを起こすことなく、相手国を混乱に陥れることができる」

　浩志は相槌《あいづち》を打った。

「狙いは世界制覇に間違いなさそうね。でも、レヴェナントは中国のどの組織に属するのかしら。反中国に対抗する諜報機関は中央統一戦線の工作部だった。鄧威の暴走で統戦部のイメージが悪くなったために中共中央は工作部を浄化し、縮小したと言われているけど、本当かしら」

　美香はスプーンを皿に載せ、首を傾《かし》げた。

「そもそも、公《おおやけ》になっていない中央統戦部の上部組織があると思っている。不祥事を起こした中央統戦部の縮小というのは、パフォーマンスに過ぎない。中国に行けばもっと詳しく分かるはずだ」

　夏樹は品よくスープを飲みながら言った。

「パフォーマンスか。中国の得意とするところだな」

　浩志は小さく笑うと、またスープを飲み始めた。

「私は航空便の都合で、明日の夕方に出発する。それまでは手が空いているので、協力できる」

　夏樹はナプキンで口元を拭きながら言った。仕草も七十代の老人そのものだ。

「それはいい。実は今夜、ターゲットに潜入するつもりだ。協力があれば助かる」

浩志は大きく頷いた。

3

午後八時五十分、新北市《しんほくし》林口区《りんこう》。

高速道路である中山《ちゅうざん》高速公路を走って来た黒塗りのレクサスが、林口交流道から文化一路に入った。ハンドルをスーツ姿の浩志が握っている。後部座席には美香と特殊メイクをした夏樹が座っていた。夕食時と違って白髭は取ってあるが、髪がやや薄いカツラはそのまま使っているので六十代半ばに見える。

林口区の幹線道路である文化一路は片側四車線と道幅が広く、育ちすぎた街路樹が生《お》い茂っていた。レクサスは復興一路との交差点で文明路に左折し、三百メートルほど先の林口工業特区のゲートに入った。広大な敷地を誇る工業特区は、産業スパイや盗難を警戒するためか、外部の道路とのアクセスは三ヶ所のゲートに限られている。

右側にあるゲートボックスから警備員が出て来た。

「日本の新東《しんとう》電子株式会社です。大動科技《ダードン》の副社長に面会です」

顔認証妨害眼鏡を掛けている浩志は、警備員に名刺を見せた。

友恵が作った〝レヴェナント〟選別プログラムによると、日本も含むアジア圏では大動科技がダントツの一位であった。そこで、友恵をはじめ傭兵代理店のスタッフでこの会社を徹底的に調べたところ、大動科技の経理は二重帳簿になっていることが分かっている。また、裏帳簿を管理しているのは、副社長の呂英峰《ろえいほう》という男であった。

「車は右手の駐車場に停めてください。大動科技は手前のビルです」

警備員は名刺をチラリと見ると、略図を見せて説明した。

「ありがとう」

浩志は車を進め、大動科技本社ビルの前にある駐車場に車を停めた。八階建ての本社ビルの奥には工場もある。

「大動科技は大手じゃないけど、中堅の電子部品のサプライヤーでしょう。もし、本当に中央統戦部と繋《つな》がりがあるとすれば、大変なことになるわね」

車を降りた美香は、周囲を見回した。普段と変わりなく、落ち着いた様子である。

「大動科技は、国内外の企業に納品されている電子部品にウィルスを仕込むことも可能だ。台湾製ということなら、どこの国も怪しむことなく使っている。落とし穴だ」

夏樹は小声で答えた。

「いずれにせよ。調べれば、何か出てくるだろう。無線機をオンにしてくれ」

浩志はジャケットのポケットに隠し持っているＩＰ無線機の電源を入れた。同時にアンテナが四本立っている小型のジャミング装置を起動させた。半径百メートル内で使用される周波数帯域の通信を妨害することができる。

「了解」

美香と夏樹が同時に返事をした。全員ジャミング装置に影響されないＩＰ無線機とコードで接続されているイヤホンを使用している。

「こちら、リベンジャーだ。モッキンバード、応答せよ」

浩志は無線で日本にいる友恵を呼び出した。ＩＰ無線機は特殊なモバイルルーターでネットに接続しており、インターネットを経由するので通話は距離と関係ない。また、浩志らが持っている無線機は暗号化されるので盗聴の心配はないのだ。

——モッキンバードです。感度良好です。リベンジャー、どうぞ。

多少のタイムラグはあるが、すぐに友恵が反応した。彼女にはあらかじめ林口工業特区にある大動科技に潜入すると、連絡してある。また、彼女からは事前に、セキュリティや建物の見取図など情報を得ていた。

「これから潜入する。固定電話の妨害と〝ラグドール〟のサポートを頼む」

浩志は歩きながら言った。ラグドールは猫の品種だが、猫好きの美香のコードネームの一つである。

——了解です。

「こちら、ラグドール。モッキンバード、よろしくね」

美香は友恵に挨拶すると、二人から離れて西の方角に駆けて行く。大動科技の建物の裏口から潜入するのだ。潜入経路は、友恵が会社のセキュリティシステムをハッキングして見つけ出している。また、ドアロックも彼女が開けることになっていた。

浩志と夏樹はそのまま三十メートル進み、大動科技のエントランスに入った。正面に受付があり、夜間のためか制服姿の警備員が二人座っている。

「新東電子株式会社の鴻池《こうのいけ》専務です。副社長の呂英峰先生にお取り次ぎ願えますか」

浩志は中国語でゆっくりと説明し、警備員に分かるように後ろを振り返った。夏樹は二人の警備員に会釈をする。見てくれは六十代半ばで、彼を怪しむ者はいないだろう。

新東電子株式会社は、日本国内外の自動車メーカーに電子部品を供給している業界大手である。浩志と夏樹はこの会社の名を借り、台湾のＩＴメーカーの視察に訪れているとして呂英峰に面会を申し込んだのだ。

連絡は午前中に入れてあった。だが、夏樹が加わることが急遽《きゅうきょ》決まったので専務が行くことになったと変更の連絡をしてある。もともと、スケジュールの都合で夜の訪問ということにしてあったので時間の変更はない。

「そちらの方が、鴻池専務ですね。ご案内します」

警備員の一人が受付カウンターから出て来ると、エレベーターホールに向かった。警備員のベルトホルダーは特殊警棒が差し込んであるが、特別な仕様ではない。

エレベーターに乗り込むと、警備員は三階のボタンを押した。

「こちらです」

警備員は三階で下りると、左手にある応接室のドアを開けた。

三十平米ほどの部屋にソファーセットがあり、出入口と反対側にはカウンターバーがある。応接室というより、娯楽室という感じだ。

「専務、こちらにお座りください」

夏樹に恭《うやうや》しく頭を下げると、ソファーの横に立った。浩志の設定は、企画開発部の課長である。

「いやはや、ハードスケジュールで疲れたなあ」

夏樹は頷くと、出入口が見えるソファーに腰を下ろし、大きな溜息《ためいき》を吐《つ》いた。二人とも部屋に監視カメラや盗聴器があると想定して行動している。

五分ほど待たされ、マスクをつけた五十代前半のスーツ姿の男が二人の男を伴って入って来た。二人とも一九〇センチ近い巨漢である。しかも左脇が僅《わず》かに開いているのは、脇の下にホルスターを下げているからだろう。

浩志が夏樹と組んだのは、美香の潜入をカモフラージュするためだ。場合によっては力ずくで時間を作る必要もあるだろう。

「お待たせしました。呂英峰です」

軽く頭を下げた呂英峰は、夏樹の前に座った。


裏口から潜入した美香は、近くの倉庫に隠れていた。

――こちらモッキンバード。ターゲットが移動しました。今なら大丈夫です。

友恵からの無線連絡が入った。ターゲットとは呂英峰のことである。彼女は社内のセキュリティシステムをハッキングし、監視カメラで見張っているのだ。

「ありがとう」

美香は倉庫を出ると、非常階段で最上階の八階に向かった。廊下も階段も監視カメラが設置されているが、友恵がループ映像に差し替えている。

八階の階段室から出ると、他の階と違って廊下にカーペットが敷かれていた。突き当たりが社長室で、その手前が副社長室となっている。その他の重役の部屋もこのフロアに集中しているそうだ。浩志と夏樹が引き付けている隙《すき》に、美香は呂英峰の部屋を調べることになっていた。

副社長室の前に立った美香は周囲を窺《うかが》うと、ドア横の指紋認証用のスキャナーに特殊なシールを貼って剝《は》がした。肩に掛けていたポシェットから小型の機械を出し、シールを挟み込んでボタンを押す。熱処理することでシールに塗布されている特殊な樹脂が、採取した指紋の部分だけ盛り上がる。ＣＩＡの諜報機器の一つであるが、誠治の計らいで美香は手に入れていたのだ。

出来上がった指紋をスキャナーに押し付けると、ドアロックは外れた。

美香は副社長室に足を踏み入れると、デスク上のノートPCのUSBポートに持参したUSBメモリを差し込んだ。パソコンのセキュリティパスワードを解除し、友恵がリモートコントロールできるようにするプログラムが入っている。

「こちらラグドール。PCをオンにしたわ」

ノートPCの電源を入れると、美香は友恵に連絡した。

――モッキンバード。了解。

二十秒ほどでノートPCは、ロックが解除された状態で立ち上がった。

――接続完了。こちらでの作業は二分かかります。USBメモリは、抜いても大丈夫ですよ。

友恵は作業しながら連絡をしてきた。キーボードを叩《たた》く音が聞こえる。ノートPCの画面が勝手に変わる。友恵がリモートコントロールでPC内のデータをコピーしているのだ。

「了解」

美香はPCから離れ、デスクの引き出しを調べ始めた。右側に三段の引き出しがあるが、一番下は鍵が掛かっている。だが、ピッキングツールを持参したので問題ない。

「うん？」

美香はデスクの陰に隠れ、ジャケットの下に隠し持っていたグロック26を抜いた。廊下から足音が聞こえたのだ。

ロックされているドアノブが音を立てたが、すぐに足音は遠ざかる。

――こちらモッキンバードです。警備員が、副社長室のドアの施錠を確認して去っていきます。

友恵は美香が不安がっていると思って連絡してきたのだろう。

「ありがとう。助かったわ」

美香は再び椅子に腰を下ろした。

4

午後九時十分、大動科技。

「それにしても、二週間の強制隔離は大変でしたね」

呂英峰は、大袈裟《おおげさ》に首を振ってみせた。

「ホテルに缶詰でしたから、暇を持て余しました。にもかかわらず、視察と商談に残された時間はたったの二日です。そのため、こんな時間にお邪魔してご迷惑をお掛けすること

「中国で生活したことがありますので、多少話せるようになりました」

流暢《りゅうちょう》な中国語を話す夏樹は、穏やかな口調で苦笑した。名刺交換した後、当たり障《さわ》りのない話をしている。とりあえず美香が、副社長室から有力な情報を得るための時間を稼ぐだけでいいのだ。

浩志は二人の会話を表情もなく聞いている。夏樹とは簡単な打ち合わせをしたのみだがお互いプロである。各々《おのおの》の役割を理解すれば、細かい擦《す》り合わせは必要ないのだ。

「新東電子の重役も大変ですな」

呂英峰は太い声で笑った。ソファーの両脇のボディーガードは後ろに手を組み、微動だにせず立っている。身のこなしから見て元軍人だろう。

「呂先生、あなたも噂では大変だと聞いていますよ」

夏樹は目を細めて言った。

「いったい、どんな噂なんですか？」

呂英峰は足を組んで、僅かに首を傾げた。

「御社は二重帳簿を付けており、未申告の秘密の帳簿をあなたが管理されていると聞いております」

夏樹は唐突に話を変えた。

「むっ！」

傍《かたわ》らの浩志は右頬《ほお》をぴくりと痙攣《けいれん》させた。いくら台本がないとはいえ、いきなり尋問するような場面ではない。

「なっ！」

呂英峰は両眼を見開き、あんぐりと口を開けた。二人のボディーガードは威嚇するように睨《にら》みつけてきた。

「それに、中央統戦部からの裏金をケイマン諸島にある銀行口座で受け取っているそうじゃないですか」

「えっ！」

呂英峰の表情が険しくなった。すべて図星ということだろう。

「なかなかのやり手ですね。私もあやかりたいです。何をすれば、百万元単位の裏金をもらえるのか教えてもらえますか？」

夏樹は狡《ずる》そうに笑った。

「貴様！　何者だ！」

呂英峰は立ち上がり、右拳《こぶし》を握りしめて声を上げた。

「私は新東電子のただの役員ですよ」

夏樹は肩を竦めてみせた。

「嘘《うそ》をつくな！　おまえは日本のスパイだろう。じゃなきゃ、ケイマン諸島にある銀行口座のことなど知るはずがない！」

興奮した呂英峰は、大声で捲し立てた。

「私は日本のスパイじゃありませんよ。だけど、あなたは私の言ったことを認めましたね」

夏樹は呂英峰を指差して笑った。無茶なことをしたが、下手《へた》な尋問や拷問《ごうもん》より手っ取り早く結果を得られたようだ。

「それが、どうした！」

呂英峰は右手を大きく振った。開き直ったらしい。

「そんなに興奮されては商談もできませんな。今日のところは帰らせてもらいますよ」

夏樹は溜息を吐きながら立ち上がり、両手を軽く前に上げて自然体に構えた。一見無防備なようだが、隙がまったくない。

「馬鹿な。生きて帰れると思っているのか！」

呂英峰は左右の部下に向かって両手を振ると、後ろに下がった。二人の男たちは、にやりと笑ってみせた。腕に自信があるのだろう。

「やれやれ」

浩志はジャケットのボタンを外し、二人の男たちの前に立った。

「私の責任です。相手をしますよ」

夏樹が浩志の横に並んで言った。最初から自分が対処するつもりだったのだろう。

「俺に任せろ」

浩志は夏樹を脇にどかした。意地を張っているわけではない。一刻も早く今のシーンを進めたいだけだ。

「それじゃ、遠慮なく傍観させてもらいます」

夏樹は後ろに下がり、腕を組んで壁にもたれ掛かる。

左手にいる男の右パンチが、唸りを上げて飛んできた。

コンマ一秒速く、浩志は右拳を男の左顎《あご》に叩き込む。男は半回転して壁に頭部をぶつけて崩れる。

右手の男が左右のパンチを繰り出してきた。中国拳法のようだ。

浩志は上体を振って避《よ》けると、左の拳を男の鳩尾《みぞおち》に入れ、間髪を容《い》れずに右肘《ひじ》打ちを男の首筋に決める。二人の男を倒すのに十秒とかからなかった。場数を踏んでいるだけに、相手の力量は分かっていたのだ。二人目を倒すと、夏樹が口笛を吹いた。傍観というより、観戦を楽しんでいたようだ。

「なっ、なっ！」

呂英峰が慌《あわ》ててドアノブに手を掛けた。

夏樹が開き掛けたドアを足で蹴《け》って閉める。

「付き合ってもらおうか」

浩志は呂英峰の胸ぐらを摑《つか》んだ。

5

午後九時十五分、大動科技。

美香は副社長室の椅子に座り、デスクの引き出しから見つけ出したタブレットPCとスマートフォンを調べている。

友恵がノートPCの解析を始めたら部屋を出るつもりだった。だが、つい先ほど浩志から呂英峰を拘束したと連絡があったので、調査を続行しているのだ。

――ノートPCには特に怪しいデータはありませんでした。メールも業務上のものばかりで、暗号化された文章もありませんね。デスク上に置いていただけに、表の顔をしていますよ。

友恵から無線連絡が入った。数分でノートPCの解析を終えたらしい。「表の顔」というのは、裏情報はないということなのだろう。

「ますますこのタブレットPCとスマートフォンが、怪しくなってきたわね」

美香はタブレットPCとスマートフォンを交互に見た。どちらもロックが掛かっているのだ。

——私もそう思います。レヴェナントとの連絡は、それらのデバイスを使っているかもしれませんよ。

「でも、ロックが掛けられているのよね」

——とりあえず、スマホだけでも解除できるんじゃないですか？　部屋のロックを解除されましたよね？　そのスマホは指紋認証するタイプですよ。

友恵にスマートフォンの機種は口頭で教えていた。

「あっ、そうだった」

美香は肩を竦めて笑った。ポシェットから部屋のセキュリティロックを解除するのに使った指紋付きシールを出し、スマートフォンにタップさせた。スマートフォンが待ち受け画面になる。

「できたわ」

美香はさっそく、スマートフォンのメールアプリなどを調べた。だが、メールアプリが使われた形跡はなく、ショートメールやメッセンジャーなどの通信手段もまったく使用されていない。

「へんね。このスマホは、使われていなかったのかもしれないわよ」

美香は独り言のように呟《つぶや》いた。

——使っていないスマホをわざわざ鍵を掛けた引き出しに仕舞うのは、絶対おかしいですよ。きっと何かあるはずです。それにタブレットPCは、どうなんですか？

友恵の声のトーンが高くなった。無線連絡だけなので、苛《いら》ついているようだ。７インチディスプレイの小型タブレットPCは、指紋認証するタイプではない。だが、スイッチを入れても起動すらしないのだ。電池切れという可能性もあるため、引き出しにあったCタイプの充電器に繋いである。

「これ、何かしら？」

美香がスマートフォンの画面を見て首を捻《ひね》った。

——どうしたんですか？

「見たこともないアプリなんだけど、タップしても起動しないの」

——それじゃ、スマートフォンの画像を暗号化メールで送ってもらえますか？　私の方でアプリを検索します。

「了解」

美香はさっそく画面を自分のスマートフォンで撮影し、友恵に送った。

——どこにも登録されていませんね。自作のアプリだと思います。ひょっとすると、ダークウェブから違法なアプリがダウンロードされたのかもしれません。通常のアプリは一度のタップで起動しますが、闇のアプリの中には誤動作や他人に使用されるのを防ぐためにタップの回数を設定できるものがあると聞いています。

友恵は一分とかからずに返事をしてきた。

「やってみる」

美香は不審なアプリを二回、三回とタップした。続けて三回タップすると、アプリが立ち上がった。

「これは……」

アプリの画面を見た美香は、にやりとした。


浩志は十八平米ほどの窓もない部屋にいた。

大動科技の裏口近くにある倉庫で、美香が建物に潜入する前に潜《ひそ》んでいた部屋だ。スチール棚に書類を入れた段ボール箱が積み上げられている。だが、埃《ほこり》を被《かぶ》っているので、人の出入りはあまりないようだ。

「なかなかしぶといやつだ」

夏樹は額《ひたい》に浮いた汗をハンカチで拭《ぬぐ》った。倉庫のため空調が効いていないこともあるが、特殊メイクで顔が蒸れるのだろう。

倉庫の一番奥にある棚に呂英峰が縛り付けてある。夏樹は拷問していたのだ。彼が中国や北朝鮮の諜報機関から〝冷たい狂犬〟と呼ばれているのは、残酷な暗殺や死に至らしめる拷問をするためと聞いたことがある。

とはいえ、拳で殴るようなことはしない。顔面を殴れば、脳が麻痺《まひ》してかえって白状しなくなる。これは浩志も経験済みだ。それに殴ったぐらいで白状するような連中から得られる情報は、ほとんど価値がない。

夏樹は呂英峰の足の爪《つめ》の間に細い釘を刺している。しかも、声を上げられないように口にタオルを詰め込んでいるのだ。質問にはイエスなら首を縦に、ノーなら横に振ることで答えさせていた。

釘を三本刺したところで、呂英峰は中央統戦部から命令を受けていたことを認めている。また、浩志への一度目の襲撃は彼が指示したことも白状した。完全に堕《お》ちるのも時間の問題だろう。

浩志は傍観していた。残酷な手段だが、止めるつもりはない。呂英峰は、浩志らを生きて建物から出すつもりはなかった。躊躇《ためら》いもなく人を殺すということは、殺人の経験があるということだ。そんな男に情けは無用である。

――こちらラグドール。呂英峰から六桁《けた》の数字を聞きだして欲しいの。

美香は唐突に言うと、呂英峰の部屋での調査を報告した。ノートPCからは何も得られなかったそうだ。そこでデスクの引き出しから見つけ出したスマートフォンとタブレットPCを調べた。どちらもロックが掛かっていたが、スマートフォンは指紋認証で立ち上げることができたらしい。そのスマートフォンには一つだけ見知らぬアプリがあり、三回タップすると立ち上がった。画面にはテンキーと、その上に六つの枠が表示されたのだ。

「なるほど、未使用に近いスマホの自作アプリを開いたら、六桁の数字パスワードを聞いてきたのか。臭うな」

浩志は話を聞きながら夏樹をチラリと見た。無線は全員がオープンで聞いている。

「おまえがデスクの引き出しに隠し持っていたスマホに、六桁のパスワード認証が必要なアプリがあるな。教えてくれるか？」

夏樹は優しく言うと、釘が刺してある足の指を踏みつけた。

「ううー」

呂英峰はのけぞって苦しんでいる。

「教える気になったか？」

夏樹は呂英峰の髪を摑んだ。

呂英峰は必死に頭を縦に振った。

「該当する番号に頷け。嘘をつけば、釘の数が増えるだけだ。確かめれば分かることだからな」

夏樹は自分のスマートフォンで電卓を立ち上げ、呂英峰に見えるようにゆっくりとテンキーを指さした。この期《ご》に及んでも夏樹は大声を出されることを警戒している。プロらしい行動だ。

呂英峰は、夏樹の指先を見て頭を上下に振る。

「3、……8、……5、……9、……0、……2、385902で間違いないな」

夏樹が念を押すと、頷いた呂英峰はぐったりとした。

――最後は、2ね。……OKと表示されたけど、アプリは勝手に終了したわ。変ね。数字は合っているみたいだけど、スマホに変化はないわね。……えっ、そういうことか。

美香は夏樹の声を拾ってアプリに数字を入れたらしいが、一人で興奮しているようだ。

「どうした？」

夏樹と顔を見合わせた浩志は、首を傾げた。

――いつの間にかタブレットPCが立ち上がっていたの。どうやら、スマホはタブレットPCを起動させるためのセキュリティデバイスだったみたいね。

「セキュリティのために他のデバイスを使うとは、ただのタブレットPCじゃなさそうだな。中身はなんだ？」

浩志は、夏樹に親指を立てながら尋ねた。

――暗号化メールと、インターネットバンキング、他にもありそうね。じっくりと見た方が良さそう。

美香は操作しながら答えているようだ。

――こちらモッキンバード。エントランスの前に三台の車が停まりました。注意してください。

友恵が焦った声で知らせてきた。

「了解！　ラグドール。撤収だ！」

浩志は美香に撤収を促《うなが》した。

6

午後九時二十五分、大動科技。

エントランスに銃を構えた男たちが、雪崩《なだ》れ込んできた。黒いヘルメットに上下黒の戦闘服、それにボディアーマーを装備している。大動科技の私兵に違いない。

ビルの警備員は壁際まで下がり、茫然《ぼうぜん》としている。驚いているようだが、男たちに頭を下げて挨拶しているので存在は知っていたようだ。

――こちらモッキンバード。正面玄関からハンドガンを構えた男が八人、アサルトライフルの男が二人、侵入してきました。

監視カメラの映像で見張っていた友恵からの連絡だ。

「警備員が通報したのかな？」

非常階段の下から廊下の様子を窺っていた浩志は、舌打ちをした。最上階から下りてくる美香のために脱出路を確保している。ジャミング装置を使っていたので、警備員は携帯電話機やスマートフォンは使えなかった。また、固定電話の回線も友恵が切断しているので、外部と連絡はとれなかったはずだ。まして副社長室で起きたことを警備員に感づかれたとは思えない。

——通報はないと思います。通信手段がないこともありますが、監視カメラで見る限り、警備員が外部と連絡をとった様子はありません。おそらくネットワーク化されていないセキュリティシステムがあったのでしょう。副社長室に設置してあった可能性があります。迂闊《うかつ》でした。

友恵は泣きそうな声で言った。彼女はセキュリティを完全に掌握したと思っていただけに自分が許せないのだろう。

——あり得るわね。引き出しのロックあたりに……警報装置が仕掛けてあったんだわ。

美香が割り込んできた。声が途切れるので、階段を駆け下りているのだろう。

倉庫から出てきた夏樹が、裏口に向かった。「あとは任せろ」と言われたので、浩志は先に倉庫を出ている。おそらく彼は呂英峰を殺害したはずだ。それが脱出するのに最善の方法ではある。だが、浩志なら武器を持たない無抵抗な人間を殺すことはない。それを彼は知っているから、あえて見せなかったのだろう。

――こちらバラクーダ。裏口が開かない。外から塞《ふさ》がれているようだ。

夏樹からの無線連絡が入った。敵は先に裏口のドアを封鎖し、正面から集中して攻撃するつもりなのだろう。人数が多いために力で捻《ね》じ伏せる魂胆なのだ。

「こちらリベンジャー。モッキンバード、裏口が閉じている。正面玄関以外の出口はないか？」

浩志は焦ることなく、友恵に尋ねた。

――二階の南側に工場との連絡通路があります。工場には三ヶ所の出入口があるようです。二階に行ってください。

「了解！」

浩志はハンドシグナルで夏樹を呼び、非常階段を駆け上がった。

足元に銃弾が跳ねた。敵は廊下を進んできているのだ。

夏樹は銃弾にさらされながらも焦ることなく、猛然と階段を上がってくる。外見が年を取っているだけに少々シュールだ。

「こっちよ」

二階に上がると、タブレットPCを小脇に挟んだ美香が廊下で待っていた。

浩志と夏樹は銃を抜くと、美香に従って走る。

美香は廊下を右に曲がった。十メートル先の突き当たりに両開きのガラスドアがある。

連絡通路の出入口だろう。

――そのドアロックは、リモートでは開けられません。

友恵の甲高《かんだか》い声がイヤホンに響く。

「了解！」

浩志は走りながら銃を連射し、ガラスドアを破壊した。

美香は飛び散ったガラス片を踏み越えて連絡通路に駆け込む。連絡通路は十二、三メートルの長さがある。

銃声！

敵が本社の廊下から撃ってきた。十メートル後方まで迫ってきたのだ。

「先に行け！」

浩志は反撃しながら走る。

美香が反対側のガラスドアを銃撃し、工場側に入った。その先にエレベーターホールがあり、横にある階段を下りていく。

「援護する」

夏樹が連絡通路の柱の陰に入り、応戦した。

「今度は俺だ」

浩志も反撃しながら通路を渡り切ると、マガジンを交換して叫んだ。

夏樹は銃撃しながら走り、工場に入った。連絡通路は見通しがいい。敵はすぐには追ってこないだろう。だが、ここから先に進めば、すぐに追いつかれる。これまで三人倒したが、まだ七人残っているはずだ。だが、ここで待ち構えていても脱出できない。

「囮《おとり》になってくれないか」

夏樹はカツラを取りながら言った。頭が薄い白髪《しらが》というのは、目立つからだろう。

「考えがあるのか？」

浩志は連絡通路の反対側に発砲しながら尋ねた。連絡通路を挟んでいるので、敵も攻めあぐねている。

「派手に銃撃しながら非常階段を下りて行ってくれ。俺はその手前にあるトイレに隠れる。連中も当然階段に進むだろう。彼らが通り過ぎるのを待って背後から襲撃する。君も階下から攻撃すれば、簡単に片はつくはずだ」

夏樹は口角を僅かに上げた。挟撃しようと言うのだ。もっとも効果的な戦法である。

「待って。作戦は任せて」

美香が階段を駆け上がってきた。右手にオレンジ色の携行缶を持っている。ガソリンが入っているのだろう。

「下は車庫だったのか？」

浩志は携行缶を見てニヤリとした。

美香は、小脇に挟んでいたタブレットPCを渡してきた。

「二人で援護して」

「了解」

浩志はタブレットPCを受け取って銃を構えると、夏樹に頷いた。二人は同時に銃撃を始める。

美香はキャップを外すと携行缶の取手を両手で握り、ハンマー投げのように体を回転させた。

「それ!」

十分な勢いをつけると、声を上げて携行缶を通路の反対側に投げた。

携行缶は、ガソリンを振りまきながら床を滑って行く。

美香はすばやくグロックを抜くと、敵の足元に滑り込んだ携行缶を連射した。携行缶が爆発し、連絡通路は火の海と化す。

二人の男が火ダルマになり、床を転げ回る。

「行くわよ」

美香はふんと鼻息を漏らすと、グロックを振って階段を下りて行く。

「撤収するぞ」

浩志は呆気《あっけ》にとられている夏樹の肩を叩いた。

ブラジルへ

1

二月十八日、午前十時五十分、ギアナ、サン・ジョルジュ。

激しい雨が降る中、軍用四駆のプジョーＰ４とステーションワゴンの一九九四年型シトロエン・ＢＸが、Ｎ２道路を南に向かっている。

最近のフランス車には４ＷＤは極端に少ない。フランスのＳＵＶは４ＷＤには及ばないが、〝グリップコントロール〟という車を安定させるシステムを搭載しているものもある。それ以前に、４ＷＤは価格が高くなるため不人気で生産しないというフランス人らしい理由があるらしい。その点シトロエン・ＢＸは、型は古いが生産当時は人気の四駆である。

ハンドルをマットが握り、助手席にポンチョを着た柊真が座っていた。セルジオとフェルナンドは後部座席である。

昨夜、柊真らはカイエンヌの麻薬組織の本拠地を襲撃し、ボスと思われる男を尋問して情報を得た。現場を収拾するためにユネス・サニョル中佐を通じて憲兵隊を呼んだところ、柊真が尋問したのは麻薬組織のボスであるウーゴ・メネスだと分かった。組織の負傷者を病院に運び、サニョルが改めて尋問したが、彼らは黙秘を貫いた。柊真のような拷問《ごうもん》はしないと分かっているからだろう。

メネスはルイーズ・カンデラとマリー・デュール、それにジュリー・ラドリーの三人を拉致《らち》したことを認めた。ダークウェブを通じて拉致を引き受けたらしく、ブラジルの国境の街オイアポケで現金と三人を交換したそうだ。だが、相手はクライアントではなく、仲介人であるチアゴ・ソーサと名乗るブラジル人らしい。メネスから得た情報は、そこまでである。

柊真らはチアゴ・ソーサを捜すためにブラジルの国境の街オイアポケを目指していた。先を走るプジョーＰ４にはサニョルが乗っている。国境を越える際に便宜を図ってくれるのだ。

フランス領側には、国境警備隊、税関、食糧農業機関が配置された国境検問所があり、関係機関の職員の厳しいチェックをその場で受ける。ブラジル側ではチェックは緩いらしいが、人員不足のため検問所にあるオフィスに立ち寄らなければならないそうだ。

目の前のプジョーＰ４がコンクリート製の検問所前で停止した。平屋だが、検問所の建物としては大きい。職員の宿泊施設も備えているからだろう。ここまでカイエンヌから百九十キロ、約二時間半かかったが、道路はすべて舗装してあったので快適であった。

プジョーP4の助手席から迷彩のポンチョを来たサニョルが降りて、検問所の職員と話している。検問所の軒下に二人の国境警備隊の兵士が、FA‐MASを構えて立っていた。

出発前に連絡はしてあったので、問題はないはずだ。

シトロエン・BXの荷台は床が二重になっており、床下にH&K　HK416が四丁収納されている。また、後部座席のシートの下にもハンドガンH&K　USPが隠してあった。武器は隠してあるが、車を調べられることは避けたい。

フランス本土から持ち込んだ武器は、FA‐MASとベレッタ92だったが、サニョルに交換を要求したところ、現地の海兵コマンドが使用している銃を貸与された。昨夜の働きで、柊真らの実力を認めたサニョルが交渉してくれたのだ。

ギアナにも〝七つの炎〟の関係者がおり、彼らに頼めば武器の調達はできるだろう。だが、サニョルの顔を潰《つぶ》さないように配慮しているのだ。

サニョルと検問所職員が、こちらに向かって歩き出した。

「パスポートを提出してください」

サニョルが柊真に声を掛けてきた。

「どうぞ」

柊真は車を下りてビニール袋に入れた四人のパスポートを渡した。あらかじめ集めておいたのだ。下車したのは最低限の礼儀だが、周囲の状況を知りたいからでもある。

「ありがとうございます」

サニョルはパスポートを受け取ると、同行した職員に渡した。

職員は検問所の軒下まで戻る。雨に濡《ぬ》れないように四人のパスポートに出国スタンプを押印した。柊真らの顔を確認するつもりはないようだ。職員はパスポートをビニール袋に戻すと、サニョルに返した。

「ブラジル側の検問は、すでに手配してありますので心配はありません。私が協力できるのは、ここまでです。ブラジルに入国後も随時報告をお願いします」

サニョルは、パスポートを返してきた。手配とは金でも渡してあるのだろう。

「ありがとう」

パスポートを受け取った柊真は、サニョルと握手をして車に戻った。たった一日で拉致犯を見つけた柊真らケルベロスの手腕に余程感心しているのだろう。昨夜から態度が百八十度変わっている。

「お気を付けて」

サニョルは敬礼をした。

「行こうか」

柊真は軽い敬礼を返すと、マットを促《うなが》した。

「了解」

マットはアクセルを踏んだ。ゲートの向こうはオイアポケ川に架かるオイアポケ橋である。全長三百七十八メートル、片側一車線の斜張橋は二〇一一年に完成していたが、ブラジル側の検問所の建設が遅れたために二〇一七年に開通したという曰《いわ》く付きの橋だ。現在もあるが、それまではボートで国境を行き来していた。ブラジルにとって、ギアナとの国境は辺境だったために重要視していなかったのだろう。

橋を渡ると、未舗装の道路になった。首都ブラジリアから約二千二百キロ離れており、アマゾン川沿いの都市マカパよりさらに北に約四百三十キロの奥地である。

橋から二百メートルほど進み、検問所の前に車を停めた。駐車場というより荒地同様の広場で、雨のせいでぬかるんでいた。未舗装の道路の周囲は、深いジャングルである。

「俺たちの領域だな」

後部座席のセルジオが、外の景色を見てしみじみと言った。傭兵にふさわしい場所だと言いたいのだろう。

「まあな」

苦笑した柊真は、四人分のパスポートを手に車を降りた。荒地とジャングルに文句はないが、雨には閉口する。

ブラジル側の検問所は、木造でさほど大きくはない。人手不足とは聞いているが、車が停まっても警備兵が出てくる様子もないのだ。

「オラ（こんにちは）！」

中央のドアを開けた柊真は、カウンターの向こうの職員にポルトガル語で挨拶《あいさつ》をした。ポルトガル語は片言なら話せる。セルジオとフェルナンドなら堪能だ。

「オラ」

職員は気怠《けだる》そうに答えた。気温は二十五度だが、湿度は九十六パーセントもある。検問所内にエアコンはなく、扇風機が生暖かい空気をかき回しているだけだ。カウンターの奥には三つのデスクがあり、別の職員が煙草《たばこ》を吸いながらこっちを見ている。他にも誰かいそうだが、奥にドアがあるので、休んでいるのだろう。

「入国手続きを頼む」

柊真はビニール袋から四つのパスポートを出した。

「例のフランス人か」

カウンターの男はボソリと言うと、入国スタンプをパスポートに押印する。本人確認もしない入国審査はありえない。やはり鼻薬が利《き》いているのだろう。

「オイアポケに行くのなら、〝デモニオ〟に注意するんだ」

職員はパスポートを返してきた。

「〝デモニオ〟？　迷信ですか？」

柊真は首を捻《ひね》った。〝デモニオ〟とはポルトガル語で悪魔を意味する。

「いや、オイアポケを牛耳《ぎゅうじ》るギャングだ。コロナのせいで凶暴になったんだ」

職員はへの字口になり、首を左右に振った。

二〇二一年四月の話ではあるが、大西洋に面したサルヴァドール市アマラリナ区で、スーパーから肉を盗もうとした二人の若い男が、地元のギャングに殺害された。スーパーの警備員が、盗みに入った二人を警察ではなくギャングに引き渡したためである。コロナ禍《か》で犯罪が増え、ギャングが警察よりも幅を利かせているのだ。

ブラジルでは新型コロナの流行で貧困層が三倍に激増し、国民の半数が適切な食事がとれず、さらに九パーセントが飢餓状態だと言われている。

「情報、ありがとう」

柊真は、笑顔でパスポートを受け取った。

2

午前十一時三十分、ブラジル、オイアポケ。

検問所を出た柊真らは、三キロ離れた街に入った。

雨は先ほどより激しく降っている。

ワイパーは油が切れた機械のような耳障《ざわ》りな音を立てて激しく動くが、滝のように流れる雨を掻《か》き回しているに過ぎない。

「西部劇に出てくるような街だな」

運転しているマットが、速度を落として進む。街に入っても道路は未舗装のままで、轍《わだち》になっているところもあるからだ。

「ホテルにチェックインする前に腹ごしらえしようぜ」

後部座席のセルジオが、欠伸《あくび》をしながら言った。

「賛成だ」

マットとフェルナンドが、同時に声を上げる。

「このまま進めば、目抜き通りに出る。そこで飯にしよう」

柊真は地図を見ないで指示した。昨夜のうちにオイアポケの地図を調べて頭に叩《たた》き込んでいる。ノバート・ペナフォート通りを一・五キロほど西に進み、大きな交差点で目抜き通りであるバラン・ド・リオ・ブランコ通りに右折した。

この道は舗装されている。とはいえ、アスファルトは土に同化したような茶色になっていた。未舗装の道路を走り回る車のタイヤで汚れるせいだろう。

「4ブロック先の反対車線沿いにシュラスコの店があるはずだ」

柊真は通りの左手を指差した。潰れていなければの話だ。

「シュラスコ！　いいねえ」

セルジオが手を叩いて喜んでいる。仲間は肉さえ食わせておけば、文句は言わない。

マットは五ブロック先の交差点でUターンし、反対車線にある〝チュラスカリア・ガウチョ〟という店の前で車を停めた。田舎町《いなかまち》とは思えない、ガラス張りの綺麗《きれい》な店である。

柊真らはH&K　USPをシートの下から取り出し、各自隠し持った。車から降りると、大粒の雨に追い立てられるように店の軒下に駆け込んだ。

「びしょ濡れになったぜ」

セルジオは文句を言いながらも一番先に店に入った。苦笑した柊真らは、後に続いた。

右手にはカウンターがあり、その向こうにシュラスコを焼く窯《かま》がある。また、カウンターの並びにサラダバーがあった。本格的な店である。

だが、シュラスコをテーブル席の客に給仕するパサドールの姿がない。それに肉の追加と停止を表示するイエス・ノーカードも使われていないようだ。食べ放題の店ではないらしい。あるいは、コロナ禍で客が減少し、食べ放題をやめているのかもしれない。

「この店はシュラスコ・ロジージオじゃないようだな。サラダバーでプレートにサラダやライスを盛り付け、最後にカウンターでシュラスコの肉を載せてもらうらしい」

セルジオは他の客の様子を窺《うかが》いながらプレートを取った。店員に聞くのが面倒臭いのだろう。「ロジージオ」は「回転する」という意味で、食べ放題のことである。

「了解」

柊真もプレートにサラダとライスを盛り、シュラスコのカウンターに向かう。

四人は山盛りのサラダと肉を盛り付けたプレートを手に一番奥の席についた。

店内は四人席のテーブルが二つずつ繋《つな》げられた八人席が、いくつも並んでいる。客の入りは時間が少し早いせいか、四分の一ほどだ。服装からして地元の住民ばかりらしい。

「治安は悪くなさそうだな」

フェルナンドは肉をナイフで切りながら言った。照明が明るいので、店内はいたって健康的に見える。

「紛争地じゃあるまいし、昼間から物騒なことは起こらないだろう。怪しげなやつも見かけなかった」

セルジオは早くも肉にかぶりついている。

「こんな土砂《どしゃ》降りじゃ、ワルは外に出ないさ」

サラダを頬張《ほおば》っていたマットが、ジョッキサイズのグラスに入ったガラナジュースを飲みながら相槌《あいづち》を打った。ガラナはアマゾン川流域を原産とする赤い果実で、滋養強壮効果があると言われている。

「おまえたち、自分の顔を見てから言うんだな」

柊真は厚切りベーコンと一緒に焼かれた牛肉をナイフで切り分けて口に運んだ。サルサソースを掛けたのでさっぱりと食べられる。

「俺たちの？　……確かにな」

セルジオが店内を見回して笑った。他の客は、柊真たちを盗み見ている。一八〇センチを超えるプロレスラーのような四人のよそ者を恐れているようだ。シュラスコを切り分けてくれたカウンターの店員も、柊真らを見て警戒している雰囲気はあった。

「チアゴ・ソーサをどうやって捜す？」

セルジオは声を潜《ひそ》めて尋ねてきた。

「四人の手下を連れていたと聞いている。風体からして麻薬の売人らしい。この街は〝デモニオ〟と呼ばれるギャングが牛耳っているそうだ。手がかりは、そいつらだろう」

柊真はスコ・デ・ミール（とうもろこしジュース）を飲みながら答えた。

「カイエンヌのようにハードに迫るか？」

セルジオは悪戯《いたずら》っぽく言った。ハードとは襲撃を意味するのだろう。

「ここは、ブラジルだ。なるべく騒動は避けたい」

柊真はグラスを置くと、ナイフを手にした。カイエンヌでは、後始末を憲兵隊に任せた。銃撃戦の末に一方的に麻薬の売人に怪我人《けがにん》が出たが、捜査の結果だとむしろ柊真らは評価されている。だが、ブラジルではその後ろ盾がない。相手がギャングだろうと、死傷者が出れば、罪に問われるだろう。

「そうだな」

セルジオは真面目な顔で頷《うなず》いた。

三十分後、支払いを済ませた四人は店を出た。雨宿りを兼ねて居座るつもりだったが、やみそうもないので退散することにしたのだ。

「食ったな」

セルジオが自分の腹を叩いて笑った。肉やソーセージをお代わりしている。一キロ近く食べているだろう。

「先にチェックインするか」

柊真は雨空を見上げて言った。

ブラジル北部は七月から十月は比較的雨が少ないが、年間を通じて高温多湿な気候だ。それ以外の月は毎月二百から四百ミリの雨が降る。特に一月から四月の雨量は多い。

「行くぞ！」

掛け声を掛けたマットとセルジオは、運転席側なので店の軒下から飛び出した。

「これは……」

マットが両眼を見開いた。

「ちくしょう！」

セルジオが眉間《みけん》に皺《しわ》を寄せた。

「どうした？」

柊真も車の反対側に回った。

「これを見ろ」

セルジオは車のボディを指差すと、周囲を警戒している。運転席から後部ドアにかけて先の尖った金属で傷付けた痕がある。急いで書いたらしいが、〝Demônio〟と読めるのだ。

「どうやら、先に目を付けられたらしいな」

柊真はゆっくりと町並みを見回した。

3

午後六時三十分、ブラジル、オイアポケ。

柊真らはチェックインしたホテル・トロピカルのエントランスを出て、立ち止まった。

雨脚は衰えることを知らない。

ホテル前にはプロムナードのような屋根があるので濡れる心配はないが、ホテルの前のレーリオ・シウヴァ通りは、七、八センチほどの泥水が溜まっているのだ。

「よく降るな」

柊真の隣りに立つセルジオが、腕組みをして溜息《ためいき》を吐《つ》いた。

「こんな格好《かっこう》で飲みに行くのか?」

マットが柊真とセルジオを交互に見て首を捻った。

「どこが問題なんだ?」

セルジオが振り返って尋ねた。

「ただでさえ、ごつい四人の男が迷彩ポンチョを着てうろつけば、怪しまれるだろう」

マットは両手でポンチョを広げて見せた。セルジオがフロント係に酒を出す店のことを聞いた際、フロント係は柊真らを見てかなり怯《おび》えていたのだ。

「それで、いいんだ。〝デモニオ〟にせっかく目を付けられたんだ。挨拶に来てもらおうと思っている」

柊真は雨空を見上げたまま言った。ツバがある迷彩のブーニーハットも持参したが、どこから見ても軍人に見えるのでさすがに控えている。

「なるほど、あえて目立った方がいいということか。確かに目立つ」

マットは仲間のポンチョ姿をしげしげと見た。

「どうでもいいが、こんな土砂降りの中で飲みに行く奴がいるのか?」

フェルナンドが軒下から手を出し、首を振った。

「今は雨季だ。雨が降るのは当然だぞ。住民は慣れているさ」

柊真はポンチョのフードを被《かぶ》ると、軒下から出た。外を歩いている住民は少ないが、豪雨にもかかわらず、傘もささずに歩いている。大雨に慣れている証拠だ。

ホテルを出て右手に進む。最初の交差点を右に曲がり、ナイル・グァラニー通りに入った。

交差点から三十メートル先の左手に〝バー・ダス・ポデロザス〟という看板が掲げられた工場のような建物があった。二十四時間営業のバーで、日本語に訳せば「強力なバー」というところか。

店の前にはホテルと同じような大きな屋根がある。左右にはレンガの壁があり、前面はオープンスペースだ。雨避《よ》けということもあるのだろうが、店の床面積を簡単に広げるにはいいアイデアである。

大屋根の下のデッキには二台のビリヤード台が置かれていた。テーブル席もあるが、雨が降っているせいか、奥の方に引っ込められている。閉店する際はそのままシャッターを閉じるようだ。店内の壁は真っ赤に塗られ、屋外で使うような樹脂製のテーブルと椅子《いす》と相まって、ちょっとしたプールバーのような雰囲気だ。

「ここから始めるか」

柊真はいつもの癖で右手を前に振り、苦笑した。どうも軍人の癖が抜けないのだ。

ホテルのフロント係の話では小さな街だが、もぐりも含めてバーが六軒あるそうだ。そのうち二軒が、新型コロナの流行で休業しているらしい。酒が飲める店なら、街の裏情報も得られる可能性がある。営業している四軒の店すべてを回るつもりだ。

左のビリヤード台の傍に立っている、上半身に刺青《いれずみ》を入れた二人の男が、キューを手にこちらを見ている。いかつい連中だが、今のところ敵意を見せていないので無視すればいい。

店内では三組のグループが、酒を飲んでいる。いずれも二十代くらいで若く、荒れた雰囲気はないようだ。店の奥にバーカウンターはあるがカウンターチェアはなく、酒瓶を並べたバックヤードもない。大した酒は出さないということだろう。

柊真らはポンチョを着たまま店の奥へと進む。客は四人を気にしつつも雑談を続けている。各テーブル席の間隔は離れていた。新型コロナの対策なのかもしれない。

「スコール」

柊真はブラジルビールを頼んだ。この銘柄ならどこにでも置いてあるはずだ。

「俺も」

セルジオが隣りで注文した。

「俺たちは、ブラマだ」

マットが指を鳴らした。スコールもブラマもどこでも見かけるが、安酒の代名詞のようなビールである。

「それはいいが、店ではポンチョを脱いでくれ。床が水浸《びた》しになるんだよ」

赤シャツを着たバーテンダーが、遠慮がちに言った。

「席で脱ぐさ。ビールが先だ」

セルジオがカウンターを拳《こぶし》で叩いた。

客が一斉に口を閉じ、聞こえるのはＢＧＭのボサノバだけになった。

「わっ、分かりました」

バーテンダーは慌《あわ》ててカウンターの後ろにある冷蔵庫から四本のビール瓶を出し、栓を抜くと柊真らに渡した。

四人はそれぞれ十レアル紙幣をバーテンダーに渡した。二〇二一年二月現在で約百九十円ほどだが、チップも含まれている。ブラジルではコインがほとんど流通していないので、切り捨てか切り上げて紙幣で払うのだ。

「俺たちは、ビリヤードをしてくる」

マットはブラマのボトルを握り、フェルナンドと一緒に店先のビリヤード台に向かった。客たちは二人の動向を見つめている。

柊真とセルジオはポンチョを脱ぐと、カウンター傍のテーブル席の椅子に掛けた。

「ＢＧＭの音量を上げてくれ」

柊真はカウンターに肘《ひじ》を突いてバーテンダーに言うと、セルジオをチラリと見た。この程度の簡単な会話はできるが、会話はセルジオに任せるのだ。

「はっ、はい」

バーテンダーは、筋肉が盛り上がった柊真の丸太のように太い腕を見て頷いた。

「国境で〝デモニオ〟に気をつけるように言われた。この店は〝デモニオ〟と関係しているのか？」

セルジオはビールを飲みながらバーテンダーに囁《ささや》くように言った。柊真はスピーキングこそできないが、この程度のヒヤリングならできる。

「あんたたちは、一体なんなんだ？」

バーテンダーは怯えた目付きで聞き返した。

「俺たちはフランス人の旅行者だ。不愉快な目に遭いたくないだけだ」

セルジオは肩を竦《すく》めて笑った。

「〝デモニオ〟は、警察に代わってこの街の治安を維持しているんですよ」

バーテンダーは表情もなく言った。観光客だと思って、適当に嘘《うそ》をついたのだろう。

「ギャングが治安維持？　笑わせるな」

柊真は客に見えないようにTシャツの前を上げて、ズボンに差してあるH&K　USPを見せた。

「実は、俺たちは、行方不明者を捜している。ブラジルじゃ珍しくもないがな」

セルジオは言った。サンパウロ市内では、一日平均十二件の誘拐事件が起きていると言われている。実際、珍しい話ではないのだ。

「情報が欲しいだけだ」

柊真は五十レアル紙幣をカウンターに載せた。

「奴らは、裏で牛耳っているんですよ」

バーテンダーは紙幣をさりげなく受け取ると、声を潜めた。

「チアゴ・ソーサという男を知らないか？」

セルジオはビールを飲みながら尋ねた。

「しっ、知らない。知っていたとしても言えない。詳しく話せば、殺されてしまう」

バーテンダーが店先にチラリと目をやり、首を振った。ビリヤードをしている二人の男が気になるようだ。これ以上の情報は引き出せないだろう。

「どこに行ったら、詳しい情報が得られるんだ？」

今度はセルジオが五十レアル紙幣を渡した。

「ここから、2ブロック先に〝パライソ〟というもぐりの店があるんだ。そこなら、教えてくれるかもしれないよ」

バーテンダーは右手を後ろに向けて上げた。東の方角にあるということらしい。

「どんな店だ?」

苦笑を浮かべた柊真が尋ねた。"パライソ〟はポルトガル語で天国を意味する。

「やばい店だ。みんなラリっている」

バーテンダーは、煙草を吸う真似《まね》をした。マリファナ煙草のことだろう。麻薬を密売している店のようだ。〝デモニオ〟直営の店かもしれない。

「退散するか」

柊真は一気にビールを飲み干すと、空《から》の瓶をカウンターに置いた。

4

午後七時、〝バー・ダス・ポデロザス〟を出た柊真らは、レーリオ・シウヴァ通りを東に向かって歩いている。

「やっぱり、付いてきたな」

マットがさりげなく振り返って言った。〝バー・ダス・ポデロザス〟でビリヤードをしていた刺青の男たちがカウボーイハットを被り、傘もささずに付いてきたのだ。

「バーテンダーは、奴らを恐れていたんだな」

セルジオは自分の言葉に頷いた。

「おそらく、あの店の監視役なのだろう」

柊真は右手を額《ひたい》にかざし、濡れそぼる街角を見た。

〝バー・ダス・ポデロザス〟のバーテンダーから〝パライソ〟という店を紹介されている。もぐりらしいので、大きな看板は出していないらしい。1ブロック先の交差点を渡った。

「あったぞ」

柊真は、交差点から数メートル先に薄汚れたコンクリート塀の落書きを指差した。スプレーペイントで、天使の絵の横に〝Paraíso〟と書かれている。

コンクリート塀の横に倉庫のような建物があった。出入口は鉄製のドアで、〝Paraíso〟と赤いペンキで小さく書かれている。

「これが看板か。ただの落書きにしか見えないぞ」

セルジオは首を横に振って笑った。

「無線機をオン」

柊真は無線機のスイッチを入れると、マットとフェルナンドを指差した。二人は倉庫の庇《ひさし》の下に立ち、ポンチョの下に右手を入れて銃を構えている。彼らには見張りを頼んだのだ。いきなり四人で入店し、刺激を与えたくない。それに、外部から閉じ込められるようなリスクを回避するためでもある。尾《つ》けてきた二人は、少し離れたところでこちらを窺っていた。柊真らが〝パライソ〟に来たので戸惑っているのだろう。

「さて、楽しもうか」

柊真はセルジオに頷いた。

「いいね。今度は違うビールにするよ」

セルジオは両手を揉《も》んで嬉《うれ》しそうに答えた。

鉄製のドアを開けると鼻につく甘い匂いがし、煙で視界が霞《かす》んだ。

六十平米ほどの広さの空間にいくつものソファーが乱雑に並べられ、男女が煙草やガラスのパイプを吸っている。マリファナ煙草やドラッグをやっているのだろう。皆空《うつ》ろな目つきをしていた。柊真らを見ているようでいて認識していないのかもしれない。

「あの男が言っていた通りだな」

セルジオが店内を見回して頭を掻いた。〝バー・ダス・ポデロザス〟のバーテンダーの言った通り、ラリっているようだ。

「まともな奴を探せばいいんだ。そいつが売人だ」

柊真はソファーの間を縫うように部屋の奥へと進んだ。

突き当たりにステージのように床が一段高くなっている場所がある。その上のソファーにスキンヘッドに髭面《ひげづら》の男が、足を組んで座っていた。首に刺青があり、鼻ピアスをしている。隣りではタンクトップ姿の女がマリファナ煙草を吸っていた。

「おまえたちは、客か?」

男は女の肩に腕を回して尋ねた。眼光鋭く、口調はしっかりしている。麻薬はやっていないようだ。

「ドラッグじゃなく、情報を買いに来た」

柊真は男に鋭い視線を返して答えた。いつでも銃を抜けるように右手をポンチョの中に入れている。隣りのセルジオも同じく、右手を隠して周囲を窺っていた。

「情報を金で買うと言うのか? だが、金を払うと言って銃弾をぶち込むつもりじゃないだろうな。手荒な真似をしようと言うのなら、生かして帰すつもりはないがな」

男は人差し指と親指を銃の形にして、天井を指した。柊真とセルジオの銃に気が付いているようだ。見上げると、天井に監視カメラがあった。男のすぐ横にドアがある。その向こうに部屋があり、武装した仲間が監視カメラで見張っているに違いない。

「商売の話をしに来たんだ。俺たちは、カイエンヌのウーゴ・メネスに雇われている」

セルジオが柊真に代わって話し始めた。あらかじめストーリーは考えてきたのだ。

「ウーゴ・メネス? 〝レザール〟のボスか?」

男は怪訝《けげん》そうな顔をした。メネスや部下が重軽傷で全員病院送りになったことは、捜査に支障をきたすため公表されていない。

「この間、女を三人売ったが、おかげで憲兵隊から睨《にら》まれている。割に合わなかった」

セルジオは眉間に皺を寄せて言った。

「それがどうした。文句を言って追加料金を請求するつもりか?」

男は鼻先で笑って肩を竦めた。

「それじゃ、ビジネスにならないだろう。もっと仕事が欲しいんだ。だから、この間、取引したチアゴ・ソーサを紹介して欲しい。情報をくれれば、金をやる。それに銃をぶっ放すつもりなら、もうしている」

セルジオは、大きな声で笑った。

「そりゃそうだ。金を寄越《よこ》しな。教えてやるよ」

男は右手の指先を擦《こす》り合わせた。

セルジオは百レアル紙幣《かし》を一枚出した。

男はわざとらしく首を傾げる。セルジオは百レアル紙幣をもう一枚追加したが、男は指先を擦り合わせるのをやめない。

「強欲なやつだ。これ以上払えるか」

セルジオは忌々《いまいま》しげに一枚足した。

「三百レアルか、仕方がない。話してやる。それで、チアゴ・ソーサに会ったら、どうするつもりだ?」

男は紙幣をポケットに捻《ね》じ込むと、卑屈な笑顔を浮かべた。

「さっきも言っただろう。ビジネスだ。〝レザール〟が活動するのにギアナは、居心地が悪くなったんでね。俺たちには、新ビジネスが必要なのだ」

セルジオは人差し指を立てて力を込めた。名演技である。

「新ビジネスか、なるほどな。それじゃ、情報を提供しよう」

男は咳《せき》払いをして立ち上がった。

「勿体《もったい》ぶるな」

セルジオは腕組みをして男を睨んだ。

「俺が、チアゴ・ソーサだ」

男は胸を張ってみせた。

「おまえ、嘘をついて俺たちから金をせしめるつもりだろう？」

セルジオは首を大きく横に振った。

「疑《うたぐ》り深い男だ。嘘を言っても仕方がないだろう。ウーゴ・メネスに聞いてみろ。俺は四人の手下と一緒に会ったんだ。覚えているはずだ」

ソーサは、ソファー横のドアを三回ノックした。すると、人相の悪い四人の男たちがぞろぞろと出てきた。やはりドアの向こうに小部屋があったらしい。

「こいつらは、手下の中でも一番凶悪で信頼できる四人だ。取引の時も連れていた。ガルシア。俺の名前を言ってみろ」

ソーサは一番背の高い男に尋ねた。二メートル近い大男である。

「チアゴ・ソーサですが……」

ガルシアは他の仲間と顔を見合わせて苦笑した。嘘ではないらしい。

「どうやら、本当らしいな」

セルジオが柊真を見てにやりとした。

「おまえたちは目障りだ。下がれ」

柊真は手下に命令口調で言った。

「なんだと！」

男たちが一斉にナイフを出し、柊真に歯を剝《む》き出した。

「嫌なら眠っていろ」

柊真は男たちの間に分け入り、瞬《また》く間に叩き伏せる。悪人だろうと素手の相手を倒す気はしなかったので、わざと挑発したのだ。

「きっ、貴様！」

ソーサは顔を真っ赤にして、ポケットから折り畳みナイフを出した。

「死にたくなかったら、付き合え」

柊真はナイフを叩き落とすと、銃を抜いてソーサの胸に突きつけた。

5

午後八時二十分、オイアポケ。

〝パライソ〟を出た柊真らは、レーリオ・シウヴァ通りを二百メートルほど戻り、閉店後のスーパーマーケットの倉庫にいる。

チアゴ・ソーサを拉致したため、雨を凌《しの》げて人目にもつかない場所が必要だった。それに、ソーサの仲間が店に駆けつけて来る可能性があるためである。柊真が倒した四人だけでなく、前のバーから尾行してきた二人も気絶させて〝パライソ〟店内の小部屋に縛り上げておいた。

街には〝デモニオ〟の構成員が三十人以上いるらしい。ソーサが、オイアポケでのボスということまでは、白状させた。また、〝デモニオ〟の本拠地は、オイアポケから南に四百三十五キロ南に位置するマカパにあるそうだ。本当かどうかは分からないが、マカパには二百人以上の仲間がいると息巻いていた。

「さて、本題に入ろうか」

セルジオはそう言うと、椅子に縛り上げたソーサを拳で殴った。これまで、三つの質問をし、セルジオは四発の拳をソーサのボディと顔面に見舞っている。

「しっ、質問を、質問をもう一度、聞かせてくれ」

ソーサは喘《あえ》ぎながら言った。

これまで、オイアポケの〝デモニオ〟の規模やソーサの役割などを質問した。納得できるほどではないが、一応答えている。だが、最初の質問に彼は答えていないのだ。拉致された三人の女子大生の行方である。

「質問の仕方が悪いんじゃないのか？」

尋問を見ていた柊真がフランス語で尋ねた。ソーサは英語も話せるためである。

「俺は、拉致された三人の行方を聞いたんだぞ。この男が知らないはずがないだろう」

腕組みをしたセルジオが、振り返った。彼はルイーズ・カンデラ、マリー・デュール、ジュリー・ラドリーの名前を言って尋ねている。

「この男は、彼女らの名前も知らないんじゃないのか？」

柊真は首を捻った。ソーサは手下を三十人以上束ねるワルらしいが、セルジオの拳で簡単に口を割っているところを見ると小物である。組織を守るために体を張って隠し事をするとは思えないのだ。

「名前を言ったから、こいつはかえって混乱しているというのか？」

セルジオは首を振った。

「というか、日頃から頻繁に人身売買をしている可能性もある。だとすれば、名前まで把握していないだろう。ウーゴ・メネスから直接引き渡された三人の女をどうしたのかと単純に聞くんだ」

柊真は口から血を流して項垂《うなだ》れているソーサを見て言った。

「分かった」

頷いたセルジオは、柊真から言われた通りにソーサにポルトガル語で尋ねた。

「あのメネスから受け取った三人の女のことか。はじめからそう言ってくれ。手下が、マカパまで連れて行った。そう指示されたんだ。そんなことなら、殴られなくても教えたよ」

ソーサは小さく頷きながら文句を言った。やはり人身売買を日常的にしているらしい。

「おまえは人身売買をしたんだぞ。他人に教えてもいいのか？」

セルジオは呆《あき》れ顔で首を左右に振った。

「証拠はないし、マカパから先のことは知らない。警察だって俺たちを逮捕しないさ。もっとも、証拠があっても逮捕しないだろうがな」

ソーサは開き直ったのか、淡々と答えた。

――こちらヘリオス。お客さんが来たぞ。確認できるだけで十五人前後いる。

外で見張っているマットから無線連絡が入った。マットとフェルナンドの二人に、ホテルまで車を取りに行かせて、外の見張りをさせていたのだ。

「意外と早く見つけられたな。車をすぐに出せるようにしておいてくれ」

柊真は慌てることなく、応答した。店で気絶させた男が、仲間を掻き集めて町中を探し回ったのだろう。だが、それにしても早すぎる。

「あの店には、あんたが倒した手下以外にも売人がいるんだ。俺が連れて行かれるのをただ見ているはずがないだろう」

ソーサは勝ち誇ったように言った。よくよく考えれば、この街のボスであるソーサが直接客に麻薬を販売しているとは考えにくい。客に混じって売人がいたようだ。柊真らは売人に尾行されたに違いない。雨で視界が悪く、確認できなかったようだ。

「撤収！」

柊真は銃を抜くと、裏口に向かった。

「こいつはどうする？」

セルジオが尋ねた。

「まだ聞きたいことがある。連れて行くぞ」

柊真は倉庫の裏口のドアから外を窺った。

「了解」

セルジオは足首のシースに隠し持っていたナイフを出し、ソーサを縛り付けているロープを切断した。

「行くぞ！　おっと」

柊真はドアを開けると、すぐに閉じた。

数発の弾丸が、音を立ててドアを貫通する。

柊真は用意していた椅子をドアノブに立てかけた。ソーサの手下の侵入に備えたものだが、使うことになるとは思っていなかった。

「トラック搬入口から脱出するぞ」

柊真は反対側に回った。

二人の男が搬入口から現れ、いきなり銃撃してきた。横に飛びながら男たちの眉間に銃弾を浴びせる。

立ち上がった柊真は、搬入口から外に出た。

目の前にシトロエン・ＢＸが急ブレーキをかけて止まった。

「早く乗れ！」

運転席のマットが叫んだ。助手席のフェルナンドが窓を開け、前方から銃撃してきた男を撃った。

柊真は後部ドアを開けてセルジオとソーサを乗せると、自分はバックドアを開けて荷台に乗り込んだ。後部座席に三人の男が乗るのは無理だからだ。

シトロエン・ＢＸは、猛烈な泥飛沫《しぶき》を跳ね上げながらもぬかるんだ道路を発進する。

手下たちが次々と現れ、銃撃してきた。柊真は後ろ向きになり、反撃する。

銃弾が交錯する。

敵の銃弾がバックドアに当たり、火花を散らした。

柊真は四人倒し、銃撃戦は数秒でやんだ。猛スピードで距離を稼いだこともあるが、手下たちは早々に銃撃を諦《あきら》めたらしい。日頃射撃訓練もしていない者が、動く標的を撃つのは至難の業《わざ》だからだろう。

「とりあえず、町外れに向かうか？　そいつを連れてホテルには戻れないからな」

ハンドルを握るマットが、バックミラー越しに尋ねてきた。

「156号線を南に向かってくれ。このままマカパに向かうぞ」

柊真はバックドアを閉めながら言った。ホテルにチェックインし、宿泊料金は前払いしている。だが、柊真ら個人の荷物は車に積んだままにしていたのだ。

「了解！」

マットは2ブロック先で左折し、156号線に入った。

「こいつもマカパまで連れて行くのか？」

セルジオがソーサに銃を突き付けたまま尋ねてきた。

「情報が得られるまでは付き合わせるさ」

柊真は右手で天井を押さえるようにして荷台に座った。道が悪いため、上下に揺れるのだ。マカパまでの道のりは約五百七十キロある。だが、ジャングルを抜ける道路を夜通し走れば、明日の朝までには到着できるだろう。

「嘘をつくことも考えられるぞ」

セルジオは鼻先で笑った。

「それなら途中で下ろすまでだ」

柊真は冷たく答えた。

紅《こう》軍工作部

1

二月十九日、午後二時十分、北京市海淀《かいでん》区。

中国人民革命軍事博物館の正面広場前の復興路輔路で停まったタクシーから、黒いボーラーハットを被《かぶ》った中年の男が降りた。

男は、奥行きが百五十メートルある広場を、帽子が強風で飛ばないように押さえて歩く。特殊メイクをした夏樹である。

気温は六度、北西の風が体感温度をさらに下げる。白い息を吐きながら博物館前の広場を斜《なな》めに横切った。

古代戦争館、抗日戦争館、全国の解放戦争、それに武器館の四つのテーマを持つ建物で構成されている総合的な軍事博物館だ。運営しているのは人民解放軍であり、当然のことながら警備しているのは現役の解放軍の兵士である。

夏樹は博物館には入らずに左端にある木々に囲まれた場所に足を踏み入れた。一九九三年に現役を引退した〝024型ミサイル艇〟が野晒《のざら》しの状態で展示してあるのだ。ミサイル艇は一般開放されており、中を見学することもできる。船尾に乗船用タラップを模した階段が設置してあり、その前に95式自動歩槍で武装した警備兵が立っていた。タラップの入口に〝禁止出入〟という札が付いた鎖が掛けられている。時間的には開放されているはずだが、一般人の見学は禁止ということだ。

「総参謀部の紅龍だ」

夏樹は兵士に名前を告げた。例の新しく手に入れた身分である。

「はっ！」

兵士は敬礼すると、出入口の鎖を外した。

「ありがとう」

夏樹は小さく頷《うなず》くと階段を上がり、ミサイル艇の操舵室に入った。後部に機関室に通じる〝禁止出入〟と記されたドアがある。この中は普段から開放されていないが、ドアノブを捻《ひね》ると開いた。狭い階段を下りて行くと、不思議と暖かい。狭い通路を抜けると、八畳ほどのスペースがあり、椅子《いす》とテーブル、それに電気ストーブが置かれていた。

「久しぶりだな」

テーブルの向こうの椅子に座っていた白髪頭《しらが》の男が、右手を上げた。人民解放軍総参謀部・第二部第三処のトップ、梁羽である。

「こんな場所に呼び出すとは、酔狂ですね」

夏樹はコートと帽子を脱ぐと、壁のフックに掛けた。本来ならエンジンルームのはずだが、撤去したらしい。小部屋に改造してあるとは、夏樹ですら予想できなかった。

「いい場所だろう。極秘の打ち合わせができるように改装したのだ」

梁羽は楽しげに言った。

「わざわざ？　それに安全なんですか？」

夏樹は部屋を見回した。梁羽のことだから盗聴防止はされているのだろうが、逃げ道がない。

「おまえも知っているように第三処の本部は、極秘に博物館の地下倉庫跡に引っ越しした。だが、博物館の出入口を塞《ふさ》がれたままでは、緊急時に脱出もできない。そこで、脱出ルートをいくつか作ったのだ。そのうちの一つが、このミサイル艇なのだ」

梁羽は立ち上がると、背後のドアを開けた。工事現場にあるような簡易なエレベーターがある。地下に通じているのだろう。

「それに、監視活動もできる」

梁羽は右側の壁のパネルを下にずらした。すると、六つのモニターが現れた。ミサイル艇の外部と博物館の周囲に設置してある監視カメラの映像らしい。脱出口としての機能を完備しているようだ。

梁羽は中央統戦部の鄧威に陥《おとしい》れられ、第三処も解体縮小の憂《う》き目にあった。復帰後、第三処を立て直した梁羽は中央統戦部と距離を置くべく、庁舎の移動を申請したのだ。

「だから、ミサイル艇の展示場所が替わっていたのですか。移転だけでなく改築費用も掛かったでしょう」

夏樹は小さく頷いた。ミサイル艇は以前は正面玄関の近くに展示してあったが、脱出口として使えるように移設されたようだ。

「少々予算は使ったが、鄧威の陰謀を暴いた褒美《ほうび》だよ」

梁羽は嗄《しやが》れた声で笑った。彼は軍部から絶大な信頼を得ており、将軍クラスの信奉者も多い。梁羽を敵に回すことは党としても避けたいのだろう。

「そろそろ、本題に入りませんか？」

夏樹は梁羽の対面に座り、足を組んだ。

「君の報告を受けて、ある噂《うわさ》が本当だと私は確信した」

梁羽は真面目な顔になった。

「ある噂？　まさか、レヴェナントのことですか？」

夏樹は訝《いぶか》しげな目で梁羽を見た。

「レヴェナントか。いかにもＣＩＡらしいコードネームだな。私の摑《つか》んだ情報では、〝紅《こう》軍工作部〟という総書記直属の部隊が極秘に創設されたようだ」

梁羽は声を潜《ひそ》めた。盗聴の危険性がないにもかかわらず、用心しているらしい。

「〝紅軍工作部〟？　〝中国紅軍海兵隊〟のようなものですか？」

夏樹は眉間《みけん》に皺《しわ》を寄せて尋ねた。

〝中国紅軍海兵隊〟とは習近平直属の海軍で、十万人もの兵士を擁する。台湾を統一し、尖閣《せんかく》諸島をも占領する目的で極秘に創設された。

〝紅軍〟は、一九二七年に組織された〝中国工農紅軍〟の通称である。〝紅軍〟はその後人民解放軍となり、死語となった。だが、毛沢東《もうたくとう》のように絶対権力を得た統治体制を目指す習近平は、〝紅軍〟という名称を好んで使うのだ。

「新型コロナを武漢の研究所から盗み出して世界中に撒《ま》き散らしたのは、〝紅軍工作部〟らしい。中央統戦部も総書記直属だが、悪名を知られ過ぎた。だから、総書記直属の極秘工作部隊を別に作ったらしい。だが、私に言わせれば、以前より明らかに暴走している。世界中に混乱をもたらし、その隙《すき》に世界の覇権を米国から奪うつもりだ。異常だよ」

梁羽は苦々しい表情で言った。これまで梁羽は中国の覇権主義を怪しみ、監視していた。だが、彼は鄧威の部隊に拉致《らち》され、二ヶ月近く拘束されていた。その間に、〝紅軍工作部〟は組織されたのだろう。

「総書記の野望は尽きませんね。よほど毛沢東になりたいらしい」

夏樹は額《ひたい》に手を当てて首を振った。

「毛沢東じゃない。秦《しん》の始皇帝になりたいんだよ。中国をまっとうな国家にするという私の任務は、困難になるばかりだ」

梁羽は大きな溜息《ためいき》を吐《つ》いた。

「分かりました。私は国家安全部第十局に所属していた高剣という男を追ってきました。奴は〝紅軍工作部〟の工作員なのでしょう。このまま任務を続けて問題ないですよね」

夏樹は梁羽の目を見た。彼も夏樹同様、特殊メイクをしている。他人に素顔を見せない。それは超がつくほど優秀な諜報員の証拠である。

「ああ、問題ない。だが、私でも〝紅軍工作部〟のことはまだよく分かっていない。陰ながら支援するが、限界がある。今は執行部を敵に回すことは避けたいのだ」

梁羽は腕を組むと、狭い機械室の天井を見上げた。

「孤立無縁には、慣れていますから」

夏樹は口角を僅《わず》かに上げた。

2

二月十九日、午後三時二十五分、市ヶ谷、傭兵代理店。

浩志はブリーフィングルームの椅子に座り、淹《い》れたてのコーヒーを飲みながらスマートフォンの情報を見ていた。代理店のコーヒーは美味《うま》いのでほっとする。

台湾桃園《とうえん》国際空港六時四十五分発、成田《なりた》国際空港十一時五分着の便で美香と一緒に帰って来た。二人とも任務で国外に出ているので、空港では形式的な検査を受けただけで隔離もされずにすんだ。

美香は自宅に戻ったようだったが、浩志は空港から直接代理店に寄った。大動科技の副社長である呂英峰から奪ったタブレットPCをさっそく友恵に調べさせている。夏樹とは大動科技を脱出後に別れていた。

ドアが開き、池谷が現れた。外出先から帰ってきたらしい。

「ご苦労様でした。二階の応接室にご案内します」

池谷はドアを開けたままにして、頭を下げた。

「分かった」

浩志はコーヒーカップを机に置いた。タブレットPCを友恵に渡したら自宅に帰るつもりだったが、池谷から打ち合わせをしたいと伝言を受けていたのだ。

「お疲れのところ、すみません。先方が間もなくいらっしゃいますので」

エレベーターに乗り込んだ池谷は、二階のボタンを押した。

このマンションは竣工《しゅんこう》してから数年経《た》つが、住人は未《いま》だに傭兵代理店の関係者だけである。一階は洒落《しゃれ》たカフェバーだったが、店を任せていた寺脇京介《てらわききょうすけ》が死亡したために閉店したままである。スタッフが交代で店を開くことになっていたが、新型コロナが流行したために断念したのだ。

二階でエレベーターを下りると、六十平米の応接室に直接出られる。池谷はマンションが建てられてからも傭兵代理店としての使い勝手を考えて、改築を続けていた。二階の他の部屋への出入りは非常階段だけのため、現在は倉庫になっている。

窓はなく、白で統一された室内に黒い革のソファーとガラステーブルが置かれている。出入口の左手にはコーヒーメーカーが設置されたカウンターがあり、壁には幾何学《きかがく》模様の油絵が飾ってあった。シンプルだが、池谷にしてはいいセンスをしている。

「コーヒーを淹れましょうか？」

池谷は浩志にソファーを勧め、カウンターの前に立った。代理店に来てから二杯飲んでいる。美味いコーヒーだが、続けて飲む気はない。

「客が来てからでいい」

浩志は奥のソファーに座った。

エレベーター横のライトが点滅し、モニターに映像が映った。エレベーターが作動すると反応するのだ。

「お客様がお見えになったようです」

池谷は、エレベーター脇のモニターで来客を確認した。

エレベーターのドアが開き、六十代の中肉中背の男が金属製のアタッシェケースを手に美香と一緒に現れた。彼女は何も言ってなかったので自宅に帰ったと思ったが、違ったらしい。

「わざわざお越しいただき、恐縮です」

池谷は深々とお辞儀をした。

「いやいや、こちらこそ、打ち合わせ場所を提供していただき、ありがとうございます」

男も池谷に丁寧に頭を下げた。美香の上司で、国家情報局長の緒方慎太郎《おがたしんたろう》だろう。初対面だが、電話で話したことはあった。浩志と美香の台湾での活動は、情報局の支援があったからこそ実現できた。とはいえ、彼らも結果を期待してのことである。

「どうぞ、お掛けください。コーヒーでよろしいですか?」

池谷はカウンターの前に立って言った。応接室のコーヒーメーカーには、キリマンジャロとトアルコトラジャの上物《じょうもの》の豆がセットしてあると聞いている。

「是非。ここのコーヒーは美味いと聞いていますよ」

緒方は品よく笑った。

浩志は、緒方の立ち居振る舞いを観察している。サラリーマン風で特徴はない。だが、日本の最高諜報機関の責任者だけに、冴《さ》えない風貌《ふうぼう》と裏腹に目付きは鋭い。

「改めてご挨拶します。緒方慎太郎と申します。お会いできて本当に光栄です。不出来ではありますが、これでも森君の上司なんですよ」

緒方は美香に隣りのソファーを勧め、浩志の前に立って腰をかがめた。美香は苦笑を浮かべている。夫婦とはいえ、彼女は仕事の内容はもちろん、勤務先について一切口にしたことはないのだ。

「藤堂浩志だ。局長のお出ましとは大袈裟《おおげさ》だな」

浩志も立ち上がったが、軽く頭を下げて腰を下ろす。日本の官僚に愛想を振りまくつもりはない。手に入れたタブレットPCを情報局に渡すことになっていたのだ。それを条件に池谷は日本政府から資金を調達していたらしい。下っ端《ぱ》が来ると思っていたが、大物が現れたので少々驚いている。

「部下に取りに来させてもよかったのですが、命懸けの任務になってしまったことをお詫《わ》びしたいと思って参上しました。それに一度直接お会いして、お話を伺いたかったのです」

緒方は穏やかに言うと、足元のアタッシェケースを持ち上げた。誠意というほどでもないが、上辺だけ取り繕《つくろ》っているとも思えない。

「傭兵の任務にハイリスクは当然だ。驚くことでもない」

浩志は表情もなく言った。国際的な犯罪集団の捜査をしているのだ。命を狙《ねら》われるのは当たり前のことである。結果を見て詫びるというのなら、仕事を依頼すべきではないのだ。

「あなたにそう言ってもらえると、肩の荷が下ります」

緒方は大きな息を吐き出した。

「タブレットＰＣを受け取って、解析する能力はあるのか？」

浩志は目を細めた。国の研究機関といえば、防衛装備庁か、あるいは警視庁を通じて科学捜査研究所だろう。だが、彼らがダークウェブや海外の隠し口座に詳しいとは思えないのだ。

「政府が契約している民間のＩＴ研究所に依頼するつもりです」

緒方は笑みを浮かべているが、目は笑っていない。浩志に馬鹿にされたと思っているのだろう。

「さきほど、ある人物から新しい情報が入った。敵はレヴェナント、つまり以前暴走した中央統戦部の残党じゃないようだ。民間の研究者に依頼するのはやめた方がいい」

浩志はブリーフィングルームで待っている間、友恵経由で送られて来た夏樹からの暗号メールを見ていた。梁羽ですら把握していないという〝紅軍工作部〟という新しい組織があるというのだ。

「〝紅軍工作部〟？　だとすれば、中国の世界制覇計画は、新しい段階に入ったということですね」

緒方は険《けわ》しい表情になった。機密情報に詳しいだけに名称を聞いただけで理解したらしい。

「民間の研究機関と組むのは危険だ。死人が出るぞ。解析結果だけでいいだろう」

浩志は右眉《まゆ》を吊《つ》り上げた。解析は友恵以上の適任はいない。あえて政府がするというのなら、それはエゴに過ぎないのだ。

「このまま傭兵代理店で解析を続けた方がいいと言われるのですね。……確かにタブレットPCの関係者を増やさない方がいいでしょう」

緒方は腕組みをして天井を見上げた。日本の官僚は他人に手柄を立てられるのを嫌う。どうしても持ち帰るというのなら、その程度の男だということである。

「手ぶらで帰ることだな」

浩志は冷淡な表情で言った。

3

午後八時十五分、北京市朝陽《ちょうよう》区。

高層ビルが建ち並び、今や新都心といえる北京CBD（北京商務中心区）の建国《けんこく》門外大街と東三《とうさん》環路の交差点に中国国際貿易センタービルが建っている。

地上七十四階、地下四階、高さ三百三十メートルある高層ビルだが、北京CBDの中ではとりわけ高いとは言えない。だが、国内外の有名企業が拠点を置いており、中国ビジネスにおける重要な役割をしている。

黒いロングコートを着た夏樹は、一階のビジネスエリアのセキュリティパスがある入口からエレベーターに乗った。引き続き紅龍の特殊メイクをしている。セキュリティパスは関係者以外は入れないが、人民解放軍総参謀部のIDで入館できるのだ。もっとも、今使っているのは紅龍ではなく、別人のIDである。

この高層ビルのオフィスは一階から五十五階まであり、五十六階から六十八階までがホテルでフロントは七十一階にある。七十二階から七十四階はレストランと展望台になっていた。

十階でエレベーターを下りると、高層階行きのエレベーターに乗り換える。ビルのエレベーターは三十基あり、目的の階やエリアによって分かれているのだ。どこにでも監視カメラがあるため、なるべく俯《うつむ》いて行動しなければならない。

夏樹は六十九階で下りると、目の前のドア横にあるセキュリティスキャナーに別のＩＤカードをかざした。このビルの六十九階と七十階は、機械室と管理会社のオフィスが入っている。ＩＤカードは、エレベーター待ちしていた管理会社の社員の背後からスリ取った。管理会社の社員を特定し、尾行していたのだ。プロ顔負けのスリの技は、超一流の諜報員なら必須の技術である。

「六十九階だ。指示してくれ」

夏樹は無線連絡をした。左耳にブルートゥースイヤホンを入れている。

――さすがですね。通路をそのまま進んでください。

すぐに栄珀から応答があった。彼は、夏樹が所持する発信機の信号で位置を把握しているのだ。

軍事博物館での梁羽との打ち合わせ後、彼の懐《ふところがたな》刀とも言える栄珀に会っている。彼には高剣の居場所を特定するようにパリで取り逃がした直後から追跡を頼んであった。マジック・ドリルこと森本に頼むか迷ったが、中国人を追跡するのなら栄珀の方が適していると判断したのだ。

高剣は徐波《じょは》という偽名を使い、台湾経由で中国に入国している。帰国後も栄珀のハッキング技術を駆使して追跡してもらったのだ。その結果、北京商貿有限公司という貿易会社に勤務していることが判明した。勤務という言葉には語弊があるが、この会社の社員リストに部長として載っているのだ。リストに載ったのは、高剣がパリにある国家安全部第十局のセーフハウスを爆破して逃亡した翌日である。

北京商貿有限公司の本社は、中国国際貿易センタービルの十八階に入っている。人気《ひとけ》がなくなってから潜入するつもりだが、警戒が厳重なビルだけにセキュリティシステムに細工する必要があった。だが、外部からはシステムをコントロールできないため、直接ビルの管理システムに潜入するのだ。

——突き当たりの左手にセキュリティコントロールルームがあるはずです。

栄珀はビルの設計図をダウンロードし、管理会社のサーバーをハッキングしている。

「目の前だ。これから入室する」

夏樹はＩＤカードで専用のスキャナーにタッチし、ドアを開けた。四十平米ほどの部屋にラックに積まれたコンピュータが並んでいる。反対側の壁面には液晶パネルとモニター、それに無数のボタンのついた制御パネルもあった。

警備員が常駐するセキュリティルームは一階にあるが、ビルの警備だけでなく空調や火災報知器などのビル管理システムは、ここで一元的にコンピュータで自動制御されているのだ。だが、ハッキングを防ぐために、外部とはリンクしていない。

——入室したら、コンソールの制御パネルの端子に接続してください。

栄珀の声が高くなっている。音声だけで繋《つな》がっているため、焦っているのだろう。

「分かっている」

夏樹は落ち着いた声で返事をすると、コンソールの下にあるパネルを外し、持参した通信機器を接続した。メンテナンスや緊急時に、管理会社が外部からビルのシステムに接続できるようになっているのだ。

——接続完了。監視カメラも支配しました。いつでも潜入してください。

勝ち誇ったように栄珀が言った。彼のパソコンでビルのすべての監視カメラの映像が見られ、必要に応じてループ映像に差し替えることができるということだ。これで彼は夏樹の目になった。

「潜入経路に警備員はいるか？」

夏樹はコンソールの下にあるパネルを戻しながら尋ねた。

——六十九階に警備員が二人います。七十階から下りてきたんです。彼らをやり過ごしてからエレベーターに乗ってください。北側の非常階段からそちらに向かっています。

「了解」

夏樹はコンピュータラックの陰に隠れた。

ドアが開き、警備員の一人がハンドライトで内部を照らした。中に入ってまで確認するつもりはないらしい。七十八階分のフロアがあるだけにいちいちチェックしていたのでは間に合わないのだろう。

——警備員は南側の非常階段で六十八階に下りて行きました。今ならば大丈夫です。エレベーターに向かってください。

栄珀の興奮した声がイヤホンに響いた。監視カメラで視覚情報を得ているため、自分も一緒に潜入しているつもりになっているのだろう。

夏樹はセキュリティルームを出ると、エレベーターに乗り込んだ。時刻は午後九時二十分になった。

十八階に下りた。日本と違って残業する会社は少ないようだ。

——セキュリティは切断してあります。ご自由にお入りください。

「ありがとう」

夏樹は近くにある監視カメラに手を振った。

出入口のドアは自動で開く。

パーテーションを背にした受付のカウンターがあり、回り込むと百八十平米ほどの広さがあるフロアが、百六十センチの高さのパーテーションで仕切られていた。通路の非常灯が点灯しているだけで、フロアの照明は落ちている。

夏樹は通路を奥へと進む。高剣は部長として会社に迎え入れられている。出入口に近い席は下っ端のものだろう。部長クラスなら、一番奥か、個室を使っているはずだ。

――通路の突き当たりにドアがあり、設計図ではその奥に六部屋あります。ただ、その先に監視カメラはないようなので、無人かどうかの確認はこちらではできません。

「分かった」

夏樹はドアに近づくと92式手槍を抜き、耳を澄ました。空調の音だけが聞こえる。

ドアを開けると、長い廊下が続いている。すぐ右手にはトイレがあり、その反対側のドアの向こうは、会議室であった。トイレの並びの部屋を覗《のぞ》くと、先ほどよりも二倍近い広さの会議室である。中堅の貿易会社らしいが、中国国際貿易センタービルに入っていることを考えれば金回りはよさそうだ。

世界第二位の経済大国になった中国は、軍事予算と諜報予算が豊富にある。〝紅軍工作部〟が国内の有力企業を隠れ蓑《みの》にしていてもおかしくはない。会社員であれば、身分を偽ることなく海外に出て工作活動もできるだろう。

大きな会議室と廊下を隔てて向かいの部屋のドアを開けた。四十平米ほどの広さにデスクとソファーセット、それにゴルフの練習マットが敷かれている。部屋の雰囲気は重役クラスだ。

北京商貿有限公司の社長と副社長、専務の三人は会社を創設した時から名前を連ねている。十八年前に人民軍を退役した三人は小さな貿易会社を設立し、中国経済の成長ととももに会社を拡大させ今に至る。

〝紅軍工作部〟は昨年作られたらしいが、その前身ともいうべき組織があった可能性はある。短期間で巨大な組織を作ることはできないはずだからだ。彼らはビジネスマンとして十八年のキャリアを持つが、〝紅軍工作部〟と無関係だとは言えない。

夏樹はデスクの椅子に座り、引き出しを上から順番に開けて中を確認した。二番目の引き出しに徐波の名刺の束があった。

「よし」

頷いた夏樹は、デスクの上にあるノートPCのUSBポートに持参したUSBメモリを差し込んだ。ノートPCは自動的に起動し、初期画面になった。差し込んだUSBメモリは、パソコンのセキュリティを解除するプログラムが組み込んであるのだ。

「やはりそうか」

ノートPCを調べた夏樹は、舌打ちした。パソコンがWi-Fiと繋がらない。自分のスマートフォンでも確かめたが、Wi-Fiの電波を一切感知しないようだ。あり得ないことに、夜間は会社のルーターの電源を切っているらしい。これでは外部から個人のパソコンにアクセスできないはずだ。ハッキング防止かもしれないが、社員を信用していないのだろう。

「ネットに接続できない。情報を直接吸い取る。重要なデータがありそうな場所を教えてくれ」

不具合は予測していた。だとすればUSBメモリにデータをコピーするまでだ。

――Wi‐Fiが切ってあるのですか。原始的ですが有効ですね。どうりでサーバーをハッキングしても、個人のパソコンにアクセスできないはずです。高剣のパソコンが特定できたので、明日にでも私が改めてハッキングしますよ。

ポートに差し込んだUSBメモリは、パソコンのセキュリティを解除するだけでなくIPアドレスを検知することができるそうだ。

「だが、重要機密があるのなら、今すぐに手に入れたいのだ」

夏樹はパソコン内部のフォルダを開いたが、その中にファイルもフォルダも無数にある。すべてをコピーするには、USBメモリでは容量が足りないのだ。

――それなら、〝紅軍工作部〟を連想させるようなフォルダはありませんか？　あるいは、中国の諜報員が好みそうな時事ネタのフォルダは。

「レッドとか？　……ないな」

――時間切れです。警備員が十八階に現れました。撤収してください。この階のセキュリティが切断されていることに気付いたかもしれません。

「待てよ、COVID‐19か、これかもな」

夏樹はCOVID‐19（新型コロナウィルス）という名前が付けられたフォルダごとU

SBメモリにコピーした。

――警備員がオフィスに入りました。

「心配するな」

夏樹はコートを脱いでスーツ姿になると壁際《かべぎわ》のハンガーラックにコートを掛けた。部屋の照明を点《つ》け、椅子を引くと弾力のある座面にゆったりと座った。

――警備員が重役エリアに進入！　どこかに隠れてください。

栄珀の声が裏返った。

ドアが開いた。

夏樹は髪を摑んで特殊メイクを引き剝《は》がした。

二人の警備員が部屋に足を踏み入れる。

「何事だ！」

夏樹は髪型を直しながら声を荒らげた。USBメモリへのデータのコピーは残り二十パーセントである。

「じょ、徐波先生！」

警備員は二人揃《そろ》って両眼を見開いた。夏樹は二重に特殊メイクをしており、もしもに備えて下の顔は高剣にしてあった。最初から高剣にしなかったのは、本人と遭遇する可能性が僅かでもあるためである。

「気になることがあってね。時間外に仕事をしてはまずいかね？」

夏樹はコピーが終わったＵＳＢメモリをポートからさりげなく引き抜いた。

「すみません。届出もなくこの時間にオフィスを使うのはセキュリティ上まずいのです」

警備員の一人が渋い表情で答えた。

「分かった。続きは明日にしよう」

立ち上がった夏樹はハンガーラックからコートを取り、袖《そで》を通した。

「助かります。セキュリティがなぜあなたと認識しなかったのか分かりませんが、責任を問われるのは我々ですから」

警備員は互いに顔を見合わせ、安堵《あんど》の溜息を漏《も》らした。

「迷惑を掛けたね。エントランスまで送ってくれ」

夏樹は警備員と一緒に部屋を出た。

4

二月十九日、午前八時五十分、ブラジル、マカパ。

柊真は、マカパ郊外のペリメトラウ・ノルテ高速道路沿いのガソリンスタンドで雨空を見上げている。

昨夜、オイアポケの〝デモニオ〟の本拠地を襲撃した柊真らは、未舗装の156号線をひたすら南に向かって走り続けた。途中で何度もぬかるんだ轍《わだち》にタイヤを取られ、抜け出すのに時間を浪費している。到着は、予想よりも三時間ほどオーバーした。途中で携行缶のガソリンを補充したが、ガソリンスタンドに到着する数キロ手前からガス欠のアラームを聞く羽目になった。悪路は思いのほか、燃費が悪かったのだ。

「いつやむんだろうな」

セルジオは火を点けていない煙草《たばこ》を咥《くわ》え、柊真の隣りに立った。普段は煙草を吸わないが、紛争地では吸うことがある。現地に溶け込めることもあるが、ストレス発散なのだ。

「やむことを知らないのだろう。火は点けるなよ」

柊真は腕組みしたまま言った。

「腹が減ったから、口寂しいんだよ」

セルジオは大きな溜息を吐いた。

「郊外の店は、どこも昼からだ。飯を食うのなら街の中心部に行くほかないだろうな」

柊真は振り返って言った。フェルナンドが店員に支払いをしている。給油は終わったようだ。

「だが、あいつを車に置いてレストランには入れないぞ。縛ってあるが暴れられたら、住民に怪しまれる。いや待てよ、交代で食事をしよう」

「あいつ」とは、〝デモニオ〟の幹部であるチアゴ・ソーサである。移動中に車の中で尋問した。情報を得られれば途中で降ろす手もあったのだが、情報を出し渋っているので連れてきたのだ。

「レストランで食事を摂る必要はないだろう。テイクアウトという方法もある。リカルド・シュウバと接触できるとしても、数時間先のことだ。慌《あわ》てる必要はない」

柊真は呆《あき》れ顔で言った。

リカルド・シュウバは、マカパの〝デモニオ〟の幹部だそうだ。ソーサが拉致された三人の女子学生を引き渡した相手である。普段は、〝デモニオ〟のボスであるロベルト・ゴメスの護衛のために彼の邸宅に詰めており、外で会うことはできない。だが、雨の日は来客もなく、ゴメスも外出しないために暇だそうだ。そのため、呼び出すことも可能らしい。

「おまえは、どう思う？」

セルジオは欠伸《あくび》をしながら尋ねた。夜通し走って来たため、全員寝不足なのだ。

「なにが？」

柊真も釣られて欠伸をした。

「誘拐された三人は、マカパにいると思うか？」

セルジオは腕組みをして降りしきる雨を睨《にら》んだ。

「可能性はあるが、マカパも所詮《しよせん》田舎町だ。ベレンやサン・ルイスの方が、まだ都会だ」

柊真はセルジオの肩を叩《たた》いた。フェルナンドが運転席に乗り込んだからだ。ソーサは手足を縛って荷台に転がしてある。フェルナンドが車を降りる際には眠っていたようだが、たとえ眠った振りだとしても常に銃を手にしているマットが見張っているので逃げ出すことはないだろう。

「そうだな。アマゾン川より北は、秘境だからな」

セルジオは笑いながら車に向かった。ベレンはマカパの約三百三十キロ東南東、サン・ルイスは、約八百キロ東に位置する。

柊真とセルジオは、後部座席に乗り込んだ。荷台を見ると、ソーサが足を伸ばして座っていた。猿轡《さるぐつわ》はしていない。声を上げれば、その場で撃ち殺すと言ってあるからだ。それに、マカパで尋問した際にセルジオが拳《こぶし》で四発殴ったために、おとなしくしている。

「朝飯はまだなんだろう。良い店を知っている」

ソーサは嗄《しやが》れた声で言った。喉《のど》が渇いているのだろう。

「おまえが知っている店には行かない。どうせ、仲間が経営しているんだろう?」

セルジオが銃を手に尋ねた。全員が車に乗ったら必然的に、後部座席の者が見張り役になる。

「この辺りは、午後か夜に開店する店ばかりだ。しかも、どいつもこいつもピザ屋ときている。五キロ先だが、美味いパダリアがあるんだ。朝の六時から営業している。近所の住人が朝食のパンを買いに来るから朝早くからやっているんだ」

ソーサは自慢げに答えた。パダリアとは、ブラジルのパン屋のことである。ブラジルの主食は米と煮豆料理のフェイジョンだが、朝にはフランスパンを食べる家庭も多い。本場のフランスパンとは多少違うが、外はカリカリ、中はフワフワのパンで、生ハムやモッツァレラを挟み、ミルクコーヒーやマテ茶と一緒に食す。すぐ硬くなるので、午後のティータイムにはトースターで焼いてジャムを塗って食べる。

「パダリアならうまいフランスパンが食べられそうだな。それにしても、どうしてそんなに詳しいんだ」

セルジオは首を傾《かし》げた。

「俺は五キロ先のボネ・アズールという小さな街で生まれたんだ。貧しいが平和な街だ」

ソーサは声を落とした。彼は貧しさに耐えられずに犯罪組織に入り、なり振り構わずのし上がってきたのだろう。彼が拉致されたことは、部下からボスに伝わっているはずだ。囚《とら》われの身ということもあるが、たとえ柊真らが解放したとしても、組織から笑顔で迎えられるとは思えない。

「フランスパンとコーヒーをテイクアウトできるのなら、案内してくれ。だが、一つ条件がある」

柊真はソーサを見て言った。この男は死を悟っているようだ。何かを企んでいる様子はない。

「条件？」

ソーサは首を捻った。

「リカルド・シュウバを呼び出せ。うまくいけば、おまえを逃がしてやる」

柊真は淡々と言った。

「組織を裏切って、俺が生きながらえるとは思えないがな」

ソーサは渋い表情で首をゆっくりと横に振った。

「今殺されるよりましだろう」

柊真は冷淡に言った。

5

二月十九日、午後八時五十六分、市ヶ谷、傭兵代理店。

スタッフルームにはパソコンが設置されている机が、二列で十二卓あった。いつも席に着いているスタッフは、中條修と岩渕麻衣の二人だけで、友恵の席もあるが彼女は基本的に自室で仕事をするのでオーバースペックである。

正面奥の壁に百インチのモニターがあり、その周囲に四十インチのモニターがいくつも配置され、世界中のニュースがリアルタイムで映し出されていた。スタッフルームと呼ばれているが、池谷は戦略司令室と呼んでいる。

防衛省の中央司令室がウィルス攻撃などを受けてダウンした際、最低限の機能を継続できるように隣接する傭兵代理店が代行することになっていた。大規模なコンピュータシステムを友恵が構築したのもそのためである。だが、それを知っているのは、池谷と友恵だけだ。

「おはようございます」

スタッフルームのドアが開き、中條と麻衣が入ってきた。リベンジャーズや柊真たちを二十四時間サポートするため、挨拶は自ずと「おはよう」になる。テレビ局と同じである。

「おはよう。もうこんな時間ですか」

スタッフが使っていない席に座っていた池谷は、腕時計で時間を確かめた。

傭兵代理店は、この数日間、台湾で任務をこなす浩志と南米で活動している柊真をサポートしてきた。柊真は〝七つの炎〟の依頼で動いているのだが、彼は情報を提供する代わりに傭兵代理店のサポートを要請している。現在の任務が、〝レヴェナント〟あるいは〝紅軍工作部〟に関係している可能性が捨てきれないからだ。

南米は地球の裏側になるため、少ないスタッフを二分割する必要があった。だが、浩志が任務を終えて帰国したためにスタッフをすべて南米に対応させ、池谷は一人で昼間の当番になったのだ。当番と言っても、電話番に過ぎないが。

「社長、コーヒーを淹れましょうか？」

麻衣がコーヒーメーカーの傍に立って尋ねた。

「眠れなくなるので、結構です。ありがとう」

池谷は腰を拳で叩きながら立ち上がると、スタッフルームを出た。自宅は五階の一室だが、戻るのも面倒なので友恵の部屋の隣りにある社長室のソファーで仮眠をとるつもりである。

友恵の部屋のドアをノックした。彼女が仕事をはじめていたら、最新の情報はないか聞こうと思っている。だが、返事はない。彼女も五階に住んでおり、夜間勤務のためまだ出社していないのだろう。

ドアが開き、マグカップを手にした友恵が出てきた。頭にブルートゥースのヘッドホンをしている。ノックが聞こえないはずである。

「その様子では、徹夜じゃなく、昼間も働いていたんですね。いけませんよ、無理をしたら体がもちません」

池谷は口をへの字に曲げた。

「中国情勢が気になって調べていたんですよ」

友恵はヘッドホンを外して首に掛けながら答えた。彼女は池谷には報告せずに夏樹のサポートをしていたのだ。

浩志、柊真、夏樹は、友恵を介して情報を共有している。また、彼女が情報を解析することで、彼らも新たな情報を得られるのだ。

「何か新しい情報は、得られましたか？」

池谷はスタッフルームに戻りながら尋ねた。仮眠する前に友恵から報告を聞くつもりなのだ。

「柊真さんは、マカパに到着しました。今のところ問題ないようです。美香さんの中国の知人は、北京商貿有限公司が〝紅軍工作部〟と関係していると、睨んでいるようです。新たな情報を得たそうですが、データをネット経由で転送するのは危険と判断されたので、暗号化して送ってもらうように伝えました」

友恵はスタッフルームに入り、出入口近くにあるコーヒーメーカーに自分のマグカップを載せた。夏樹から自分が情報源であることを知られないように言われているのだ。

池谷はコーヒーメーカーの傍にある椅子を引き寄せて座った。

「北京商貿有限公司ですが、私が解析している呂英峰のタブレットＰＣにも名前がありました」

友恵はキリマンジャロコーヒーのボタンを押した。

「やはり、〝紅軍工作部〟の本部は、中国にあるということですね」

池谷は長い顎《あご》を上下に振った。

「ちょっと見てもらえますか？」

友恵は近くの空いたデスクにあるパソコンのキーボードを叩くと自室のパソコンをリモート接続し、デスクトップ上のデータを開いた。

メインモニターに世界地図が映り、赤い点が世界各地に点灯している。

「ひょっとして、これは〝紅軍工作部〟の分布図ですか？」

池谷は立ち上がってメインモニターに近付いた。

「鄧威の秘密口座、呂英峰のタブレットPC、それに高剣の北京商貿有限公司にあったデスクトップPC、それぞれのデータから抜き出した組織の位置情報です」

友恵は簡単に説明した。

「世界中にある。しかも、数え切れないほどだ」

池谷は両手を広げて顎を引いた。

「すべてが〝紅軍工作部〟と関係しているかもしれませんが、知らずに〝紅軍工作部〟の隠れ蓑にされているということもあるでしょう。ただ、これらの組織に〝紅軍工作部〟の工作員が潜《もぐ》り込んでいる可能性は高いと思います」

友恵はマグカップのコーヒーを啜《すす》った。

「そうですね。敵の機密資料を奪ったからといって、すぐにその全容が分かるはずがありませんよね」

池谷は自分のマグカップを取って、コーヒーメーカーにセットした。社長室で仮眠を取るのはやめたらしい。

友恵のジーパンのポケットでスマートフォンが音を立てた。

「暗号メールが届きました」

友恵は目の前のパソコンで自分のパソコンに届いた暗号メールを開いた。

「何！　これ？」

友恵が声を上げた。

「どうしました？」

池谷が友恵の背後からパソコンのモニターを覗き込んだ。

「中国の情報筋から届いた暗号メールを復号化したら、暗号が出てきたの」

友恵が肩を竦《すく》めた。モニターにはランダムな英数字や記号が並んでいる。夏樹が手に入れたのは暗号だったのだ。

「この暗号も復号化できるのですか？」

池谷がしかめっ面《つら》でモニターを見ながら尋ねた。

「たぶん」

友恵はパソコンの電源を落とすと、自室に向かった。

6

午後十時二十分、北京市朝陽区。

夏樹は北京中華民族園に隣接する北京民族園快捷假日酒店《ホリデイ・イン・エクスプレスホテル》の一室で、ソファーに座ってテレビニュースを見ていた。

紅龍の名前でチェックインしている。紅龍の自宅は、中国国内にはないためだ。彼は独身で、親兄弟もいない。遠い親戚が福建《ふっけん》省にいるが、縁は切れていた。海外で諜報活動をする総参謀部・第二部第三処の諜報員には、珍しいことではない。外国でスパイとして逮捕された場合、親族がいない方が国としては面倒がないからである。だからこそ、夏樹はすり替わることができたのだ。

中国国際貿易センタービル内の北京商貿有限公司を出た後、タクシーを乗り継いで尾行の有無を確かめてからホテルに入っている。高剣の特殊メイクは落とし、再び紅龍の顔に戻っていた。

ドアには椅子を立てかけて突入に備え、シャワーを浴びた後は再びスーツを着ている。

五つ星ホテルに宿泊するのは、安全を買うためだが、それでも何が起きるか分からないのが中国だからだ。いつでも脱出できるように備えている。

ドアがノックされた。

フロントには来客でなくても、誰かが紅龍のことを訪ねてきたら知らせるように頼み、チップも弾《はず》んである。外部から来たなら、フロントを通さずに現れたということだ。

無視していると、またノックされた。

「誰だ？」

92式手槍を手にドア横の壁際に立った。ドアの前では外から銃撃される危険性があるからだ。

「紅龍先生、国家安全部の葉子君《ようしくん》です。我々の捜査にご協力願います」

女性の声である。いささか高圧的ではあるが、中国では珍しいことではない。

「どこの部署か知らないが、時間外だ。出直してくるんだな」

夏樹は耳を澄ませ、廊下の様子を窺《うかが》った。国家安全部といっても、十七局まである。外国スパイの追跡・逮捕専門の部署である第八局というのなら面倒だ。ドアスコープを覗けばいいのだが、相手が殺し屋ならドアスコープのレンズ越しに銃弾を浴びせるだろう。

「捜査協力は、総参謀部に確認済みです」

「何？　総参謀部の誰に許可を得たというのだ」

夏樹は舌打ちをした。相手の問いかけに答えたに過ぎないが、諜報員が自ら身分を名乗ってしまったのだ。

「そこまでお答えする義務はありません。拒否されるのなら、あなたの権利を剝奪《はくだつ》するまでです」

葉子君は声を荒らげた。

「分かった」

苦笑した夏樹は右手の銃をズボンの後ろに差し込み、ドアノブ下の椅子を外してドアを開けた。

廊下には背の高いスーツを着た女が立っている。

「私と一緒に来てもらえますか?」

葉子君は強い視線を向けてきた。気の強そうな女だ。国家安全部の職員なら当然だろう。年齢は三十代半ば、身長は一七〇センチほどだが首の筋肉が発達している。かなり鍛えているようだ。

「夜遅くに呼び出すのは、失礼だろう。私の部屋で話を聞く」

夏樹はドアを押さえたまま右手を伸ばし、部屋の中を指差した。こんな時間に連れ出されたら何をされるか分からない。

「協力者となるか、国家反逆罪に問われるかは、あなた次第です」

葉子君は淡々と言った。

「分かったよ。反逆者になるつもりはない。ちょっと待ってくれ。ジャケットとコートを着るのは構わないだろう?」

夏樹は肩を竦め、ドアから離れた。これ以上逆らっても事態を悪くするだけらしい。

「どうぞ」

葉子君はドアが閉まらないように足で押さえた。手を自由にしておくということだ。隙を見せないためだろう。

夏樹は彼女に背を見せないようにジャケットを着て、コートを肩に掛けた。夏樹が廊下に出ると、葉子君はドアから足を離して後ろに下がった。彼女も夏樹を警戒しているようだ。

「ホテルの前に車が停めてあります」

葉子君は夏樹と並んで大股に歩く。後ろを歩かれるのを嫌っているのだろう。

「こんな時間でも、本部は開いているのか?」

夏樹は葉子君の横顔を見て言った。彼女は表情を表さない。優《すぐ》れた諜報員のようだ。

「もちろんです」

葉子君は微《かす》かに首を横に振った。警告シグナルを送ったらしい。

二人はエレベーターに乗った。

「ホテルの監視映像と無線がモニターされているため失礼しました。私は老師の手のものです。あなたは多分処刑されます。数時間前の行動が敵に察知されたのです。安定門《あんていもん》西大街の交差点で脱出してください。私が援護します」

葉子君は監視カメラに映らないように、小さな袋を渡してきた。老師とは梁羽のことに違いない。だが、信じろと言われても困る。

「確認させろ」

「結廬在人境《ジェルーツァイレンジン》」

葉子君は漢詩を口ずさんだ。晋《しん》末・宋《そう》初の詩人である陶淵明《とうえんめい》の〝飲酒〟という題名の詩の冒頭の句で、梁羽が緊急時の合言葉として使っている。「私の粗末な家は人里にある」というような意味だ。彼女は国家安全部に潜り込ませている梁羽の部下らしい。

「俺が逃げても問題ないのか？」

頷いた夏樹は、小袋をジャケットの内ポケットに入れた。名を騙《かた》っている紅龍は、梁羽の部下である。国家安全部から逃亡すれば、彼女の言う通り国家反逆罪になるだろう。梁羽も罪を免《まぬか》れないはずだ。

「手は打ってあるわ。あなたの代わりとして用意した死体がトラックに轢《ひ》かれます。あなたは、トラックと並んで走ってくるバンに飛び乗ってください」

葉子君は早口で説明すると、一階に到着したエレベーターのドアが開いた。

目の前に二人の男が立っている。

「行くわよ」

葉子君は男たちに命じると、エントランスを出た。華晨《かしん》汽車集団有限公司の七人乗りMPV・ファンソン7が停まっている。

「後ろに乗せて」

葉子君は助手席に座った。

傍《かたわ》らの男が後部座席のドアを開けて夏樹を無理やり座らせ、自分も乗り込んだ。残った男は運転席に収まり、車を走らせた。

北辰路を南に進み、北三环中路の陸橋を越え、鼓楼《ころう》外大街に入った。皆無言で重苦しい空気が漂っている。同胞を逮捕するのは嫌なものなのだろう。

中国国際貿易センタービルに潜入した形跡は、栄珀が消した。だが、徐波と名乗っている高剣が夜中にいたことが報告されており、敵は異変に気が付いた可能性がある。ビル周辺の監視カメラに映っている紅龍に化けた夏樹の姿を怪しみ、国家安全部に手を回したのだろう。国家安全部にも〝紅軍工作部〟の工作員がいるということだ。

車は安定門西大街の交差点の信号で止まった。

夏樹は左の肘《ひじ》打ちを監視役の男の脇腹に決めると、車を飛び出した。

「待て！」

葉子君も車から降りて銃を構えた。

夏樹は振り返った。

葉子君が発砲。夏樹の内ポケットの袋が爆発し、血糊《ちのり》が飛び散った。銃弾を受けたように反応する小道具である。

夏樹は胸を押さえながら道路を渡った。

大型トラックが警笛を鳴らしながら突っ込んでくる。

トラックの前を飛んだ。直後にトラックは急ブレーキをかける。大きな音がして、トラックの前に死体が転がった。トラックのボンネットに死体が仕込んであったのだろう。トラックは死体を轢いて停止した。

黒いバンが近づいて来た。夏樹はドアが開け放されている後部座席に飛び込んだ。トラックの陰になっているために葉子君らからは見えないはずだ。後部ドアを閉めると、バンはスピードを増して走り去る。

「うまくいったようだな」

運転席の男がバックミラー越しに言った。

「老師!」

夏樹は声を上げた。ハンドルを握る男は、三十代にしか見えないが、声は梁羽である。フルフェイスの特殊メイクをしているに違いない。

「打ち合わせの時間もなかったから、私がしゃしゃり出るほかなかったのだ」

梁羽は低い声で笑った。

「すみません。手を煩《わずら》わせて」

夏樹は苦笑した。

「頼みがある」

梁羽の目が鋭くなった。

「なんでしょう？」

「しばらく〝紅軍工作部〟のことは忘れてくれ」

梁羽は言い辛《づら》そうに答えた。

「紅龍が捕まりそうになったからですか？」

夏樹は険しい表情になった。党幹部から疑われることを避けたいのだろう。

「紅龍をスパイ容疑で国家安全部に訴えたのはこの私だ。〝紅軍工作部〟に疑われる前に抹殺する必要があったのだ」

梁羽は首を横に振った。党幹部から疑われる前に対処したようだ。腹立たしいが、さすがと言うべきだろう。

「手を引けというのですか？」

夏樹は後部座席から身を乗り出して言った。

「私が粛清され、第三処が潰《つぶ》されたら、もう誰にも維尼熊《ウェイニーション》は止められないんだぞ！」

梁羽は声を荒らげた。

「……了解です」

夏樹は大きな溜息を吐いた。

南米の闇

1

二月十九日、午前十一時四十五分、ブラジル、マカパ。

サングラスを掛けた柊真とフェルナンドは、アラシャー砂浜にある〝ロッズバー・エ・レストラン〟のオープンデッキ席でアマゾン川を眺めていた。

マカパは大西洋に流れ込むアマゾン川口の北部川床の平原に位置する。赤道が街の中央部を抜ける冬期乾燥型熱帯サバナ気候で、極端な温度差はない常夏《とこなつ》の気候である。また、対岸まで十一キロ以上あり、砂浜には波も打ち寄せるため、景色はまさに海岸だ。それに河口ということもあり、海水である。

アラシャー砂浜は乾季には人で溢《あふ》れるが、雨が降り続くような天気では人影もない。周囲には軽食を出すレストランやバーが数軒あるが、営業していない店が大半である。どの店も巨大なテントや屋根の下に厨房とカウンターを備えた、日本で言えば海の家だからだ。

「雨が残念だな」

柊真はビールグラスを手に灰色の広大な川を見つめながら言った。天気が良ければ、エメラルドグリーンの河口が椰子《やし》の木越しに見られるだろう。

黄色のデッキチェアーに黄色のカフェテーブル、どちらもプラスチック製である。水着の客が座ってもこれなら気にすることもない。

テーブルには拳《こぶし》より大きなフライドチキンが盛られた皿とエビフライの皿、それにフライドポテトの皿が並べてある。少々早めの昼飯も兼ねているが、席を確保するためだ。

「このフライドチキンは、スパイシーで食べごたえがある」

フェルナンドは巨大なフライドチキンを次々と平らげている。朝食はフランスパンとコーヒーだけだったので、肉が欠乏しているのだろう。

「来たぞ」

柊真はグラスのビールを飲み干した。

口髭《くちひげ》を生《は》やした男が五人の悪人面《あくにんづら》した男たちを従え、北の方角からやってくる。ビーチの駐車場に車を停めて来たのだろう。先頭を歩く男は、リカルド・シュウバである。

一時間前にソーサの件で話があると、シュウバの携帯電話に直接連絡したのだ。

「おまえたちか、俺に電話をよこした命知らずは？」

シュウバはテーブルを挟んで柊真らの前に立った。五人の手下は、柊真とフェルナンドを取り囲んだ。彼らはカウボーイのようなガンホルスターを腰に下げている。50口径のデザートイーグル、44マグナム弾のコルト・アナコンダ、同じく44マグナム弾のS＆W《スミスウエッソン》M29、他にもS＆W　M629など大口径の銃ばかりである。

アラスカでは熊が出るため、民間人でも護身用に大口径の銃を携帯していると聞くが、アマゾンの猛獣と言えばジャガーである。俊敏な猛獣相手に小回りの利《き》かない大口径の銃は、かえって不利になるはずだ。とすれば、こけおどしだろうか。

ちなみに柊真らはH＆K　USPをズボンに差し込み、アロハシャツを着て隠している。また、セルジオとマットは、二百メートル離れた場所からH＆K　HK416で照準を合わせて監視していた。

「そのまま立っているつもりか？」

フェルナンドは流暢《りゅうちょう》なポルトガル語で言った。

「オイアポケの〝デモニオ〟を潰《つぶ》したのは、おまえたちか？」

シュウバは柊真の対面の席に座ると、ポテトを摘《つま》んだ。

「先に銃を撃って来たのは、ソーサの手下だ。ソーサとビジネス上のトラブルがあった。それだけの話だ」

フェルナンドは肩を竦《すく》めると、手に持っていたチキンの骨を皿に置いた。打ち合わせはしたが、なかなかの名演技である。

「何が、それだけの話だ。ソーサを拉致《らち》し、手下を九人も殺し、六人が重傷なんだぞ！」

シュウバはテーブルを叩《たた》いた。拍子にポテトが皿から躍る。

「彼は情報を出し渋った。問題はそこにある」

フェルナンドは人差し指を立て、左右に振った。

「情報？」

シュウバは首を捻《ひね》った。

「情報をもらえれば、ソーサを引き渡す」

フェルナンドはポテトを摘んで頬張《ほおば》った。

「断ったら？」

シュウバの目付きが鋭くなった。手下たちが、右手を下ろした。

「銃に触れない方がいい」

柊真は低い声で言うと、シュウバを見返した。銃を抜いたらセルジオらに狙撃するように指示してある。

「はじめて口を利《き》いたな。ブラジル人じゃないのか」

シュウバが柊真を睨《にら》みつけてきた。ポルトガル語の発音が悪かったらしい。手下たちは銃のストックに手を載せた。

「どうでもいい」

柊真は手下たちを見回した。

「今頃、俺たちが危険だと気が付いたのか？　ちょっと、遅いがな」

シュウバはポテトを摘みながら、笑った。

「あそこがピーナッツサイズの男は、でかい銃を持ちたがるそうだ。ついでに脳味噌《のうみそ》も小さいらしい。素手の相手に銃を抜くようじゃ、図星だな」

フェルナンドが茶化した。セルジオとマットのサポートがあるので、怖いものはない。セルジオは狙撃銃で二千四百メートルの狙撃に成功しているスナイパーのプロである。この世界でも二千三百メートルを超える狙撃ができるスナイパーは滅多《めった》にいない。もっとも、〝針の穴〟こと宮坂大伍の最高記録は、訓練時のものだが、三千四百六十メートルである。

「なんだと！」

男たちが銃から手を離し、拳を握りしめた。

「ついでに言っておくが、腕っ節もたいしたことなさそうだ。俺の仲間一人で、充分だろう」

フェルナンドは、柊真の肩を叩いて笑っている。

「またかよ」

舌打ちをした柊真は、立ち上がった。

「俺は演出家、おまえは演技者だ」

フェルナンドはフライドチキンに手を伸ばし、足を組んだ。

「どこからでも、いいぞ」

苦笑した柊真は、デッキから下りて雨降る芝生《しばふ》に出た。シュウバの手下も外に出ると、柊真を取り囲んだ。

目の前に立った男が、いきなり左右のパンチを繰り出す。ボクサー上がりらしく、パンチが雨粒を切り裂くように唸《うな》りを上げた。軽く首を振ってかわした柊真は、右顎《あご》に強烈な掌底《しょうてい》打ちを食らわせ、昏倒《こんとう》させる。

「なっ、何をやっている。さっさと片付けろ！」

シュウバが腰を上げかけた。

頷《うなず》いた手下たちが、ポケットからナイフを取り出す。

「まあ、そうくるだろうな」

柊真は両手を軽く下げ、自然体に構えた。

右後ろの男がナイフを突き出す。体を左に回転させて左肘《ひじ》打ちを相手の鳩尾《みぞおち》に決め、腕を返して左裏拳で敵の顔面を叩く。

左前の男がナイフを振り下ろす。柊真は男の右手首を摑《つか》んで捻りながら投げ飛ばすと、回転を利用して左後ろの男の首筋に左回し蹴《げ》りを決めた。ここまで十秒、雨で足場が悪いために少々手間取っている。

右前に立っていた男が、目まぐるしくナイフを振ってきた。瞬《また》く間に仲間を倒されてパニックになっているのだろう。転がした男が起き上がろうとしたので、柊真は右かかとで蹴り上げると、残った男のナイフを左腕で弾《はじ》き、正拳を顔面に叩き込む。

「ばっ、馬鹿な」

シュウバが立ち上がった。気絶している五人の手下を見て動揺しているらしい。

「座れ！」

フェルナンドがシュウバの腕を摑んで無理やり座らせた。

「ミイラ取りが、ミイラになったな」

柊真は屋根の下に戻った。

「そのようだ。一緒に来てもらおう」

フェルナンドはシュウバを立たせた。

「撤収」

柊真は無線でセルジオらに伝えた。

2

マカパの中東部にラジオの電波塔がある。

電波塔は、二百三十メートル四方の荒地の中心に立っていた。広い敷地は電波の干渉を避けるためで、高さ百八十センチのブロック塀に囲まれ、背の丈を超す熱帯植物に覆われている。

柊真らは、敷地の北西部にあるジャングルのような森の中に車を乗り入れていた。

敷地の東側はレオポウド・マシャド通りで、他の側面はいずれも違法建築のような民家が密集している。そのため、まともなブロック塀はレオポウド・マシャド通り側だけで、ブロック塀もない南側にある民家の隙間《すきま》を抜けたのだ。ちなみに電波塔を管理する事務所は、敷地の北東の端にあるが、敷地の反対側は木々が邪魔で見通すこともできない。

「よくこんな場所を見つけたものだ。叫び声を上げても外に声は届かないだろう」

フェルナンドが木の下に張ったタープの具合を見ながら言った。天気予報では、深夜まで雨は降り続くそうだ。車を隠すだけでなく、雨宿りができる場所が必要だった。そこで、友恵に連絡し、マカパの情報を調べてもらったのだ。

「彼女に不可能はないからな」

柊真はシトロエン・BXのボンネットに寄りかかり、ミネラルウォーターを飲んだ。時刻は午後一時四十分になっている。

「日本の傭兵代理店にサポートを頼んで正解だったな。今度、俺にも紹介してくれ」

フェルナンドはタープのロープをしっかりと固定すると、その下に折り畳みのアウトドアチェアを置いて座った。

「おまえも日本に行って、傭兵代理店に登録すればいいんだ。ただし、彼女に気に入られなければ、協力してもらえない」

柊真はセルジオの顔を見ながら首を捻った。夏樹は傭兵登録していないが、友恵はサービスを提供している。おそらく、夏樹の紳士的な態度が好印象だからだろう。だが、仲間の三人はお世辞にもジェントルマンとは言えないのだ。

「いつはじめる？」

フェルナンドは煙草《たばこ》を吸い始めた。

「一服したらはじめよう」

柊真はシトロエン・BXと並べて停めてあるフォードのピックアップトラック、レンジャーを見て答えた。シュウバが手下と乗って来た車である。シトロエン・BXより燃費は悪いが、足回りは数段いいのでギアナに戻る際にはレンジャーで帰るつもりだ。それにトランクを調べたら、二丁のショットガンがあった。

シュウバとソーサは、手足を縛ってシトロエン・BXの荷台に乗せている。ここまで来るのに〝デモニオ〟に見られないように遠回りをしたので、時間がかかった。セルジオとマットは、車の中でようやく昼飯にありついている。途中で立ち寄ったピザ店で、テイクアウトしたのだ。

「それじゃ、はじめよう。俺たちだけでいいだろう」

フェルナンドは美味《うま》そうに煙草の煙を吐き出すと、立ち上がった。

「そうするか」

柊真はシトロエン・BXのバックドアを開け、シュウバを引き摺《ず》り出して地面に転がした。木の下にタープを張ったのは雨宿りをするためではなく、尋問のためである。

シュウバは何度か足を滑らせながらも立ち上がった。

「俺がするか」

フェルナンドはシュウバの胸ぐらを摑むと、足を払って近くの木の根本に無理矢理座らせた。

「頼む」

柊真はシュウバの口を封じていたガムテープを乱暴に引き剝《は》がした。

「うっ！」

シュウバは呻《うめ》き声を上げた。ガムテープに口髭がびっしりと貼り付いている。ブラジルのガムテープは、意外と粘着力があるようだ。

「おまえが、ギアナで拉致された三人の女子大生をソーサから受け取ったと聞いている。間違いないな」

フェルナンドはシュウバの髪を摑み、耳元で尋ねた。

「それを聞いてどうする？」

シュウバは、じろりとフェルナンドを睨んだ。

柊真はタープの端に立ち、雨に濡《ぬ》れながらも成り行きを見守った。シュウバはソーサよりも根性がありそうだ。口を割らせるには少々手間がかかりそうである。

「俺たちは、女子大生を奪還するように命じられた傭兵だ。協力すれば、おまえたちに死人は出ないだろう。それだけは保証する」

フェルナンドはシュウバの髪を放すと、鳩尾に蹴りを入れた。

シュウバは蹲《うずくま》って呻き声を上げている。

フェルナンドはシュウバを見下ろし、煙草を吸った。柊真も含めて仲間は、任務では冷酷な人間になりきる。

「どうした。もう降参か？」

フェルナンドは、再びシュウバの髪を摑んで顔を上に向かせた。

「……ふざけるな。マカパに〝デモニオ〟の手下が何人いると思っているんだ。二百人以上いる俺たちに、たったの四人で立ち向かうというのか？　笑わせるぜ」

シュウバは歯を剝《む》き出した。

「それが、どうした。一人で五十人倒せばいいんだ」

フェルナンドは、膝《ひざ》蹴りで顎を蹴った。手加減はしているようだが、かなり痛そうだ。

というか、シュウバは白目を剝いて失神している。

「手加減しろ。そいつは、殴ったぐらいじゃ吐かないぞ」

柊真は苦笑した。

「起きろ！　眠るのは早いぞ」

フェルナンドはシュウバの頰を叩いた。

「……貴様！　首を切り裂いて、殺してやる」

目覚めたシュウバは、フェルナンドに唾《つば》を吐いた。

「この野郎！」

フェルナンドはシュウバの胸ぐらを摑み、右拳を握った。

「やめておけ。無駄だ」

柊真はフェルナンドの右腕を摑んだ。

「代わるか？」

フェルナンドはシュウバを突き放した。

「こいつは、殴られるのに慣れているんだ」

柊真はフェルナンドと入れ替わった。シュウバの左右の眉《まゆ》の下にボクサーのような傷痕がある。喧嘩《けんか》で殴られた痕なのだろう。この手の人間は、殴打されることに麻痺《まひ》している。

「どうやって口を割らせるんだ？」

セルジオが、口の周りに付いたピザソースを手の甲で拭《ぬぐ》いながら車から降りてきた。

「こいつは、撃たれるのにも慣れていると思うか？」

柊真はズボンに差し込んでいたH&K　USPを抜くと、シュウバの眉間《みけん》に銃口を突きつけた。仲間は笑みを浮かべて見守っている。

「俺は修羅場を何度も潜《くぐ》ってきた。舐《な》めんなよ」

シュウバは柊真の視線を外した。撃つはずがないと思っているのだろう。

「舐めんな？　こっちのセリフだ」

柊真はシュウバの肩に銃口を移動させると、躊躇《ためら》いもなくトリガーを引いた。

「ぎゃあ！　馬鹿野郎！　本当に撃ちやがった」

シュウバは叫んで転げ回った。

「質問に答えろ」

柊真はシュウバの背中を足で押さえつけた。

「……おっ、女は、ボスの屋敷にいる」

シュウバは喘《あえ》ぎながら答えた。

「本当か？」

柊真はシュウバの傷口をブーツで踏みつけて尋ねた。

「うっ、嘘《うそ》じゃない！　助けてくれ」

シュウバは悲鳴を上げると気を失った。

「後で詳しく聞こう」

柊真はシュウバから離れると、ミネラルウォーターを飲んだ。

3

柊真は、ベイラ・リオ通り沿いにあるホテル・ド・フォルテの屋上で暗視双眼鏡を覗《のぞ》いていた。時刻は午後九時四十分になっている。

セルジオは傍で、ブラジル版の揚げ餃子であるパステウを頬張っている。2ブロック先のブラジル料理の店からテイクアウトしてきたのだ。パステウが入っている紙袋を雨に濡らさないようにポンチョの下に抱えていた。

マットとフェルナンドは、ホテルの駐車場でフォード・レンジャーに乗って待機している。柊真らはホテルと道を挟んで反対側にある〝デモニオ〟のボスであるロベルト・ゴメスの屋敷を見張っているのだ。敷地の広さは一ヘクタールほどで、周囲を煉瓦塀《れんが》に囲まれていた。ゴメスが、十八年前に倒産した煉瓦工場を買い取ったそうだ。内部は豪華に改装されているらしいが、外観は手付かずでみすぼらしい。金に渋いわけではなく、世間を欺《あざむ》くためだろう。

尋問したソーサとシュウバはロープとガムテープで身動きが取れないようにし、電波塔の敷地内の木に縛り付けてある。作戦が終了したら、地元の警察に通報するつもりだ。

「このパステウ、美味いぞ」

セルジオは呑気《のんき》なことを言っている。

「目視できる範囲で十六人だな。残りは建物の中らしい」

柊真は暗視双眼鏡を下ろすと、ポンチョの下からパステウを出してかじりついた。皮がパリパリとして中のひき肉もニンニクが利いて美味い。しかも手も汚れず、夜食には丁度いい。ブラジルの代表的な軽食だが、日本人の移民が開発したそうだ。

シュウバから屋敷の状況を聞き出し、簡単ではあるが図面も起こしている。手下は二百人以上いるが、オイアポケ襲撃を受けて集められた手下は四、五十人らしい。全員に招集をかけないのは、安全が確認されるまで毎日交代制にするからだそうだ。もっともな理由だが、鵜呑《うの》みにはできない。

「問題は、どこから潜入するかだな」

セルジオはパステウを頰張りながら柊真から暗視双眼鏡を受け取った。

「とりあえず外の見張りは、気付かれずに全員倒したい」

柊真は口の中のパステウをミネラルウォーターで流し込んだ。

「敷地の西側が手薄だな。潜入するならあそこしかないんじゃないか？」

セルジオは、暗視双眼鏡を覗きながら言った。

敷地の東側はベイラ・リオ通りに面している。路地に面した北側は煉瓦塀の上にさらに三メートルのトタン板の塀で補強されていた。また、南側も路地に面しており、二・五メートルのブロック塀がある。西側もブロック塀で仕切られているが、隣りの敷地は鬱蒼《うっそう》とした手付かずのジャングルがあった。

「見張りが、西側だけいないだろう。手薄に見えるが、何か理由があるはずだ」

柊真は、二つ目のパステウを手に取った。いつ襲撃するか決めていないので、スタミナ切れにならないように備えているのだ。敵の状況は、これ以上監視しても変わらないだろう。寝静まってからの攻撃となれば、零時過ぎまで待つことになる。

「西側のジャングルなら人目につかずに潜入できそうだが、見張りがいないのは、罠《わな》なのか？　シュウバは何も言っていなかったぞ」

暗視双眼鏡を下ろしたセルジオは、首を捻った。

「罠じゃないかもしれない。だが、見張りを置く必要がないというのなら極端な話、地雷が敷設してあってもおかしくはないぞ。俺たちを殺すためにわざと言わなかった可能性が高い。もっとも、闇夜のジャングルを踏破しようという物好きもいないだろうがな」

柊真は敷地内の暗闇を見つめて笑った。

「あの野郎。地雷が仕掛けてあったら、ただじゃおかない。とはいえ正面から攻めることはできない。南側の塀を乗り越えていくしかないのかな」

セルジオは腕組みをして唸った。フェルナンドは「一人で五十人倒せば良い」と粋がったが、近接銃撃戦となれば、一人十人でも難しい。敵が弾幕を張れば動くことができなくなるからだ。

特に正門を警備している手下らは、9ミリ弾を使用する短機関銃のベレッタM12を携帯しているので注意が必要である。ストックは折りたたみ式で、マガジンが目立つため、四十連発の弾倉を装塡《そうてん》しているらしい。毎分五百五十発の発射速度を持つが、有効射程は二百メートルである。ブラジルでライセンス生産されており、陸軍で制式採用されていた。おそらくどこかで横流しされたものを使っているに違いない。

「うん？」

柊真は身を乗り出した。東側の門が開いたのだ。

「車が出るぞ」

セルジオは暗視双眼鏡を覗いて言った。

「こちらバルムンク。ヘリオス、応答せよ」

柊真はマットに連絡をした。

――こちらヘリオス。いつでも闘えるぞ。

マットは張り切っている。退屈していたのだろう。

「門から車が出ていくぞ。白いシトロエンのバン、ジャンピーだ。尾行してくれ」

――了解！　任せろ！

こんな時間に出て行くのは、理由があるからだろう。調べる必要がある。

――こちらヘリオス。行き先が分かったぞ。

三分後、マットから連絡が入った。時間からして一キロと離れていないだろう。

「もったいぶるな」

柊真は苦笑いを浮かべて促《うなが》した。

――〝ドン・バーガー〟という地元のハンバーガーショップだ。段ボール箱に入れた大量のバーガーを積み込んでいる。美味そうなハンバーガーだ。

マットは笑いながら答えた。夜食を注文したのだろう。

「それじゃ、車ごとハンバーガーを頂こうか」

柊真は冗談まじりに言った。

——いいねえ。やる気が湧いてきたぞ。

フェルナンドの奇声も聞こえた。無線は全員でモニターしているので、二人とも喜んでいるらしい。

「ベイラ・リオ通りで待っている」

柊真は傍に置いてあったH&K　HK416を手にすると、セルジオの肩を軽く叩いた。

「面白くなってきたな」

セルジオもH&K　HK416を摑んだ。

屋上から下りた二人は、ホテルの駐車場に停めてあったシトロエン・BXに乗り込んだ。ゴメスの屋敷前を通って海岸沿いのベイラ・リオ通りを南に向かう。屋敷から四百メートルほど離れたところでUターンし、車を路肩に停めた。

「奪ったハンバーガーで腹ごしらえできるな」

セルジオは鼻歌まじりに言った。

「太るからやめておけ」

柊真は鼻先で笑った。

十分ほど待っていると、マットが運転するフォード・レンジャーとシトロエン・ジャンピーが、柊真らの車に横づけされた。

助手席に座っていた柊真は、車を降りてジャンピーを覗いた。動きにくいポンチョは脱いでブーニーハットを被《かぶ》り、戦闘モードになっている。

「お待たせ」

フェルナンドが運転席の窓を開けて手を振った。

「運転手はどうした？」

柊真はフェルナンドのすぐ横に立って尋ねた。雨はまだ滝のように降り続いている。

「荷台に転がしてある」

フェルナンドは親指で後ろを指した。

「みんな聞いてくれ。役割分担を言うぞ」

手を叩いた柊真は、仲間に指示を出した。

4

午後十時八分、ゴメスの屋敷の正門前にシトロエン・ジャンピーが停まった。

運転席にはゴメスの手下が座っており、セルジオが助手席の床に身を屈《かが》めて銃口を男に向けている。外から覗き込んでもいいように助手席にポンチョが掛けられ、頭を隠しているのだ。

鉄格子《てつごうし》の門の向こうから運転手の顔にライトが当てられた。門の内側には、小さな監視小屋があり、ベレッタM12を手にした四人の男が出てきたのだ。全員、工事現場で着るような蛍光色のレインコートを着ている。

「妙な真似《まね》はするなよ」

セルジオは、銃口を男の太腿《ふともも》に突きつけた。男には少しでも異変を感じたら殺すと脅してある。

「わっ、分かっている」

男は顔を引き攣《つ》らせて答えた。

「笑え。手を振って仲間に笑顔を見せるんだ」

セルジオが銃口を強く押し当てると、男はぎこちない笑顔を浮かべ、右手を上げて振ってみせた。

両開きの鉄格子の門が開く。

ジャンピーは敷地内に入ったところで停められ、鉄格子の門は閉じられた。門から屋敷となっている元煉瓦工場までは、三十メートルほどの芝生が敷き詰められた庭になっていた。元は資材置き場だったらしい。三台のフォード・レンジャーと一台のベンツSクラスが玄関前に駐車してある。麻薬だけでなく、様々な事業を展開し、儲《もう》けているらしい。

「腹が減った。俺たちの分だけ、置いて行きな」

運転席側に立った男が、命令口調で言った。

「分かった。バックドアを開けて、勝手に取ってくれ」

運転手は答えた。予測されたことで、あらかじめ運転手には指示してある。

男は左手でバックドアのノブを開けた。

荷台から突然伸びてきた腕に、男は頭を掴まれる。

「なっ！」

男は首を折られ、崩れるように倒れた。

柊真は倒した男を乗り越え、車の周囲に立っていた男たちを鉄礫《てつつぶて》で次々と倒す。すぐさま監視小屋に入り、椅子《いす》から立ち上がった男の鳩尾を蹴り抜いて昏倒させた。正門近くの見張りは五人だけらしい。だが、少し離れた場所にハンドライトの光がいくつも見える。今のところ彼らは気付いていないようだ。豪雨が、柊真らの行動を遮蔽《しゃへい》しているらしい。

ジャンピーの荷台からマットとフェルナンドが、H&K HK416を構えて降りてきた。二人は柊真が倒した男たちを樹脂製の結束バンドで手早く縛り上げ、武器を奪って荷台に放り込んだ。ハンバーガーを詰めた段ボール箱は、邪魔なので捨ててある。

柊真は二人に右手を伸ばして北の方角を示すと、マットらは無言で塀に沿って暗闇に消えた。できるだけ音を立てずに敵を減らしたいのだ。何も言わなくても、彼らは素手かナイフで敵を倒すだろう。

柊真はジャンピーの運転手の顔面に掌底を当てて気絶させると、ドアを開けて外に放り投げた。

「いつまで隠れているんだ」

運転席に収まった柊真は、ハンドルを握った。車を正門前から早く動かさないと怪しまれる。

「もう、終わったのか。いつもながら素早いな」

ポンチョに隠れていたセルジオが、助手席に座った。

柊真は車を塀に沿って左の方角に二十メートルほど移動して停めると、エンジンを切って外に出た。

二人はH&K　HK416のスリングを掛けて背中に回し、H&K　USPを手に暗闇を進む。数メートル先にハンドライトを手にしている男が五人いる。彼らも蛍光色のレインコートを着ていた。豪雨で視覚が奪われているために同士討ちしないようにしているのだろう。だが、柊真らにとっても都合がいい。

柊真はセルジオに左の二人を倒すように指示すると、自分は右手の三人に近付いた。

銃声が響く。マットらが向かった北側である。

——すまない。気付かれた。六人倒した。屋敷の裏から潜入する。

マットからの連絡である。

「侵入者だ！」

目の前の男が、ライトで周囲を照らす。

柊真はライトを避けて右手前の男の顔面に右肘打ちを決めて走り抜けると、その左奥の男の鳩尾に左回し蹴りを入れる。間髪を容《い》れずに、反対側に立っている男の顎を右側足蹴りで蹴り上げて倒した。三人とも急所を直撃しているので、三十分以上、気絶しているだろう。柊真は地面に落ちているハンドライトのスイッチを切った。

「終わったぞ」

セルジオが暗闇から抜け出してきた。彼も二人の男を倒し、彼らが持っていたハンドライトを消したために辺りは闇に包まれている。

「誰も入れるな！」

「銃声は左からしたぞ！」

怒号が飛び交い、屋敷の玄関から大勢の男たちが出てきた。とりあえず、十七人の男を倒したものの、敵には察知されてしまった。

「行くぞ！」

右手を前に振った柊真は、ＨＫ４１６を構えて走った。

5

午後十時十四分。

柊真とセルジオは、正面玄関にいる男たちを銃撃した。

距離は二十メートル、男たちはベレッタM12を腰だめ撃ちで乱射してくる。有効射程距離は二百メートルだが、銃身が短いためそもそも命中率は悪い。とはいえ、数を撃ってくるのでまぐれでも当たる可能性があり、要注意だ。

「くっ！」

銃弾が柊真の頰を掠《かす》めた。

「うっ！」

セルジオがひっくり返った。

「大丈夫か？」

柊真は振り返ることなく尋ね、最後の一人を撃った。

「左肩を撃たれたが、かすり傷だ」

セルジオは起き上がって銃を構えた。

柊真らは、すでに九人は倒している。屋敷から出てきたのは十八人、残りはマットらを追って屋敷の裏側に回った。激しい銃撃音が聞こえる。マットらは彼らと銃撃戦に入ったようだ。

「こちらバルムンク、正面から突入する。裏口は任せるぞ」

――こちらヘリオス、三分後に合流できる。

銃撃音とともにマットから返事がきた。

柊真は無線連絡をすると、セルジオと一緒に開け放たれた玄関まで走った。二人は玄関の左右に立つ。駆け込むほど迂闊《うかつ》ではない。銃撃を恐れていることもあるが、拉致された女性たちを巻き添えにする可能性があるからだ。

セルジオは、ベルトのタクティカルポーチから閃光弾《フラッシュバン》を出すと、安全ピンを抜いて室内に投げ込んだ。

破裂音と凄《すさ》まじい光が玄関や窓から漏《も》れる。

柊真とセルジオはHK416を構えて突入した。

二百平米はあるスペースに、レストランのような四人掛けのテーブル席やソファー席がいくつもある。手下たちの溜まり場になるように改装したのだろう。白煙の中で銃を持った男が、床にうずくまっていたり、ふらふらと歩いていたりする。閃光弾の衝撃で彼らは麻痺しているのだ。

柊真とセルジオは男たちの腕と足を次々と銃撃する。戦闘不能にするだけで充分だ。二人は倒した連中の武器を取り上げ、一ヶ所に集めた。ベレッタM12だけでなく、彼らはハンドガンのトーラスPT92で武装していた。まともに銃撃戦になっていたら、ケルベロスの仲間もかすり傷ではすまなかっただろう。

ちなみにトーラスPT92は、ブラジルのトーラス・アームズ社の製造する、ベレッタ社のベレッタ92のライセンスモデルである。彼らの銃は派手なステンレスモデルで、いかにもギャングが好みそうなデザインになっていた。

「クリア！　ここには、いないぞ」

セルジオは、倒した男たちの顔を確認して首を振った。十三人倒したが、一階のリビングと思われる大部屋にはボスのロベルト・ゴメスと思《おぼ》しき男はいない。ゴメスの人相はシユウバから聞いている。太った五十代の男で、口髭を生やしているらしい。左頬に傷痕があるので、すぐに見分けはつくはずだ。

リビングの奥にあるドアからマットとフェルナンドが現れた。

「この奥にキッチンと倉庫があった。確認済みだ」

マットは、涼しい顔で報告した。素人《しろうと》相手の銃撃戦だったが、無傷でなによりである。

柊真はマットとフェルナンドに左手にある螺旋《らせん》階段を指差した。二人は頷くと、銃を構えながら階段を駆け上がる。

「地下室がないか、調べよう」

柊真はセルジオを促した。

「任せろ」

セルジオは親指を立てると、床でのたうちまわっている男の胸ぐらを掴んで立たせた。

「拉致した三人の女子大生はどこだ？」

セルジオは、男を激しく揺さぶってポルトガル語で尋ねた。

「……知らない」

男は首を横に振ると、顔を背けた。知っていると顔に書いてある。

「嘘はやめろ」

セルジオは左肩の銃創に親指を突き立てた。

「ちっ、地下室だ」

男は呻き声を上げながら答えた。

「地下室はどこだ？」

セルジオは男の左肩を掴んだまま尋ねた。

「……階段の下だ」

男は答えると気を失った。

柊真はすぐさま螺旋階段の下に敷いてあるラグを引き剝がした。九十センチ四方の鉄製の蓋《ふた》がある。蓋を外すと螺旋階段は地下に続いていた。

「見張っていてくれ」

柊真はHK416を蓋の近くに置くと左手にハンドライトを持ち、銃を構えて螺旋階段を降りていく。すえた不快な臭いがする。湿度が高いために地下室にカビが生えているのかもしれない。

階段を下り切ると、ハンドライトのスイッチを入れた。螺旋階段で狙《ねら》い撃ちされないように暗いまま下りたのだ。

ライトで地下室を照らし、体ごとゆっくりと左に回転させる。奥の壁際《かべぎわ》で二人の若い女がライトに照らし出された。二人とも白人で、捜査資料で見た顔である。手錠を掛けられ、足をロープで繋《つな》がれていた。

「ボンジュール。私はあなた方を助けにきた者です。マリー・デュールとジュリー・ラドリーだね？」

柊真はフランス語で呼び掛けた。

「はい」

マリーが泣きながらも答えた。ジュリーはしゃくり上げて言葉が出ないらしい。

「ルイーズ・カンデラは、どこにいるんだい？」

柊真は銃とハンドライトを床に置くと、いつも持ち歩いているピッキングツールを彼女たちの手錠の鍵穴に差し込んで尋ねた。

「彼女はここに着いてすぐに中国人に別の場所に連れて行かれたわ。もう何日も見ていないの。早く、ここから出して」

マリーが答えると、ジュリーが涙を流しながら何度も頷いてみせた。

「ここにはいないのか？」

柊真は舌打ちをした。

「車が外で待っていて、この家に入ることもなかったわ」

マリーは答えた。落ち着きを取り戻しているので、おそらく正確な情報だろう。

轟音《ごうおん》！

「こちらブレット。バルムンク、すぐ来てくれ。二階で爆発が起きた」

セルジオからの無線だ。

「すまないがここで待っていてくれ」

柊真は銃を手にすると、螺旋階段に向かった。二階まで一気に駆け上がり、銃を構えて白煙が立ち込める廊下を進む。

「むっ！」

柊真が銃を向けた白煙の中から、セルジオがマットに手を貸しながら出てきた。マットは頭から血を流している。

「たいしたことはない。頭を少し切っただけだ」

マットは一人で立つと、額《ひたい》の血を袖《そで》で拭った。

「……死ぬかと思ったぜ」

フェルナンドが、二人の後から咳《せ》き込みながら現れた。爆発した建材の破片を浴びたらしく、上半身は真っ白である。

「どうした？」

柊真は彼らの脇を抜け、白煙の向こうに銃を向けながら尋ねた。誰もクリアと言わなかった。安全は確保されていないのだ。

「ゴメスを追い詰めたと思ったら、パニックルームに逃げられたんだ。そしたら」

フェルナンドは、右手の拳を上向きに開いた。

「自爆したというのか？」

柊真は右眉を吊《つ》り上げて振り返った。

「そういうことだ。肉片には尋問できない」

フェルナンドは肩を竦めた。

「マット、フェルナンド、武器を回収して屋敷の前の車をいつでも動かせるようにしてくれ。セルジオ、地下室の女性たちを連れ出してくれ。俺は、念のためルイーズを捜す」

舌打ちをした柊真は仲間に指示をすると、銃を構えて白煙の奥へと進んだ。二メートルほど先の左右にドアがある。中を確認したが、どちらもベッドルームでもぬけの殻だ。さらに進むと、突き当たりに部屋があった。三十平米ほどの広さで、キングサイズのベッドがあり、その横の壁にポッカリと穴が開き、周辺は血の海になっている。サイレンの音が聞こえてきた。

――こちらヘリオス、女性二人を保護した。俺たちは先に屋敷を出るぞ。

マットからの連絡だ。

「了解」

柊真は銃をズボンに差し込むと、部屋を調べ始めた。ルイーズだけが別に連れていかれた手掛かりがあるかもしれない。

「待てよ」

独り言を呟《つぶや》いた柊真はハンドライトを出し、パニックルームの中を照らした。

意外にも中は血痕があまり付いていない。パニックルームは二メートル四方で、奥の壁に三十センチほどの穴が開いており、煙を吐いている。爆発したのは壁の中ということだろう。金属製の蓋があるので、金庫に違いない。自爆ではなく、金庫を開けた途端、爆発したようだ。指向性のある爆弾が仕掛けてあったらしい。これでは何か隠してあったとしても跡形もなく吹き飛んだだろう。

――こちらブレット。三台のパトカーが、屋敷に入って行くぞ。すぐ脱出しろ！

セルジオからの無線だ。ギャングのアジトでの銃撃戦だけに警察官の数を揃《そろ》えてきたんだろう。

「了解」

柊真は部屋を飛び出すと、螺旋階段を駆け下りた。

「手を上げろ！」

正面玄関から警官が雪崩《なだ》れ込んできた。

柊真は裏口に向かう。

「止まれ！」

銃弾が壁を跳ねた。

裏口から突入してきた警官を突き飛ばし、外に出た。

銃弾が執拗《しつよう》に追ってくる。

柊真は裏口を出て左に走り、南側の壁に向かった。

十メートル先に乗り込んできたシトロエン・ジャンピーが、停めてある。

――こちらブレット。警官を蹴散らそうか？

「大丈夫だ！」

柊真はシトロエン・ジャンピーのボンネットから駆け上がってルーフを蹴ると、二・五メートルのコンクリート塀を飛び越えた。

ブエノスアイレス

1

二月二十日、午後一時、市ヶ谷、傭兵代理店。

ヘッドホンを頭にかけている友恵は、自室でパソコンに向かっていた。

「今度こそ」

友恵は、キーボードのエンターキーを押した。モニターに表示されている英数字や記号の羅列が、次々と文字に置き換わっていく。北京商貿有限公司の重役に迎えられた高剣のパソコンからダウンロードされた暗号を、解読している。これまで様々な方法を試したのだが、キーコードが分からないため苦労しているのだ。

「だめか」

友恵は大きな溜息《ためいき》を吐《つ》いた。英数字はすべてアルファベットに置き換わったのだが、文章にはなっていないのだ。

「あれっ？」

首を捻《ひね》った友恵は、椅子《いす》を後ろに引いてモニターを改めて見た。少しモニターから離れると、星の形をしている文字列が見えるのだ。しかも星は五つもある。

「五星紅旗《ごせいこうき》。この暗号を開発したのは、多分、変態ね」

五星紅旗とは、中国の国旗である。

苦笑した友恵は、猛烈な勢いでキーボードを叩《たた》く。新たな復号化プログラムを作っているのだ。

「とりあえず、これでいいはず」

独り言を呟《つぶや》きながら友恵はキーボードのリターンキーを叩いた。

アルファベットが今度は、数字だけの羅列になった。

「やはりね」

鼻先で笑った友恵は、さらにキーボードを叩いてプログラムを追加し、もう一度リターンキーを小指で叩いた。数字の羅列が再び英数字と記号に置き換わる。

「復号化できたけど、中国語は読めないわね。待てよ、翻訳ソフトにかけるより」

友恵はデスクに載せてあったスマートフォンで、池谷に電話をかけた。

「すぐ来て」

いつものごとく問答無用で呼びつける。

「どうしましたか？」

池谷が、軽くドアをノックして入ってきた。

「中国語は得意でしょう？」

友恵は両腕を広げて欠伸《あくび》をしながら立ち上がった。この数日、満足な睡眠が取れていないのだ。友恵は池谷に自分の椅子に座るように勧めると、壁際《かべぎわ》のソファーに座った。

「これはピンインじゃないですか。暗号を復号化できたんですね」

池谷は椅子に座ると、老眼鏡のずれを直した。ピンインとは、中国語を発音表記したもので、「你好《ニーハオ》（こんにちは）」なら「ni3 hao3」と表記する。

「暗号化プログラムを作ったやつは、鼻持ちならないやつですよ。復号化するのにいくつもトラップを用意し、復号化したら文字列が中国の国旗に見えるようにしてあったんです。暗号文は全部で三つありましたが、残りも同じでしょう」

友恵は鼻息を漏《も》らして笑った。

「それでも復号化するんだから、たいしたものですよ」

池谷はモニターのピンインを口ずさみながら言った。

「ヒントは星の形になった文字列でした。それが暗号キーになっていたんです。それを抜き出して、再度復号化すると、〝電碼《でんま》〟になりました。プログラムに電碼復号化コードを足したけど、一度ピンインになるようにプログラムされていたの。もう一度、やり直せば、〝簡体字《かんたいじ》〟にも〝繁体字《はんたいじ》〟にも置き換えられるけど、社長なら読めるでしょう？」

〝電碼〟とは中国語の漢字を四桁《けた》の数字にしたもので、復号化するにはコードブックが必要になる。中国語を知らなければ、復号化できたことも分からないようになっていたようだ。

「さすがです。……これは、〝紅軍工作部〟の作戦指令書のようですね」

池谷は険《けわ》しい表情で言った。文章を読むのに夢中になっているらしい。

「何が書いてあるんですか？」

友恵は腰に手を当てて立ち上がった。苛立《いらだ》っているようだ。

「たっ、大変です」

池谷は声を裏返らせた。

「日本語に訳してください。なんて書いてあるの！」

友恵は甲高《かんだか》い声で怒鳴《どな》った。

「わっ、分かりました。ペンと紙をください」

池谷は両手を上げ、腰を浮かせた。

「落ち着いて！　完璧な翻訳は後でいいから要点を言って！」

友恵は池谷の肩を摑《つか》んで座らせた。

「鄧威が生きています。しかも、何かとんでもないことを計画しているようです」

池谷は叫ぶように答えた。

「大変！　早く文章に書き起こして！」

友恵は池谷にノートとボールペンを渡した。

2

二月二十日、午後三時五十分、東京都羽村《はむら》市。

メルセデスのGクラスとジープ・ラングラーが、16号線を走っている。

浩志は、Gクラスの助手席に座っていた。加藤がハンドルを握り、後部座席に田中と瀬川が乗っている。後続のジープ・ラングラーの運転をしているのは辰也、助手席に宮坂、後部座席に村瀬と鮫沼が収まっていた。

全員、米陸軍のACU（迷彩戦闘服）を着ている。傭兵代理店では、米軍との共同作戦に対応するために米陸軍が採用している二種類のACUを揃《そろ》えていた汎用性の高い逆形パターンのマルチカルOEFCPバージョン、さらに改良が加えられたOCPバージョンの二種類だ。今回、着用しているのは、OCPバージョンである。

数時間前、友恵が〝紅軍工作部〟の暗号を解読し、事態は急変した。暗号文は〝紅軍工作部〟の作戦指令書で、高剣にアルゼンチンのブエノスアイレスで荷物を受け取り、宇宙探査研究センターで任務に就いている鄧威の指揮下に入るように命じていた。しかも、準備が整い次第、米国への攻撃をするよう指示していたが、攻撃方法までは記されていなかったのだ。

池谷は作戦指令書を英訳し、すぐさまＣＩＡの誠治と相談している。彼は緊急性があるとし、リベンジャーズとケルベロスに傭兵代理店を介して〝紅軍工作部〟の謀略を阻止すべく出動を要請した。同時に移送や武器の提供を約束している。

本来なら米軍を使いたいところだが、アルゼンチンは同盟国のため軍事行動はできないからである。リベンジャーズやケルベロスなら、国籍を問われることはない。それに敵が中国というのなら米中の直接対決も避けられるというわけだ。

また、誠治は、ＣＩＡの直属部隊であるＳＯＧ（特殊作戦グループ）の派遣も考えていた。だが、ＳＯＧは長官の認可がいるため、誠治だけの判断では命令を出せないのだ。傭兵代理店からの情報をＣＩＡで確認できないため、長官が命令を渋っているらしい。

中国への対決姿勢は、バイデン政権もトランプの意思を継いでいると言える。だが、水面下で妥協点を模索しているのが現実なのだ。政権の弱気な姿勢が、ＣＩＡも含めた政府機関に影響を及ぼしているのだろう。

青梅《おうめ》線の鉄道陸橋を過ぎると、道の右側は上部に有刺鉄線が張り巡らされた横田《よこた》基地の金属製のフェンスが続く。

Gクラスとラングラーは三キロ先の交差点で右折し、横田基地12ゲートに入った。二人の警備兵がGクラスの運転席と助手席の横に立ち、車の中を覗《のぞ》き込んだ。

「コードレッド９１２」

ウィンドウを下げた浩志は、誠治から教えられた特別なコードを言った。

「コードレッド９１２！」

両眼を見開いた警備兵は、無線機でコードを繰り返す。

ゲートのボックス脇に停めてあった白のフォード・フォーカスが、Gクラスの前に出てきた。ＭＰ（憲兵隊）のパトカーである。誠治の命令で、米軍の受け入れ態勢はできていたようだ。

「彼らが先導します。従ってください」

警備兵の一人が合図をすると、ＭＰのパトカーが走り出す。コードレッドは文字通り緊急事態を意味するのだが、その中でも〝９１２〟は最優先で移送するという意味があるのだろう。

12ゲートのすぐ近くには横田基地のパッセンジャー・ターミナルがある。民間の空港のターミナルと同じで、ここで出入国手続きもされる。利用するのは輸送機を利用する軍人や基地関係者やその家族だ。

MPのパトカーは駐車場ではなく、パッセンジャー・ターミナルも通り過ぎてエプロンに駐機されているC–17、グローブマスターの後部ハッチ前で停まった。

「離陸時間を遅らせています。すぐに搭乗してください。あなた方の車は、我々で預かりますので、キーはそのままに」

パトカーの助手席から現れたMPがGクラスに駆け寄り、右手を上げて言った。C–17の離陸はリベンジャーズ待ちだったらしい。

「了解」

浩志は車を降りると、後続のジープ・ラングラーに向かって手を振った。辰也らは車を飛び出し、自分の荷物を担《かつ》いだ。

「藤堂さん」

後部座席の田中が、浩志の荷物を投げてよこした。

「サンキュー」

浩志は最低限の装備を入れたバックパックを肩に掛けた。中身は着替えと傭兵代理店から支給される数種の偽造パスポート、ファストエイド、無線機などである。

「お先に失礼します」

辰也が浩志を抜いていく。張り切っているようだ。

「ふん」

浩志は、鼻息を漏らすと後部貨物ハッチを駆け上がった。

二月二十日、午前四時、ブラジル北部。

二台のフォード・レンジャーが、国道156号線を疾走している。

柊真はマットが運転する先頭の車の助手席に座り、後部座席には救出したマリー・デュールとジュリー・ラドリーが乗っている。

屋敷を捜索したが、ルイーズ・カンデラは見つからなかった。〝デモニオ〟のボスが爆死した後、地元警察と接触したくないため、屋敷に置いてあった二台のフォード・レンジャーで脱出し、休むことなく走っている。

後続の車はフェルナンドが運転し、セルジオが後部座席で〝デモニオ〟の手下を尋問していた。だが、結局新しい情報は得られず、156号線の山中で解放している。街からは二百キロ近く離れた場所だが、徒歩でも二、三日で帰れるだろう。

柊真も改めて救出した二人から事情を聞いたが、ルイーズはマカパからすぐ連れ出されたこと以外は知らないらしい。ちなみに彼女らがマカパに連れてこられたのは、五日前の二月十五日のことだそうだ。

「それにしても、災難だったね。君たちはなんで拉致《らち》されたんだろうね」

マットはバックミラーで後部座席の二人を見ながら言った。

マリーとジュリーは疲れているはずだが、救出されたことで興奮しているらしく、眠る様子はない。そのため、柊真とマットが交代で世間話を交えて話を聞いているのだ。

「……こんなこと言いたくないけど、あいつらの狙《ねら》いは絶対、ルイーズよ。私たちはおまけだったと思う」

マリーが遠慮がちに答えた。

「私もそう思っていた。だって、誘拐した犯人はルイーズのIDを確認した時だけ、にやりと笑ったの」

ジュリーは相槌を打った。

「彼女の父親の職業のせいかな？」

柊真は後ろを振り返って尋ねた。ルイーズの父親であるジェラール・カンデラは、ギアナ宇宙センターの所長で金持ちである。だが、彼は、これまで誘拐犯から金銭目当ての脅迫は受けていないのだ。

「そうかもしれないけど、彼女自身特別な存在だから」

マリーは、首を横に振った。

「特別？」

柊真はマットと顔を見合わせた。カンデラからは、娘は金髪で、一七四センチの長身など外見的な特徴を聞いただけである。

「彼女はIQが170もある天才なの。ギアナの宇宙センターに研修生として入っているけど、彼女が研究所で一番ロケット工学に詳しいって聞いたわよ」

マリーが補足した。

「IQ170！」

マットが声を上げた。

「だからどうなんだ？」

首を傾《かし》げた柊真は、衛星携帯電話機で友恵に電話をかけた。

――連絡しようと、今暗号メールを打っていたところ。

友恵はすぐに電話に出た。作戦中の彼女は、英語で話す。会話を柊真の仲間に聞かせるためである。

「そうですか」

柊真はわざと日本語で返事をした。後部座席の二人に聞かれたくないのだ。

――敵の暗号文が解読できました。その中で、〝荷物〟と記された文章があったの。〝荷物〟の移送に関しては別の指令書があり、それが偶然、ギアナの事件と符合する。

友恵も日本語で答えた。

「ひょっとして、その荷物は、我々のターゲットじゃないですか？」

柊真ははっとした。

――詳しくは、暗号メールを見てください。ケルベロスに新たに任務が入りました。請けるかどうかは、あなたたち次第だけど。

「了解。また連絡します」

通話を終えた柊真は、拳《こぶし》を握った。

3

二月二十日、午前九時二十分、ギアナ、カイエンヌ。

柊真らはレミール通りとルー・マローイットの交差点角に建つ〝ホテル・デ・パルミステ〟にチェックインしていた。

南フランス風のこぢんまりとした三階建てのリゾートホテルで、四人の部屋はいずれも最上階のデラックスルームである。ウリエ少尉が、作戦を遂行した柊真らに気遣《きづか》って予約していたのだ。

ウリエはオイアポケの対岸であるギアナ側の国境で、柊真らを三台の軍用車両で出迎えた。柊真らは、その場でマリーとジュリーを引き渡している。奪回作戦は極秘任務のため、ギアナのマスコミに知られないように警護付きで密《ひそ》かにカイエンヌに移送する必要があったのだ。

柊真のみウリエの車両に乗り、カイエンヌまでの二時間半の道のりで彼に詳細な報告をした。肝心のルイーズは救い出せなかったが、彼女はすでにブラジルにさえいない可能性もあるため、一旦作戦は終了せざるを得ないということになったのだ。報告を終えた柊真は、街に入る前に仲間の車に乗り換えてホテルに直行している。

ドアがノックされ、セルジオ、マット、フェルナンドの三人がTシャツにジーパンとラフな格好《かっこう》で入ってきた。シャワーを浴びて着替えたら、集まるように言ってあったのだ。

三人はベッドや椅子にくつろいだ姿勢で勝手に座った。

「さっぱりした顔をしているから、疲れは取れたな」

柊真は三人の顔を順に見て頷《うなず》いた。疲れた顔をしている者はいない。

「長いドライブだったが、たいした働きもしていない。疲れようがないだろう」

セルジオが腰に両手を当てて笑った。彼はゴメスの屋敷を襲撃した際に肩を負傷しているため、仲間は顔を見合わせて苦笑した。

「そういうのを、見栄《みえ》っていうんだ」

マットが首を左右に振って笑った。彼がセルジオの応急処置をし、六針縫っている。もっともその程度の怪我《けが》なら、柊真らにとってはかすり傷だ。

「そんなことは、どうでもいい。柊真、作戦を早く聞かせてくれ」

フェルナンドが催促した。次の任務を聞きたくてうずうずしているのだろう。

「日本の傭兵代理店からの情報で、ルイーズは現在ブエノスアイレスにいる可能性があることが分かった。高剣という男が、彼女をアルゼンチンのパタゴニア地方にある中国の宇宙探査研究センターに連れ去るらしい。この情報を元に、リベンジャーズはすでに動いている。正確には六時間前に日本を発《た》っているのだ」

柊真は傭兵代理店から得られた情報を説明した。

二〇一三年中国は、パタゴニア地方に人民軍が管轄する宇宙探査研究センターの建設を開始した。敷地面積が約二平方キロあり、人工衛星の管制を担うＣＬＴＣ（中国衛星発射測控系統部）が管理することになっているが、ＣＬＴＣは人民解放軍戦略支援部隊の管轄下にある。

中国は平和利用のためだと主張しているが、アルゼンチンに監視するメカニズムもない。二〇一八年四月から稼働を開始した。米国は欧米の人工衛星を監視し、米国上空にある人工衛星の通信を傍受する目的があると指摘している。

「リベンジャーズは、東京からの出発だろう？　南米にいる俺たちの方が断然早く移動できるはずだ。日本からの移動なら、乗り継ぎで六十時間前後はかかるだろう」

セルジオは肩を竦《すく》めた。焦る必要はないと言いたいのだろう。

「リベンジャーズは、米軍の全面的な協力を得て、Ｃ‐17で最短のコースを取るそうだ。移動距離は約一万九千八百キロ、巡航速度が八百キロとして、単純計算で二十四時間、給油で三ヶ所立ち寄るそうだが、三十時間前後で到着するだろう。彼らは太平洋側から来るから俺たちは途中で合流することもできない。自力でブエノスアイレスまで行くほかないのだ」

柊真は険しい表情で言った。競争しているわけではないが、リベンジャーズに後《おく》れを取りたくはない。

「なんてこった！　俺たちはどうする。民間機で乗り継げば、五十時間以上かかるぞ。近くても乗り継ぎで時間がかかる！」

フェルナンドは、頭を抱えて唸《うな》った。自分のスマートフォンで調べたらしい。

「そこで、ブエノスアイレスまで、チャーター機を雇うことにしたのだ」

慌《あわ》てる仲間を見て柊真は、咳《せき》払いをした。

「馬鹿を言え。三千キロ以上もあるし、機種によっては途中で給油も必要だ。俺たちの報酬を全部注《つ》ぎ込んでも、チャーター代なんて払えないぞ。CIAだってそんなの経費で落とせないだろう。無理、無理」

セルジオは、右手を大袈裟《おおげさ》に振った。

「給油は必要だろうが、約四千九百三十キロだ。知人に燃料費込みの往復二千ユーロ（約二十六万円）で頼むつもりだ。それなら、問題ないだろう」

柊真は自慢げに答えた。

「どこの航空会社が、プライベートジェット機をそんな馬鹿な値段で貸してくれるんだ。タクシーだってそんな値段じゃ行かないぞ」

セルジオは人差し指を立てて言った。

「ギアナの優秀なパイロットを忘れたのか？」

腕組みをした柊真は、仲間の顔を見た。

「ギアナの優秀なパイロット？」

セルジオが首を捻ってマットとフェルナンドと顔を見合わせた。

「キリアン・エバートンを忘れたのか？」

柊真は微笑んだ。三年前にベネズエラへ行くために、エバートンを雇ったことがある。

「まっ、まさか、あんなぼろい飛行機を借りようと言うのか？」

セルジオは両眼を見開いた。

「しかも、あいつはいつでも酒浸《びた》りだぞ」

フェルナンドが両手で頭を抱えた。

「そのまさかだ。エバートンの飛行機ならブエノスアイレスまで、二十五時間、給油も考えれば、二十七時間で到着できるだろう。リベンジャーズより、多少遅れるかもしれないが、高剣よりも早く到着できる可能性はある。まずは、ルイーズの奪回だ」

柊真は表情も変えずに言った。

高剣は、一昨日北京を民間機でブラジリアに向けて出発したことまでは分かっていた。乗り継ぎを四回するために、ブラジリアまで四十八時間ほどかかる。そこから、民間機でブエノスアイレスまで行くなら、三回乗り継ぎをしなければならないので、さらに四十八時間かかるだろう。どこかでチャーター機を使う可能性もあるが、いずれにせよ、六十時間前後は移動に要するはずだ。

「……仕方がない。エバートンに連絡はしたのか？」

セルジオが不機嫌そうに頷いた。

「聞いていた電話番号は通じなかった。これから手分けして捜すんだ」

柊真は部屋のドアを開けた。

「嘘《うそ》だろう。当てはあるのか？」

セルジオは立ち上がって苦笑した。

「この時間に開いているバーは少ない。すぐに見つかるはずだ」

にやりとした柊真は、部屋を出た。

4

二月二十日、午後二時二十分、ロサンゼルス、エドワーズ空軍基地。

浩志らリベンジャーズを乗せたC–17は、ハワイ州ホノルルのヒッカム空軍基地を経由し、三十分ほど前に到着していた。横田米軍基地を離陸してから十四時間半を要している。

横田基地から乗り込んでいた米兵は、ヒッカム空軍基地で降りていた。貨物室にいるのは浩志らだけで、ほぼ空《から》の状態で着陸している。

C–17の給油と荷物の積み込みがされる合間を見て、浩志らは基地のレストランで食事をしていた。

「問題は、ここから先だぞ」

ワットはタコベルのタコスを頰張《ほおば》りながら言った。米国在住のワットとマリアノとは、この基地で待ち合わせをしていたのだ。二人とも昼飯は済ませていたらしいが、浩志らに付き合っている。とはいえ、ワットは一人前の量を食べていた。

「分かっている」

浩志はポパイズ・ルイジアナ・キッチンのチキンを食べながら答えた。レストランは、フードコートになっており、タコベルやポパイズ・ルイジアナ・キッチンやサンドバーガー・グリルなどのファーストフードの店舗が入っている。

「それにしても、ワクチン外交で偽装するとは、〝ワーロック〟も策士だな」

ワットはタコスをオレンジジュースで流し込んで笑った。ワーロックは、ＣＩＡの誠治のコードネームである。

ブエノスアイレスまでの最短コース上で、あと一回給油しなければならない。政治的な駆け引きは誠治が行っており、ペルー政府に二十万回分の新型コロナウィルスワクチンを提供することで、リマのホテヘ・チャベス国際空港での給油を許可されたそうだ。

また、アルゼンチンには三十万回分のワクチンを提供し、浩志らは医療団体としてワクチンとともに入国する。現地では、CIA職員が手引きしてくれるはずだ。

中南米諸国のワクチンは中露に依存していると言っても過言ではない。米英などは生産量の都合で自国を優先しており、中国はそれを見越してワクチンを世界中にばら撒《ま》いて外交的に優位に立とうとしている。

二〇二〇年十二月の話ではあるが確保されたワクチンのうち、アルゼンチンは五十三%、ブラジルは四十九%、チリに至っては七十一%も中露製が占める。

「今回の作戦じゃ、米国人は参加できなかったんじゃないのか？　もし、アルゼンチンでトラブルが起きたらどうするんだ？」

浩志の隣りに座っている辰也が、右手のチーズコアブリトーの先をワットに向けた。

「俺にブリトーを向けるな。親父から『ブリトーと銃口を人に向けるな』とよく注意されたもんだ」

ワットは、ポテトを摘《つま》んで横に振ってみせた。

「本当かよ。それで、おまえとマリアノはどうするんだ？」

辰也はブリトーを口に押し込むようにして食べた。他にもタコスとチキンを買っているので、急いでいるのだ。

「俺は米国人じゃない」

ワットは汚れていない左手でポケットから緑色のパスポートを出し、テーブルの上に載せた。

「アルゼンチンのパスポートだ」

浩志はチキンを食べながらにやりとした。国籍を偽造すればとワットに勧めたのは、浩志なのだ。

「俺とマリアノは、スペイン語が堪能だ。アルゼンチン人だと言っても疑う奴はいないだろう。俺たちほどこの作戦に適した人材はいないんだ」

ワットは右手の指先についたタコスソースを舐《な》めた。

「なんだ。藤堂さんは知っていたんですか？」

辰也はチキンを両手に持って首を振った。

「俺たちは十人で、ワンチームだ。そもそも俺たちは正規軍じゃない。自由に闘うさ」

浩志は最後のチキンを平らげると、紙ナプキンで手を拭いた。

レストランの出入口から、C–17の乗務員が顔を覗かせた。時間が来たようだ。

「出発だ」

浩志は辰也の背中を軽く叩き、席を立った。


二月二十日、午後四時五十分。

アマゾン川の河口上空を車輪付きのフロートを付けた単発のプロペラ機〝ドルニエDo 27〟が、優雅に飛んでいた。製造されてから四十年近く経《た》つ、クラシックプレーンである。

操縦席にはキリアン・エバートン、副操縦席にはマット、その後ろの二列目席には柊真とセルジオ、最後尾の三列目席にはフェルナンドが座っている。貨物室というほどでもないが、三列目席の後ろのスペースに各自のバックパックが積み込んであった。

武器はバックパックに入れてある。H&K HK416とH&K USPは、外人部隊に返却してあった。それを見越してマカパでソーサの部下から奪ったベレッタM12とトーラスPT92、それに予備の弾丸はマットがケースごと盗み出している。

柊真らがカイエンヌの酒場でエバートンを見つけたのは、午前十時半だった。まだ、ビールをグラスで二杯だけなので酔っぱらってはいなかったが、ブエノスアイレスまでは遠すぎるとなかなか首を縦に振らなかった。

柊真の提示した燃料代込みの二千ユーロでは、片道の料金だと言い張ったのだ。そこで、二千五百ユーロ以上は出せないと言うと、燃料費別ということでなんとか納得した。

だが、本当のところは久しぶりに入った仕事らしく、欲を出したようだ。

　エバートンの家に全員で行き、マウリー川に係留されていた〝ドルニエDo27〟に燃料を入れるところから始まった。整備は軽飛行機のライセンスも取得したマットが手伝ったので、多少は時間の短縮ができた。だが、すべての準備を整えて武器も積み込み、マウリー川を離陸したのは午後一時近くだった。

　最初の給油予定地は、カイエンヌから千二百キロ南東のブラジル、サン・ルイスである。柊真は単純にブエノスアイレスまである程度直線コースで行けると思っていたが、なるべく海岸線沿いを飛ぶらしい。万が一エンジントラブルで不時着しても、フロート付きなので海上に着陸できるからだ。

「本当に夜間飛行しなきゃいけないのか？　ブエノスアイレスまでなら、夜飛ばなくても三日で行けるぞ」

　柊真のマイク付きヘッドセットにエバートンの声が響いた。ヘッドセットは三つあり、正副のパイロット以外に乗客用に用意されている物を柊真が使っているのだ。

「時間がないんだ。じゃなきゃ、二千五百ユーロも払うわけがないだろう」

　柊真は冷たく言い放った。エバートンには任務の詳細までは話していないが、人命が懸かっていることだけは伝えてある。

「仕方がないな。おまえら、本当に命知らずだな」

エバートンが舌打ちをした。

「おまえを雇った時点で命懸けだ」

柊真は笑って答えた。

5

二月二十一日、零時、アルゼンチン。

リベンジャーズを乗せたC―17は、三十分ほど前にミニストロ・ピスタリーニ国際空港に着陸していた。

ブエノスアイレスから南西に二十五キロほどの位置にあり、エセイサという比較的裕福な街にあるため一般的にはエセイサ空港と呼ばれている。

後部貨物ハッチは開かれているが、荷物の積み下ろしはまだ行われていない。空港側には、事前に到着予定時間を教えてあったのだが、アルゼンチンも新型コロナの感染増加で夜間の空港は封鎖されていたのだ。

アルゼンチンは二〇二〇年三月にアルベルト・フェルナンデス大統領が、新型コロナウイルスのパンデミック宣言を行っている。以来、状況は悪化の一途を辿《たど》っていた。

最低限の管制官と職員だけ夜勤させて着陸に対応したらしく、貨物を移動することもできないらしい。C—17の乗務員は命令に従うのみで、空港の北側にある貨物機専用のエプロンでの夜明かしもやむなしと諦《あきら》めている。

また、現地のCIA職員は、空港職員が出勤する午前五時以降に迎えに行くと呑気《のんき》な対応であった。アルゼンチンは米国にとって重要な同盟国ではないため、派遣されている職員もやる気がないのかもしれない。

着陸許可を得る際に翌朝にするように言われたのだが、C—17の運用スケジュール上の問題だと強行したのだ。とはいえ足止めは予想の範囲で、こちらの思惑でもあった。

Tシャツにカーゴパンツを穿《は》いた浩志は後部ハッチに腰を下ろし、暗闇を見つめていた。空港自体もほとんど照明を落としているが、周囲は自然の森のため、街明かりも見えないのだ。仲間も私服に着替えて貨物室にいる。辰也と鮫沼がC—17の前後で見張りに立っているが、その他の者は貨物室で横になって仮眠を取っていた。

「うん？」

暗闇を抜けて加藤が足音も立てずに現れた。浩志は目を凝《こ》らして見ていたのだが、直前まで気付かなかったのだ。気配を悟られずに行動する加藤の身体能力と技術は、もはや神業《かみわざ》である。

「脱出路を確保しました」

加藤が手短に報告すると、後部ハッチから貨物室に向かった。

「リベンジャーだ。出発するぞ」

頷いた浩志は、無線機で仲間に号令を掛けた。

「待っていました」

辰也が鮫沼とともに後部ハッチを駆け上がる。

貨物室で低いエンジン音が鳴り響いた。

浩志は右手を前後に振った。

三台のフォードのピックアップトラック、F150が唸りを上げて後部ハッチを次々と降りて行く。車はC-17の後部で停止した。

「あとはよろしく」

浩志は貨物室の乗務員と握手をすると、後部ハッチを降りて先頭のF150の助手席に乗り込んだ。

「出発します」

ハンドルを握る加藤がアクセルを踏んだ。格納庫の脇を通り、貨物ゲートを抜けた。ゲートボックスの警備員は、椅子に座った状態でぐったりとしている。加藤が気絶させたのだ。真夜中に着陸を強行したのは、C-17に武器とともに積み込んだF150に乗り込んで空港を抜け出すためだった。

「こちらリベンジャー。今、空港を出た。荷物のありかは分かったか?」

浩志は衛星携帯電話機で友恵に電話をかけた。

——こちらモッキンバード。五日前の十六日に、中国の武官がブラジルのマカパ国際空港からサンパウロのグアルーリョス国際空港に行き、そこからチャーター機でエセイサ空港に入っています。おそらく荷物は、武官が運んだと思います。

友恵は淡々と報告した。荷物とはもちろんルイーズのことである。柊真がルイーズの二人の友人を救出し、彼女たちから証言を得ていた。友恵は証言を元にルイーズが移送された可能性を調べたのだ。

「その大使館員は特定しているのか？」

——もちろんです。人民解放軍の丁振東《ちょうしんとう》小校、大使館副武官です。中国大使館を調べましたが、丁振東は十七日に大使館に入ってから外出していないんです。もっとも、新型コロナの流行で、ブエノスアイレスは非常事態宣言が出されています。外出できないのかもしれませんね。

「ということは、荷物も大使館にあるということか」

——可能性は高いですね。

「ありがとう」

浩志は通話を終えた。

三台の車は空港から高速道路に乗っている。

「目的地は変わりますか？」

加藤が尋ねてきた。空港の斥候に出す前にブリーフィングは済ませてあった。ＣＩＡの地元職員であるジェフ・スコットの寝込みを襲う予定である。

「変更はない。そのまま行ってくれ」

浩志は小さく頷いた。

6

二月二十一日、零時十分、ブラジル。

柊真らを乗せたドルニエＤｏ27は、ブラジル北東部のサルヴァドールの港に係留されていた。

カイエンヌからサン・ルイスを経由して約二千二百キロ移動し、二十分ほど前に到着している。

エバートンは、南米各地でアブガス（航空用ガソリン）を扱っている港を知っているらしい。彼のドルニエＤｏ27のようにフロートを付けた軽飛行機が、港を利用するそうだ。

埠頭《ふとう》にトラックが横付けされ、積載されているドラム缶から給油されていた。

港の商人にあらかじめ衛星携帯電話機で連絡を入れて用意させていたのだが、真夜中の作業のために不機嫌であった。そのため、燃料代の他にチップも要求されている。

「あと五分で給油は終わるが、少しエンジンを休ませてくれ。それに俺自身も休養が必要なんだ」

エバートンは欠伸をしながら言うと、ポケットからスキットルを出してウィスキーを飲んだ。

「給油が終わり次第、離陸する。おまえが操縦しなくてもパイロットはいる」

柊真はエバートンの胸を人差し指で突いた。リベンジャーズはつい先ほどブエノスアイレスに到着したと友恵から暗号メールを受け取っている。合流が遅れれば、リベンジャーズだけで作戦を遂行するだろう。

「馬鹿言うな！　俺の愛《いと》しいナタリーに指一本でも触れさせると思っているのか？」

エバートンは柊真の胸を掌《てのひら》で押し返した。ドルニエＤｏ27に名前を付けているようだ。古い機体だけに愛着があるのだろう。

「そんなに元気があるのなら、さっさと操縦席に座れ。だが、今度、酒を飲んだらおまえを置いて行くぞ！」

柊真は笑みを浮かべ、エバートンの肩を叩いた。

「……分かった。頼むからもう一口飲ませろ」

エバートンは慌ててスキットルのウィスキーを飲んだ。腕はいいパイロットなのだが、アルコール依存症を克服できないのが残念である。

「給油は終わったぞ」

給油作業を見守っていたマットが、声を上げた。支払いも彼に任せている。

「行くぞ」

柊真は埠頭を下りて飛行機のフロートに足を掛け、ハッチを開けた。フェルナンドが最後尾の座席で眠っている。

「フェルナンド、起きろ。今度は俺の番だ」

柊真はフェルナンドを追い出し、最後尾の席に乗り込んだ。マットが副操縦席に、セルジオとフェルナンドが中央の席に座った。最後尾は狭いが、一人で座るのなら十分な広さがある。

「諸君、ツアーの再開だ!」

エバートンが酒臭い息を振りまきながら操縦席に座った。

「本当に大丈夫か?」

マットが肩を竦めた。

「目を瞑《つぶ》っていても飛ばせるんだ。黙って見ていろ」

エバートンは計器盤のスイッチを入れ、エンジンを始動させた。酔ってはいるが、問題はないらしい。

ドルニエＤｏ27は埠頭をゆっくり離れ、機首を湾の外に向けた。エバートンはエンジンの回転数を上げる。ドルニエＤｏ27は波を掻《か》き分けながら湾の外に出た。だが、一向に浮上しない。波がフロートに絡み付いている感じがする。スピードが上がっていないのだろう。

「どうした？」

セルジオが心配げに尋ねた。フロートが波とぶつかる衝撃に不安を感じたのだろう。

「ちょっとばかり、ナタリーの機嫌が悪いだけだ」

エバートンは計器盤を軽く叩くと、操縦桿《かん》を引いた。

不意に振動がなくなり、ドルニエＤｏ27は海面を抜けた。

7

二月二十一日、午後一時半、市ヶ谷、傭兵代理店。

友恵はスタッフルームの奥にあるコンピュータルームで作業していた。常々会社のパソコンの処理能力に不満を持っている彼女は、市販されている高性能パソコンを買い足し、並列処理できるように接続して機能を拡張している。

ただし、買い足すだけでは、処理速度の遅くなったマシンが足を引っ張るので、古くなったマシンはロットで処分し、それ以上に新しいマシンを購入する必要があった。現在四十台のPCを接続している。巨大なPCクラスタを構築し、スーパーコンピュータと呼べる環境を整えているのだ。

「これでよし」

友恵はマシンのパネルを閉じると額《ひたい》に浮いた汗を手の甲で拭き取り、コンピュータルームを出た。

「うまくいきそうですか？」

スタッフルームから作業を見守っていた池谷が尋ねた。

「物理的な接続は終えました。これから、プログラムを走らせて新たにスーパーコンピュータに仕上げるだけです。処理速度は、計算上で四・八倍になります。懸案の処理もできますよ」

友恵は近くの空いている席に座るとパソコンを立ち上げ、キーボードでコマンドの入力をはじめた。

「懸案といいますと、例のＣＩＡからの依頼ですか？」

池谷は隣りの席に座って尋ねた。

「パインギャップまで行って調査して欲しいと言われたけど、その必要はありません。パインギャップのＩＤを発行してもらったから、ハッキングしなくても暗号化された回線を使ってここからでも調べることができます。それと、ギアナ宇宙センターのサーバーのデータとコンペアすれば、何か出てくるでしょう。柊真さんの事件と別件ではないはずです」

友恵は淡々と説明した。彼女は誘拐されたルイーズが、〝紅軍工作部〟の陰謀を解き明かす鍵だと思っている。ＣＩＡを通じてギアナ宇宙センターに問い合わせたが、ルイーズはただの研修生のため資料はないと断られている。そこでギアナ宇宙センターのシステムをハッキングし、ファイアウォールにバックドアを設定していつでも侵入できるようにした。

友恵はパインギャップから盗まれたと思われる膨大なデータとギアナ宇宙センターのルイーズに関係するデータを比べ、関係性を見出《みいだ》すことができると思っていた。だが、データ量が多いので、普通のパソコンでは時間ばかりかかってしまう。そこで、パソコンの能力を上げることにしたのだ。

「素晴らしいですね。この分ですと、傭兵代理店じゃなく、ＣＩＡの支局になりそうですよ。結果的に仕事が増えれば、万々歳ですが」

池谷は長い顔を上下に振った。金勘定をしているに違いない。

「結果が楽しみ」

友恵はキーボードを叩き、システムの構築をはじめた。

宇宙探査研究センター

1

二月二十一日、午前三時、ブエノスアイレス。

市内のクリソロゴ・ララルデ通りに、フォードのピックアップトラック、F150が停車していた。

運転席の浩志は、トリウンビラト通りとの交差点の一角を見つめている。三メートル近い煉瓦《れんが》色の塀が百メートルほど続き、車用の門が二つ、警察官が常駐する詰所の傍にも小さな出入口があった。アルゼンチンの中国大使館である。

助手席には銀髪の白人男性が、座っていた。アルゼンチン在住のCIA局員、ジェフ・スコットである。年齢は四十四歳、独身らしく、市内のアパートメントに一人暮らしをしていた。眠っているところを寝室に忍び込んだ浩志に叩《たた》き起こされたので不機嫌そうな顔をしている。

友恵からの連絡で人民解放軍の丁振東小校が、マカパからルイーズを連れてきたことは分かっている。丁振東は大使館から一歩も出ていない。そこで、大使館を直接調べることにしたのだ。

「まだ、出てこないのか。他国の大使館に潜入するなんて、まったく、こんな無茶なことはＣＩＡだってやらない。下手《へた》したら、国際問題になりかねんぞ」

苛立《いらだ》っていたスコットは、声を荒らげた。

浩志は仲間を三チームに分けて行動している。浩志と加藤、瀬川、それにスコットはＡチーム、Ｂチームは、辰也、宮坂、田中、Ｃチームは、ワット、マリアノ、村瀬、鮫沼である。それぞれ、Ｆ１５０に乗り込み、クリソロゴ・ララルデ通りにＡチームとＢチーム、トリウンビラト通りにＣチームを配置していた。

「俺たちには、俺たちのやり方がある」

浩志は鼻先で笑った。

十分前に加藤を大使館に潜入させ、瀬川は大使館の外で待機させている。二人から何も連絡は入っていないが、問題はないようだ。加藤なら米国の国防総省にも潜入できるだろう。大使館ごときでヘマをする可能性は極めて低い。

「私は、君らの任務の内容も教えられていない。ただ、協力するように命じられている。

いい加減に何をするのか教えてくれ」

スコットは口調を変え、懇願するように言った。

「死にたくなかったら聞かないことだ。諜報員ならそれぐらい分かるだろう」

浩志は外を見つめたまま冷たく答えた。

潜入させた加藤からルイーズを発見したと連絡があれば、浩志らは躊躇《ちゅうちょ》なく大使館を急襲して彼女を救い出す。救出後にスコットの出番がくる。ルイーズを連れて米国大使館に逃げ込み、彼女を保護するのだ。スコットの役割は、この一点だけなのだ。その後、リベンジャーズは当初の予定通り、中国の宇宙探査研究センターを襲撃する。

――こちら、コマンド1、トレーサーマンが戻りました。

瀬川からの連絡だ。加藤が大使館から出てきたらしい。大使館の南側はクリソロゴ・ラルデ通り、西側はトリウンビラト通り、東側はスポーツクラブの専用グラウンドで、北側は空き地である。加藤は人目に付かないように北側の空き地から潜入し、瀬川はそこで待機させていた。

――こちらトレーサーマン、大使館に荷物はありませんでした。

加藤からの連絡である。無事に大使館から脱出したようだ。

「了解」

浩志は渋い表情で二人に返した。

加藤と瀬川が東の闇から現れ、後部座席に乗り込んだ。

「半日前に徐波と名乗った高剣が、荷物を受け取ったようです」

加藤は浩志にノートを渡した。

「これはゲートの入出記録じゃないか」

浩志は右眉《まゆ》を吊り上げた。

加藤が渡してきたのは、正面ゲートの警備員のノートらしい。手書きということにも驚いたが、それを手に入れた加藤の技に今さらながら驚かされたのだ。

「それを見ると、二月二十日午後四時二十分、徐波と運転手、他女性一名と記されています。ゲートでの記録は人物の特徴を書き込む欄があり、女性は白人と記されています」

加藤は後部座席から身を乗り出し、ノートを指差した。

「まいったな」

浩志は衛星携帯電話機を出し、友恵に電話をかけた。

——なんなりと、ご指示ください。

友恵は冗談交じりに言った。

「今日のエセイサ空港から発着した中国人が関係したプライベートジェット、あるいはチャーター機を調べてくれ」

浩志はノートを見ながら尋ねた。

——少々お待ちください。……十六時五十分発のチャーター機を利用したようですね。ただし、別人の名前になっているので、偽名を使ったのでしょう。念のために空港の監視カメラを調べてみます。

友恵は待たせることもなく、答えた。

「こちらリベンジャー。撤収」

浩志は全員に無線で指示を出した。

2

二月二十一日、午前五時五十分、リオデジャネイロ。

ドルニエDo27は、ヨットハーバーがあるグローリア港を出発した。

気温は二十五度、夜明け前ということもあるが涼しく感じられる。赤道からは三千三百七十キロ離れただけに昼夜の気温の差は出てきたらしい。

サルヴァドール港を離陸した直後から気流に乗ってスピードが増し、燃料もまだ余裕があったが、リオデジャネイロで給油することになったのだ。リオデジャネイロは一部の金持ちが自家用機を飛ばすため、燃料が手に入るらしい。

コルコバードの丘の上に建つ両手を広げた巨大なキリスト像を右手に見ながら、丘に沿って旋回して大西洋に出ると、機首を南西に向けた。次の給油地は、千百四十キロ先のポルト・アレグレというブラジル最南端の港町である。

「おい、大丈夫か？」

副操縦席のマットは、操縦桿《かん》を握るエバートンに尋ねた。覇気がなく、空《うつ》ろな目をしているのだ。

「だめだ。瞼《まぶた》が重くて閉じそうだ。頭がクラクラする」

エバートンは次の瞬間がくんと項垂《うなだ》れ、操縦桿を離した。

「おいおい！」

マットが慌《あわ》てて操縦桿を握った。

「どうした？」

再び二列目席になっていた柊真が尋ねた。

「エバートンが、気を失った」

マットが苦笑しながら答えた。

「具合が悪いのか？」

柊真は立ち上がって、操縦席を覗《のぞ》き込んだ。

「ただの寝不足だろう。イビキをかいている」

マットは計器類をチェックしている。

うだ。

「大丈夫か？」

「そのために副操縦席に座っていたんだ」

マットは平然と答えた。海上に離着陸するのは、滑走路とは勝手が違うが自信があるよ

「スケジュールは、どんな感じだ？」

柊真は席に座り、マイク付きのヘッドセットを着けて会話した。浩志からはルイーズ奪回のためにブエノスアイレスで行動を起こしたと報告を受けている。残念ながら高剣に先を越されたらしい。現在は新たな作戦に移るために準備中だそうだ。

「ポルト・アレグレからブエノスアイレスまでは、陸地をショートカットすれば八百二十キロだ。十一時間前後で到着できるだろう」

マットは自信ありげに答えた。

「了解」

柊真はさっそく暗号メールで友恵に報告した。彼女を通じてリベンジャーズにも連絡が行くのだ。緊急時は直接連絡を取り合うが、友恵が情報を管理することで彼女のバックアップも得るためである。

午後四時二十分、ドルニエDo27は、ウルグアイ上空を越えて湾のように広がったラプ

ラタ川に出た。対岸のブエノスアイレスまでは四十六キロである。

「到着だ」

エバートンは操縦桿を押して高度を下げた。ポルト・アレグレで給油した際、マットと操縦を代わっている。気絶するように爆睡したおかげで、元気が出たらしい。エセイサ国際空港まで行きたかったが、入国規制しているため着陸許可が下りないのだ。そもそもエバートンはライセンスを剝奪《はくだつ》されてからも操縦していた前科がある。正規の空港ではブラックリストに載っているため、許可が出ない。もっとも、武器を所持しているので港から入った方が、柊真らにとっても都合がいいのだ。

十二分後、ドルニエＤｏ27は水飛沫《みずしぶき》を上げてラプラタ川に着水し、そのままヨットハーバーの桟橋《さんばし》に到着した。ヨットは係留されているが、人影はない。新型コロナの緊急事態宣言が出されているためだろう。

「ここから先は別料金だぞ。燃料も入れないといけない」

エバートンは振り返って文句を言った。

「ちゃんと払うから心配するな。だが、急ぐんだ」

柊真は腕時計を見て、桟橋に降りた。時刻は午後四時三十三分になっている。

四人は桟橋近くにあるヨットハーバーの駐車場に潜入した。ベンツやＢＭＷなどいかにも金持ちが好みそうな車ばかりだ。ブエノスアイレスは、〝南米のパリ〟と呼ばれるほど美しい街で、観光だけでなく産業でも潤っている。だが、内陸部とは所得格差が激しい。

セルジオがフォルクスワーゲン・カルマンギアの運転席の窓ガラスを肘打《ひじう》ちで壊し、ドアを開けた。他の車はすべてイモビライザー付きの車種だからだ。フォルクスワーゲン・ド・ブラジル製の古い型だろう。セルジオはハンドル下の配線を取り出して小型ナイフで切断すると、ショートさせてエンジンをかけた。

「手癖が悪いのも役に立つな」

柊真は助手席に乗り込み、にやりとした。

「特技と言ってくれ」

セルジオは車を発進させた。

3

午後五時三十分、エセイサ国際空港。

C-17は、貨物機専用のエプロンに停められたままである。

積載されていた新型コロナのワクチンは、午前九時に現れたブエノスアイレス市長に市警の音楽隊の演奏をバックに引き渡された。真夜中に積み下ろしができなかったのは、空港職員だけの問題ではなく、市長の都合だったに違いない。

浩志は貨物室の奥でシートを被《かぶ》せられたフォード・F150の傍に座っていた。

中国大使館を調査した後、リベンジャーズはC−17に密《ひそ》かに戻っている。ブエノスアイレスからパタゴニア地方の宇宙探査研究センターまでは、直線距離で千百二十キロあった。車での移動は当初から考えていなかったのだ。

また、宇宙探査研究センターの攻略作戦は夜間と決めていた。というのも周辺は砂漠に近い荒地のため見通しが良いからである。ゆえに、ワクチンを引き渡してから作戦行動に移るまで時間稼ぎをする必要があった。そのため、C−17の機長から着陸装置に異常を発見したため整備点検を行うと連絡を入れてもらい、管制塔から滞在の許可を得ている。軍用機だけに空港職員も手伝えないため、彼らも許可を出した後は接触してこない。

――こちらトレーサーマン。待ち人来《きた》りです。

空港の駐車場で待機させていた加藤から無線連絡が入った。

「了解」

浩志は貨物室の内線電話でコックピットの機長に離陸許可を得るように連絡した。

――貨物の積み込みをお願いします。

五分ほどして再び加藤からの連絡である。

「ハッチを開けてくれ」

浩志は後部制御盤の前に立っている乗務員に合図をした。

後部貨物ハッチが開くと、空港職員の格好《かっこう》をしている加藤を先頭に柊真らがハッチを駆け上ってきた。全員を収納すると、ハッチは閉じられた。

加藤は職員の制服だけでなく、IDも盗み出していたので、空港のどこにでも自由に出入りしていたのだ。

「ずいぶん時間がかかったな。複葉機にでも乗ってきたのか?」

ワットが柊真にグータッチをした。柊真らがエバートンのドルニエDo27に乗ってきたことを知った上で冗談を言っているのだ。

「カヌーでここまで来ましたから」

柊真は笑って返した。

「驚いた。おまえみたいな堅物でも冗談を言うのか。どうせなら泳いできたと答えた方が、面白かったぞ」

ワットはわざとらしく目を丸めてみせた。

「私は、元からウィットに富んでいますから」

ワットを軽くかわした柊真は浩志の前に立つと、軽く敬礼した。

「苦労したようだが、予定より早かったな」

浩志もエバートンのドルニエDo27に乗ったことがあるので、彼らの苦労は手に取るように分かるのだ。

「さすがに腰が痛くなりました」

柊真は苦笑した。

――これより、離陸する。各自、座席に着き、シートベルトを着用せよ。

貨物室のスピーカーから機長の放送が入った。離陸許可が下りたらしい。

「話は後だ」

浩志は側壁の折り畳みシートを出して腰を下ろすと、シートベルトを締めた。

柊真は浩志の隣りのシートに座った。

C‐17のエンジン音とともに格納庫が振動で揺れる。やがて滑走路の所定の位置に就くと、C‐17はエンジンの出力を上げて離陸した。


一時間二十分後、機長から「十分後に着陸する」とアナウンスされた。日の入りは午後七時四十分、夜間着陸できるような空港ではないため少々気を揉《も》んだが、なんとか日が暮れる前に着陸できそうだ。

「着陸に備えよ」

浩志の指示でリベンジャーズとケルベロスの仲間は、積載されているフォード・F150のシートを剝《は》ぎ取った。だが、床に固定してある器具はそのままにしておく。着陸時の衝撃で車が躍ってしまうからだ。

三台のフォード・F150の一台目をAチームとし、浩志と加藤、宮坂、瀬川、鮫沼の五人が乗り込む。Bチームはワット、辰也、田中、マリアノ、村瀬とし、Cチームは柊真、セルジオ、マット、フェルナンドの四人である。

C-17の高度が急激に下がる。軍用機特有の着陸態勢に入ったのだ。

衝撃とともに機体に強烈な制動が掛かる。

パタゴニア地方のラス・ラハスという人口七千人の小さな街の郊外に、一・六キロの滑走路を持つ飛行場がある。主に民間の輸送機用で管制塔もなければ、周囲には柵すらないため使用許可も得る必要がない。中国の宇宙探査研究センターまでは六十キロあるが、ラス・ラハスが最寄りの街であり、C-17が着陸できる場所もここしかないのだ。

C-17はあっという間に停止した。機長との打ち合わせでは七百メートル以内で停止する予定になっていた。というのも、滑走路の残りの九百メートルで離陸するためだ。

C-17の最低離陸距離は千メートルとされているが、貨物がゼロの状態ならそれより短くても可能だそうだ。今回の作戦では特殊作戦を行う空軍パイロットが選ばれており、腕は確からしい。

「はじめ！」

浩志の号令で全員が手分けして車を固定している器具を取り外すと、三台の車に乗り込んだ。

ハッチが開くとともに、三台のフォード・F150は次々と滑走路に下りた。

C‐17はハッチを閉じながらエンジンの回転数を高める。

浩志らの車が飛行場から出るとき、C‐17はすでに飛び立っていた。まるでタッチアンドゴーである。

「出発」

浩志は普段の声で仲間に告げた。

4

ラス・ラハスから南北縦貫道路である40号線を五十四キロほど北に進んだ左手に、小さな中国語の立て看板が唐突に現れる。立て看板は六・五キロ先にある中国宇宙探査研究センターの案内板で、西に向かう未舗装の道路を示していた。

二〇一二年、当時のフェルナンデス・デ・キルチネル政権と中国の間で、パタゴニア地方で約二百ヘクタールの広大な敷地を利用する宇宙探査研究センター建設の秘密合意がなされた。しかも、敷地は五十年間無税で中国が借用し、大使館と同じ治外法権扱いとなっている。

二〇一五年暮れに就任したマクリ大統領は、前政権の反米姿勢から親米へと大きく方向転換した。トランプ大統領に擦《す》り寄り、IMF（国際通貨基金）の下《もと》で金融、財政政策への支援を得るのに成功している。

だが、同時に習近平に対しても一帯一路構想への協力を約束し、通貨スワップの拡大、通商、投資、インフラなどの大型経済支援を約束させるなどしたたかである。結果的に政権が代わっても、異常とも言える国内における中国の軍事基地を黙認することになったのだ。

CIA長官がSOGの投入を渋っているのは、アルゼンチンが米国と中国の二国間の微妙なバランスの上に成り立っているからである。

午後七時五十八分、ライトを消して走っていた三台のフォード・F150は、40号線から五・六キロ入った窪地《くぼち》に停まった。未舗装の道路に照明はなく、人の頭ほどの石が無数に転がっている荒野は真の闇に覆われている。40号線を入ったところでライトを消して、暗視ゴーグルを装着して運転してきたのだ。一キロほど先に宇宙探査研究センターがあるので、これ以上車両で近付くことはできない。

一台目の運転席から加藤が降りると、暗闇に消えた。斥候に出たのだが、暗視ゴーグルを装着している。日が暮れる前から青空は消えて、厚い雲に覆われていた。そのため、鼻先も見えないほど暗いのだ。

宇宙探査研究センターも暗闇に閉ざされているだけに、宿泊施設から漏《も》れる照明の光がまるで灯台のように光り輝いて見える。

「俺たちの出番だな」

辰也が荷台から小さなコンテナを取り出し、中から二機の小型偵察ドローンを出した。

「一機は俺に任せろ」

ワットが右手を伸ばした。

「おもちゃじゃないぞ」

辰也はドローンを渡した。

三台の車には、ＳＯＧが極秘作戦を行う際のフル装備が積まれている。だが、銃はもちろん、暗視装置からヘッドセットに至るまで製造番号が消され、出所が分からないようにしてあった。

「こちらリベンジャー。スパロー、応答せよ」

浩志はＩＰ無線機で、岩渕麻衣を呼び出した。暗視装置付きのヘルメットを全員被っている。左耳には無線機のヘッドホンとマイクが装着されている。米軍特殊部隊の仕様と同じ物だ。浩志はそれとは別に、日本の傭兵代理店と通話するためにヘッドセットにＩＰ無線機を接続していた。

――こちらスパロー。建物を赤外線モードで調べましたが、内部を透視できませんでした。屋根に赤外線を遮蔽《しゃへい》する素材が使われているようです。動きがあれば、お知らせします。

麻衣は多少のタイムラグはあるものの、すぐに返事をよこした。友恵は他の作業をしているため、彼女が交代しているのだ。今回に限ってはハッキングではなく、ＣＩＡが使用している衛星で、誠治が友恵に使用許可を出している。麻衣は米軍の軍事衛星で監視している。彼は組織が政治的な理由で動けないことを分かっていたため、今回は作戦を外注したのだ。

「よろしく頼む」

浩志は無線連絡を終えると、ワットと辰也の様子を見に行った。彼らは傭兵代理店が支給するドローンを作戦で使用しているので、操作には慣れている。

「俺のジョンの方が、動きはいいようだ」

ワットがコントローラーのディスプレイを浩志に見せた。コントローラーには、〝Ｒ01〟と記されている。ワットが勝手に名前を付けたのだろう。

「何が、ジョンだ。俺のＲ２‐Ｄ２の方が優秀ですよ」

辰也は浩志に自分のコントローラーのディスプレイが見えるように横に突き出した。コントローラーの片隅《かたすみ》に〝Ｒ02〟と印字されている。

「俺のは北端のアンテナと海軍基地の上空だが、見張りは立っていないな」

ワットはディスプレイを見ながら言った。二人は基地を南北で分けて調査しているのだ。友恵も軍事衛星の赤外線モードで人を感知できないと言っていた。通常の軍事基地と違って見張りを立てないのかもしれない。

北端のアンテナとは、直径三十五メートル、高さは十六階建てのビルに相当する巨大なパラボラアンテナである。また百メートルほど南に四分の一ほどのスケールのパラボラアンテナもあった。そのすぐ南に海軍基地がある。中庭を囲む一辺が四十五メートルの建物で、海軍が管轄する、この基地の守備隊の訓練基地らしい。

パラボラアンテナや研究所や宿泊所などの施設は、六百メートル四方の敷地に収まっており、高さ二メートルの有刺鉄線のフェンスで囲まれている。アルゼンチンから二百ヘクタールの土地を借りているが、実質使っているのは十八ヘクタールに過ぎないのだ。将来拡張する可能性も考えられるが、近隣に建物が建てられては困るからだろう。

フェンスで囲まれたエリアの東側にゲートがあるが、ゲートボックスもなく見張りもない。ゲートに監視カメラがあり、内部施設からゲートの門が自動開閉されるようだ。

「こっちは南端にある宿泊施設を調べていますが、外に出ている者もいませんね。まだ、眠る時間じゃないんですが」

辰也が首を捻《ひね》った。この場所で、〝紅軍工作部〟の陰謀が画策されているとは思えないと言いたいのだろう。

「ただの研究施設のはずがない。建物にもっと近付けてくれ」

浩志は辰也に指示した。

辰也は頷《うなず》くとコントローラーを操作し、ドローンを建物に近付けた。

「人感センサーだ。数メートルおきにある。研究者の宿泊施設にしては、厳重だな」

浩志はモニターを見て鼻先で笑った。建物の壁に人感センサーの装置と監視カメラがあるのだ。

「だが、有刺鉄線はあるが、二メートルのフェンスにはセンサーも監視カメラもなさそうだ。潜入は簡単そうだぞ。さっさと、ルイーズを救いだそうぜ」

ワットはドローンを操作しながら笑った。

「一辺が六百メートルもあるフェンスに赤外線センサーを張り巡らせるのは、電力の無駄遣いだからだろう。そもそもフェンスじゃ侵入者を防ぎきれない。もっと効率の良いセキュリティシステムがあるのかもしれない」

浩志は腕組みをしてワットのドローンの映像を見た。建物が鉄壁のセキュリティシステムで守られているのなら、フェンスは現地人を侵入させないだけで充分ということになる。

――こちらトレーサーマン、リベンジャー、応答願います。

加藤からの連絡だ。

「リベンジャーだ。報告してくれ」

浩志はヘッドセットのヘッドホンを押さえつけた。充分聞こえるのだが、米軍仕様のヘッドセットは大袈裟《おおげさ》で気になるのだ。

——フェンスに監視カメラも赤外線センサーも見当たりません。ただ、フェンス内部の数メートルの地面に、所々手を入れた跡があります。

「地雷が埋めてあるのか？」

——すべての箇所を調べた訳ではないので分かりませんが、可能性はありますね。おそらく、フェンスから五メートル内側は、地雷原だと思います。このままフェンスの周囲をすべて調べて、潜入できるか調べてみます。

「頼んだ」

報告を聞いた浩志は舌打ちをした。中国製の地雷は小型で樹脂製のため、金属探知機に反応しない。やっかいな存在なのだ。

「なんてことだ。他国内の借地に地雷原を作るとは、恐れ入ったな」

ワットは自分のスキンヘッドを右手で叩いた。

「長い夜になりそうだな」

浩志は渋い表情で呟《つぶや》いた。

5

二月二十二日、午前八時二十五分、市ヶ谷、傭兵代理店。

スタッフルームには、徹夜でリベンジャーズのサポートをしていた麻衣の姿があった。八時半になると、池谷と中條が顔を見せる。池谷は朝食を何か買ってくるはずなので待ち遠しかった。

「何かしら？」

麻衣は耳障《ざわ》りな電子音に首を捻り、席を立った。

一番離れた席で友恵が席に座ったまま眠っている。彼女は昨日から傭兵代理店のメインコンピュータのアップグレード作業をしていた。その間、麻衣はサブシステムで仕事をしていたので、問題なかった。友恵はほとんど不眠不休の状態だったので、自室に戻ることなく眠ってしまったのだろう。彼女のデスクのモニターに「照合一致」を意味する〝match!〟という文字が表示されている。

「友恵さん、アラートが鳴っていますよ」

麻衣は友恵の肩を優しく揺すった。

「……えっ。……ほんとう」

友恵はハッと目覚めると、キーボードを叩いてモニターに表示されている英文テキストを確認した。

「こっ、これは、大変なことになる」

形相《ぎょうそう》を変えた友恵はキーボードを叩き、コンピュータの解析結果に基づいてデータを集め始めた。

「社長を呼んできましょうか？」

傍《かたわ》らの麻衣は、恐る恐る尋ねた。

「呼んできて！」

友恵は振り向きもせずに答えた。

「分かりました」

麻衣はポケットからスマートフォンを出し、池谷に電話をかけながらスタッフルームの出入口に向かった。

ドアが開き、両手に買い物袋を持った池谷が現れた。

「わっ！」

鉢合わせになった麻衣が、声を上げて飛び上がった。

「そんなに驚くようなことですか。それともタイミングよく朝ご飯を持ってきたので、喜んでいるのですか？」

池谷は笑いながら買い物袋を出入口近くのテーブルの上に載せた。

「それどころじゃありません。こっちに来てください！」

麻衣は池谷のジャケットの袖《そで》を摑《つか》んで引っ張った。

「わっ、分かりました」

池谷は麻衣に従い、スタッフルームの一番奥で作業をしている友恵の席の傍に立った。

「紅軍工作部の狙《ねら》いが何か分かりました。まずは、これを見てください」

友恵はキーボードのリターンキーを叩くと、中央スクリーンを指差した。スクリーンは英文のテキスト画面になった。上部に鷲のマークがある。

「国際的なニュースにもなりましたが、モニターに表示したのはＣＩＡの報告書です。順番に、左端の書類は、二〇〇七年一月の中国によるＡＳＡＴ《エーサット》（対衛星攻撃兵器）による人工衛星破壊実験の件です」

友恵は書類の概要を説明した。

「覚えていますよ。このミサイル実験で破壊された人工衛星の破片が軌道上に散乱し、スペースデブリ（宇宙ごみ）となりました。かねてよりスペースデブリは、軌道上の人工衛星や宇宙ステーションにとって脅威になっていたにもかかわらず、中国はそれを人工的に作り出したと世界中から非難を受けました。もっとも、中国は宇宙開発の実験に過ぎないと一蹴しました。本当に身勝手な国です」

池谷は腹立たしそうに言った。

「二枚目と三枚目は、中国が自国の人工衛星を異常接近させる実験を二〇一〇年と二〇一六年に繰り返し行った記録です。これは他国の衛星に自国の衛星を衝突させて無力化する〝キラー衛星〟の実験です」

「〝キラー衛星〟の存在は知っていましたが、五年前に実験を終えているということは、中国はすでに実戦配備したのですね。恐ろしい」

池谷は険《けわ》しい表情で言った。

「ただし、ASATにせよキラー衛星にせよ、直接物質的に破壊するために米国の衛星監視体制の中では、攻撃した事実が残ってしまいます。そこで中国は、レーザー銃などの指向性エネルギー兵器の開発を進めてきました」

友恵は一番右端の書類の説明をした。左上に〝トップシークレット〟と記されている。

「なるほど、それでアルゼンチンの宇宙探査研究センターと繋《つな》がってくるのですか。やはり、指向性エネルギー兵器を使っての攻撃を紅軍工作部は企んでいるのですね」

池谷は大きく頷いてみせた。

「私もそう思っていました。実際、宇宙探査研究センターにある二つ目のパラボラアンテナは、中国は補助システムと説明していますが、アンテナの先端にはレーザー砲が設置してあります。しかし、レーザー砲も物理的な破壊には変わりありませんので、米国には攻撃を知られてしまいます。また、レーザー砲に耐えられるような装甲を施した人工衛星も開発されているので、意味はなくなるでしょう。開発のいたちごっこです」

友恵にしては珍しく丁寧に説明している。自分の考えをまとめているのかもしれない。

「もっと、すごい攻撃方法が見つかったということですか？」

池谷は少々苛立っているらしく、頭を掻《か》いてみせた。

「私の作ったコンペアプログラムが、ギアナ宇宙センターのサーバーから、ルイーズの『人工衛星の廃棄』という論文を発見しました。どこの国の人工衛星でもそのプログラムを走らせると、墜落地点を自由に指定できるというものです。彼女はスペースデブリを防ぐために古い人工衛星にこのプログラムを打ち込み、意図的に墜落させて大気圏で燃焼させ、最悪の場合でも安全な海域に落下させるという平和目的のために開発したのです。実際にプログラムは作られたらしく、彼女はそのプログラムに〝ロンギヌスの槍《やり》〟と命名しました」

「〝ロンギヌスの槍〟？　日本の有名なアニメにも出てきますが、イエスの脇腹を刺した槍のことですよね。キリスト教で〝聖槍〟のことで、ロンギヌスは槍を刺したローマ兵の名前だったはずです。それにしても、素晴らしい発想じゃないですか」

池谷は紅軍工作部との関係が分からずに肩を竦《すく》めた。

「パインギャップから盗まれたデータの中に、世界中の人工衛星のＩＤがありました。これさえ分かれば、〝ロンギヌスの槍〟はどの国の人工衛星でも好きな場所に墜落させることができるのです」

友恵の目が吊り上がっている。平和目的のプログラムを悪用する紅軍工作部が、プログラマーとして許せないのだろう。

「現代社会の生活は人工衛星なしでは成り立ちません。破壊されるだけでも通信だけでなく多大な損害を出し、社会生活にも弊害が出ます。それだけではなく、人口が密集する都市部に破片が墜落したら大惨事になります」

池谷は両手で頭を抱えた。深刻さがようやく分かったらしい。

「紅軍工作部は、〝ロンギヌスの槍〟を手に入れるためにルイーズを誘拐したのです。彼らがプログラムを手に入れたら、米国上空の人工衛星を破壊し、ニューヨークに墜落させることも可能でしょう」

「しかし、どうやってそのプログラムを人工衛星に送り込むんですか？　すべての衛星がネットワークに繋がっているというわけではないですよね」

池谷は首を傾《かし》げた。

「アルゼンチンの宇宙探査研究センターのレーザー砲を改良したようです。波長が短いレーザー光で人工衛星の電子回路に直接プログラムを送り込むんです。ルイーズの論文は、プログラムだけではなくその運用方法も書かれていました。アルゼンチンの基地は米国上空の人工衛星の情報を傍受することが目的で建設されました。だからこそ、紅軍工作部は彼女の理論に飛びついたはずです」

友恵は話しながら暗号メールを打っていた。

「なるほど、平和利用の宇宙基地を造るのなら、中国にはいくらでも土地があったはずです。わざわざアルゼンチンに造るのは変だと思ったのです」

池谷は首を何度も横に振った。

「暗号メールをＣＩＡとリベンジャーズに送りました」

友恵はキーボードをタップした。

6

二月二十一日、午後九時五十五分、パタゴニア地方、ラス・ラハス。

柊真とセルジオとマットとフェルナンドの四人は、郊外の飛行場の滑走路に立って夜空を見上げていた。

一時間ほど前に、友恵から紅軍工作部の謀略を知らせる暗号メールが届いた。

〝ロンギヌスの槍〟と呼ばれるプログラムを宇宙探査研究センターのレーザー砲で他国の人工衛星に打ち込むことで、墜落を自由にコントロールできるという。紅軍工作部の米国への攻撃方法は分かったが、作戦を実行するのが一時間後なのか、一週間後なのかも分かっていない。

だが、〝ロンギヌスの槍〟を手に入れたらすぐに攻撃に移ることは分かっている。それを阻止するには、一刻も早くプログラムを作ったルイーズを奪回することだ。そのため、柊真はリベンジャーズと別行動を取ることになった。もともと、浩志にはドルニエDo27を使って移動する時点で作戦の腹案として提案していたのだ。

宇宙探査研究センターは一見、二メートルの金網のフェンスで囲われた無防備な施設に見える。だが、軍事衛星、ドローン、それに加藤の斥候で、フェンスの内側五メートルのエリアは地雷原であると分かった。また、正面ゲート前にだけ赤外線センサーがあり、センサーに触れると、ゲートの地中に埋め込まれている直径四十センチの鋼鉄の爪が飛び出す仕組みになっているようだ。それらの難関を突破しても、各施設の建物には人感センサーと監視カメラが設置されているので、潜入に気付かれてしまう。

CIAの調査では、中国人のアルゼンチンへの入国記録から、五十人の人民解放軍海軍の兵士が宇宙探査研究センターに常駐していることが分かっている。さらに彼らは人民解放軍でも最強と言われる特殊部隊〝蛟龍《こうりゆう》〟の隊員なのだ。防御態勢は完璧である。夜間の見張りを立てていないのは、地上からの潜入が不可能だからだろう。

夜空にレシプロエンジンの音が響いてきた。

柊真らは手に持っていた松明《たいまつ》に火を点《つ》けると、二手に分かれて滑走路の東の端から数メートルおきに松明を置いた。

暗闇に浮かんだ滑走路にドルニエDo27がふわりと降り立った。

柊真らは翼近くに三脚を立て、用意していた二十リットルの携行缶に入っているアブガスを燃料タンクの蓋《ふた》を開けて小型ポンプを使って投入する。

二つの携行缶の四十リットルのアブガスを給油すると、空の携行缶と小型ポンプを滑走路脇に停めてあるフォード・F150の荷台に積んだ。

柊真らは大きなバッグを肩に担いで武器を手にすると、ドルニエDo27の二列目席と三列目席に乗り込む。

「予定通り来たぞ。報酬は間違いないだろうな」

エバートンは楽しそうに言った。

柊真はブエノスアイレスに到着する前にエバートンと交渉していた。報酬を倍にするので、ラス・ラハスの飛行場に着陸して柊真らを乗せるというものだ。ドルニエDo27を使わない可能性もあったが、無駄になってもいいと思っていた。

「報酬は保証する。だが、おまえもこれから俺たちと一緒に人質奪回作戦に参加することになるんだ。気を引き締めろ。北北東に四十二キロ、座標はこれだ」

柊真はエバートンに強い語調で告げ、スマートフォンの地図アプリで宇宙探査研究センターの位置を示した。プロだから報酬に固執するのは分かる。だが、それを前面に出されると無性《むしょう》に腹が立つ。柊真らにとって報酬は任務を達成した証《あかし》に過ぎないからだ。

「人質奪回作戦？　そんな話はじめて聞いたぞ。人質は軍人か？」

エバートンはドルニエＤｏ27を走らせ、操縦桿を引いた。

「女子大生だ。敵は中国の特殊部隊だ。俺たちが潜入するのは、表向きは中国の宇宙探査研究センターと称している軍事基地だ」

柊真は持ち込んだバッグからパラシュートを取り出し、ハーネスを装着しながら言った。柊真らケルベロスはパラシュート降下し、宇宙探査研究センターに潜入する。携行缶のアブガスと四つのパラシュートは、浩志に頼んでＣ‐17から持ち出してもらったのだ。

「はじめっから、そう言えよ。俺の腕を見せてやる」

エバートンは機首を北北東に向けた。

五分後、ドルニエＤｏ27は高度三千メートルに達した。暗視ゴーグルを装着した柊真らはベレッタＭ12を首に掛け、トーラスＰＴ92をベルトに差し込んでいる。

「いつでもいいぞ」

エバートンが叫んだ。

「行くぞ！」

柊真はスライドドアを開くと、闇に向かって飛び降りた。仲間も次々と飛び出す。

眼下の暗闇に僅《わず》かな光がある。宇宙探査研究センターの宿泊施設から漏れる灯《あか》りだ。とりあえず、その光を目指して降下する。両手両足を使って空中を滑走し、目標を定めると高度千メートルでリップコードを引いた。軽い衝撃を受けてパラシュートが開く。

トグルを引いてブレーキをかけ、宇宙探査研究センターの上空に達する。目標地点は敷地の西寄りにある海軍基地の四十メートル南にある建物である。エネルギーセンターと呼ばれている建物で、この基地で消費される膨大な電力を賄う発電装置があるそうだ。この建物に潜入し、電力装置を破壊することでセキュリティを遮断する。リベンジャーズはそれを機に車で正面ゲートから突入する作戦だ。

地上二百メートルに達した。エネルギーセンターはほぼ真下にある。

「うっ！」

柊真は慌ててトグルを引いた。地表の突風にさらされたのだ。

「まずい！」

セルジオが、声を上げた。四人は砂埃《すなぼこり》とともに舞い上がる風に流され、エネルギーセンターの西に着地したのだ。建物はフェンスから四十五メートル離れている。だが、安全を図る上で、柊真らはエネルギーセンターの東側の荒地を目指していた。

「全員動くな。パラシュートはハーネスごと流せ。回収すれば、地雷に触れるぞ」

柊真は仲間に無線で命じ、動かないように踏ん張った。フェンスから五メートル近くのところに着地し、なおかつパラシュートはフェンス近くまで風に流されているのだ。

「うわっ！」

マットが着地に失敗し、地面を転がっていく。柊真はマットのハーネスを摑むと、バックルを外してパラシュートを離した。マットのパラシュートは、風に巻かれてフェンスを越えて暗闇に消えた。

「助かった」

立ち上がったマットは、苦笑した。

柊真は外したハーネスを地面に置いた。パラシュートは凧《たこ》のように風に吹かれ、フェンスの有刺鉄線に引っ掛かった。

セルジオとフェルナンドもハーネスを外し、親指を立てて見せる。

柊真はベレッタM12を左手で握り、無言で右手を振った。

ロンギヌスの槍《やり》

1

二月二十一日、午後十時十五分、宇宙探査研究センター。

海軍基地と呼ばれている建物の中央は訓練用の中庭で、回廊になっている平屋構造である。北側の棟はレーザー砲が取り付けてあるパラボラアンテナの研究室になっており、護衛の任務に就いている海軍兵士さえも許可なく入室できないようになっていた。

ルイーズは研究室の一角にデスクを与えられ、パソコンで作業をしている。彼女の背後に、黒縁《くろぶち》の眼鏡《めがね》を掛けて白衣を来た研究員が立って、彼女の仕事ぶりを監視していた。

「それにしてもＩＱ１７０というのは、すごいな。複雑なプログラムを一から書き直しているようだ」

ルイーズの作業を離れたところで見ている白髪《しらが》まじりの中年の男が、煙草《たばこ》を吸いながら言った。

死んだと思われていた鄧威である。一年ほど前、エスピリトゥサント島の秘密基地にリベンジャーズとケルベロスが攻撃してきた際、彼は部下を見殺しにしていち早く脱出していた。本国には帰国せず、ブラジルの中国大使館で半年ほど身を隠した後、アルゼンチンの宇宙探査研究センターで指揮を執《と》っている。南米での活動はＣＩＡにとっても盲点らしく、身を隠すにはちょうどいいようだ。

「ロンギヌスの槍《やり》さえあれば、世界制覇は目前ですよ。敵対国の人工衛星をすべて墜落させれば、前近代的な生活に戻らざるを得ませんから」

三白眼の鋭い目付きをした男が、コーヒーを飲みながら言った。高剣である。彼はルイーズを連れて小型のチャーター機でブエノスアイレスから出発し、直接基地までやって来た。基地の中央に道路も含めて東西に四百五十メートルの整地した土地があり、小型機の滑走路として使えるのだ。

「だが、本当に我々の言うことを聞いてプログラムを完成させると思うのか？」

鄧威は高剣に煙草の煙を吹きかけた。

「大丈夫です。彼女は友人がまだ囚《とら》われの身だと思っています。今日中に書き上げなければ、二人を殺すと脅してありますから」

高剣は煙を気にすることもなく、答えた。

「なるほど、完成したかどうかは実験すれば分かるからな。ロンギヌスの槍が手に入れば、これまでの苦労も報《むく》われる。うるさいハエどもも、ここまでは追って来られないだろうな」

鄧威は大きな声で笑った。リベンジャーズやケルベロスの追跡をかわしてきたのが、嬉《うれ》しくて仕方がないのだ。

ルイーズの背後に立っている研究員が、右手を上げた。プログラムが完成したらしい。

「さっそく、実験するんだ。許昀儒《きょいんじゅ》、おまえは操作できるな?」

鄧威は研究員に大声で命じると、二人に近付いた。

「はっ!」

頷《うなず》いた許昀儒は、出入口に立っていた二人の兵士を手招きして呼んだ。兵士らは、ルイーズの両腕を摑《つか》んで乱暴に立たせた。

「ロンギヌスの槍をどうするつもりなの!」

ルイーズは髪を振り乱し、英語で尋ねた。

「大丈夫だよ。君の意思を尊重して、平和利用するつもりだ。そもそも、この基地は軍事利用しないという協定をアルゼンチンと結んでいるからね」

鄧威は諭すように英語で答えると、許昀儒にメモを渡した。

許昀儒はメモを見ながら、キーボードを叩《たた》く。

「米軍の旧式人工衛星にセットしました」

許昀儒は答えた。

奥の壁に百インチのモニターが三台掛けてあり、中央のモニターにレーザー砲を装着したアンテナが稼働している状態が映し出されている。右側のモニターは許昀儒の使っているパソコンのモニターがミラーリングされていた。

「ロンギヌスの槍を打ち込め」

鄧威は煙草を吸いながら言った。

「はい」

許昀儒がリターンキーを人差し指で押すと、パソコンのモニターは世界地図に変わった。同時に右端の百インチのモニターも同じ画面に切り替わる。

米国寄りの太平洋上に赤い点が点滅し、一万八千キロと表示された。高度一万八千キロにある米軍の軍事衛星のコントロールが可能になったという表示のようだ。

「墜落させる場所は、この位置情報でよろしいでしょうか？」

許昀儒は鄧威から渡されたメモを見ながら上目遣《うわめづか》いで尋ねた。

「こっ、これは、ひょっとして、我が国の座標ではないですか？」

メモを覗《のぞ》き込んだ高剣が、声を上げた。

「福建省莆田《ほでん》市の外れだ。衛星の燃えかすでも、百人前後の死傷者が出るだろう。実験ということもあるが、我が国が先に被害者になることが戦略上重要なのだ。新型コロナと同じだよ。我が国にも被害が出たからこそ、発生源ということも誤魔化《ごまか》せるんだ。新型コロナで世界中はいまだにパニック状態だ。だが、結果的に経済で優位に立っているじゃないか。米国は我が国が撒《ま》き散らしたとほざいているが、我が国は、米軍の研究所が発生源だと主張している。結果的に大きな声を出した方が勝つのだ」

鄧威は鼻から煙を吐き出して笑った。

「なるほど、素晴らしいアイデアですね。米軍の軍事衛星が我が国に墜落したとなれば、国民は黙っていません。世界中が我が国の味方になります。その後、同じ手段でニューヨークを破壊しても、自業自得だと誰しも思うでしょう。そもそも、人工衛星の落下が、意図的なものだと誰が気付くでしょうか」

高剣は手を叩いた。

「座標を入力しました」

許昀儒は報告した。額《ひたい》にうっすらと汗を掻《か》いている。

「やれ」

鄧威は冷たく言い放った。

2

午後十時二十二分、宇宙探査研究センター。

柊真らはエネルギーセンターのドアを爆破して潜入した。

監視カメラはジャミング装置で妨害してある。だが、それに気付いた警備兵が駆けつけてくるのは、時間の問題だった。

「急げ！」

柊真はセルジオとフェルナンドを出入口に残すと、マットと建物の奥へと向かう。突き当たりのドアを開けると、巨大な発電機が二基置かれていた。二人はバックパックからC4爆薬を取り出して発電機に貼り付けると、起爆装置を爆薬にセットした。起爆装置は米軍から支給されたものだが、辰也が点検しているので間違いない。

「一分だ」

柊真は起爆装置のタイマーを一分にセットすると、スイッチを入れた。

「オーケー」

マットは別の発電機に爆弾を取り付け、親指を立てた。

柊真とマットは発電機室を出て、廊下を走った。

出入口で見張りに立っていたセルジオが、首を振る。

「敵か？」

駆け寄った柊真は、ドアの隙間《すきま》から外を見た。二人の兵士が05式短機関銃を手にこちらに向かって来る。北に位置する海軍基地内から来たのだろう。

「あと三十秒だ」

マットが小声で言った。C4爆薬は発電機だけでなく、この建物を破壊するだけの量を仕掛けた。少なくとも建物から三、四十メートルは離れたいのだ。

「南に向かって走れ。援護する」

柊真はセルジオとフェルナンドの背中を叩いた。

「任せろ」

セルジオらは建物を飛び出し、南に向かって走る。

「侵入者だ！」

二人の兵士が、05式短機関銃を構えた。

柊真は兵士らを銃撃すると、マットとともに全速で走った。

轟音《ごうおん》！

爆風で柊真らは前に投げ出された。

爆発と共に宿泊施設の照明が落ちた。

「行くぞ！」

浩志の号令で二台のフォード・F150が砂煙を上げながら正面ゲートの金網を突き破り、敷地に潜入した。

二台の車は正面ゲートに近い宿泊施設の脇を抜け、二百メートル先の海軍基地に向かった。宿泊施設は基地内で最大の建物だが、研究者や基地職員の宿泊所だけでなく、食堂やレクレーションルームや体育館などがある。軍事基地内にあるが、民間施設と変わりないのだ。

海軍基地の四分の一は研究施設となっているが、五十人もの特殊部隊隊員の宿泊施設にもなっている。まずはここを制圧しなければならない。建物はコンクリート製だが、外観はロッジのような造りで大きな窓が並んでいる。これは、軍事要塞に見えないようにリゾート風に偽装したのだろう。南側に正面玄関があるが、他の三方にも出入口があった。どの方位にも警備兵が即座に展開できるように設計されたに違いない。

正面玄関から、次々と迷彩の戦闘服を着た兵士が駆け出してきた。二十人近くいるようだ。

「出てきたぞ。Ａチームは北から、Ｂチームは南、Ｃチームは西から攻撃。人質がいることを忘れるな」

浩志の指示で二台のフォード・F150は、二手に分かれた。

先頭のF150は、加藤が運転している。銃撃を受けながらも海軍基地の正面を突破し、レーザー砲のアンテナの前で急ハンドルを切って海軍基地の北側で停まった。車から浩志が飛び出すと、加藤、宮坂、瀬川、鮫沼の四人が続く。

二台目はBチームであるワット、辰也、田中、マリアノ、村瀬で、五人は車から降りて散開し、敵兵を迎え撃った。

Bチームが正面玄関の敵と派手に銃撃戦を展開している隙に、Cチームのケルベロスは西側にある出入口の階段を駆け上った。彼らはエネルギーセンターを爆破した後、リベンジャーズの動きを知っていたため、建物の西側に移動していたのだ。柊真とマットは爆風でなぎ倒されたが怪我《けが》はなく、俊敏に行動している。鍛えているおかげと言いたいところだが、爆発物の直撃がなかったことが幸いしたのだ。

西側にある玄関の両開きのガラスドアは、鍵が掛けられている。

セルジオは銃でガラスドアを撃った。

ガラスに当たった銃弾が跳ね返る。窓ガラスはすべて防弾なのだろう。外観がリゾート風というだけで、建物は頑丈な造りになっているようだ。

「馬鹿野郎、いきなり撃つな。何を考えている」

階段下で警戒していたマットが怒鳴《どな》った。

「すまん。まさか、防弾ガラスとはな」

セルジオが苦笑して頭を掻いた。

柊真はバッグから直径八センチの円盤をガラスドアの鍵穴に吸着させ、円盤中央のボタンを押してドア横に移動した。小型のタイマー付き爆弾である。

数秒後、円盤は爆発し、ドアが開く。

柊真は壊れたドアから潜入し、廊下を覗くと左手を振った。人気《ひとけ》はない。このエリアの兵士は、正門玄関に出払っているのだろう。

左手奥は研究室に繋《つな》がっているはずだ。セルジオらは廊下の左奥に向かって駆け出す。

廊下の左手はガラス窓、右手にドアが四つある。兵士の部屋になっているのだろう。

銃を構えたマットとフェルナンドが、手前のドアを開けて突入する。

「クリア！」

マットらが部屋を確認すると、廊下で見張っていた柊真とセルジオが隣りの部屋に突入した。

柊真らは四つの部屋を確認すると、廊下の突き当たりのドアの前で立ち止まった。ドアは鋼鉄製で、セキュリティカードとテンキーパッドのパスワードが必要らしい。ドアの鍵は電子ロックで頑丈そうだ。

「この先は研究室だ」

柊真はドアロックに小型のC４爆弾を仕掛けた。起爆ボタンを押すと、廊下の反対側に向かって走り、数メートル先でうつ伏せになる。小型だが、爆発範囲は広いのだ。

五秒後に爆発し、ドアごと吹き飛んだ。

柊真らは外れたドアを踏み越え、研究室に潜入した。

銃弾が突き抜ける。

「くっ！」

マットが撃たれた。

「下がれ！」

柊真は倒れたマットの奥襟《えり》を摑んで引き寄せる。左脇腹を撃たれたらしい。正面玄関から出て行った敵の残りが、研究室にいるようだ。

「敵が多すぎる」

セルジオが銃撃しながら、ドア口まで下がった。フェルナンドは右肩を撃たれ、銃を左手に持ち替えて反撃している。

柊真は体勢を変えては銃撃し、敵を倒している。だが、いくら倒しても敵は大勢だ。M67手榴弾も持っているが、ルイーズを巻き添えにする可能性もあるので使えない。

敵の背後で爆発音がし、激しい銃撃音が続く。浩志らのチームが攻撃を始めたに違いない。柊真も正面の警備兵に反撃していると、目の前の敵が半減した。リベンジャーズの攻撃に備えて半数を背後に回したのだろう。

ふいに銃撃音が途絶えた。

柊真は銃を構えたまま研究室の奥へと進む。リベンジャーズの猛攻に、敵はあっという間に殲滅《せんめつ》されたらしい。実力差というか経験値の違いがあるのだ。

「ルイーズは、ここにはいない。それに鄧威や高剣も逃がしたらしい」

浩志は腕を組み、何事もなかったように部屋を見回していた。

「それじゃ、宿泊施設にでも囚われているのでしょうか？」

柊真は銃を下ろして尋ねた。

「藤堂さん、右のモニターを見てください。あれがロンギヌスの槍だそうです。米国の軍事衛星が、墜落軌道に入っているようです」

辰也が壁に掛かっている百インチのモニターを指差した。コンピュータがある研究室だけ補助電源があるらしく、壁に掛けられている三台のモニターやパソコンは稼働しているのだ。辰也には、友恵にモニターの画像を送って調べるように命じていた。彼女は一目で分かったらしい。

「脱出口があるに違いない。壁や床を探すんだ」

舌打ちをした浩志は、声を張り上げた。

3

午後十時三十九分、宇宙探査研究センター。

回廊になっている海軍基地は、構造的に東西南北四つの棟に分かれていた。北側の棟の研究室は四百八十平米もあるが壁はなく、敵兵は柱やスチールロッカーを盾にしていた。それだけにリベンジャーズの猛攻にさらされて壊滅したのだ。

海軍基地での戦闘は終わったが、宿泊施設から人が出て来る様子はない。職員は三、四十人いるそうだが、銃撃戦を見ようなどと酔狂な人物はいないようだ。もっとも電源装置が破壊されて暗闇にいるため、動きが取れないのだろう。だが、兵士が紛《まぎ》れ込んでいる可能性もあるため、瀬川と村瀬を正面ゲートに立たせ、田中と鮫沼を海軍基地の東側で見張りに立たせてある。

田中とマットとフェルナンドの三人が負傷したが、いずれも大事には至っていない。リベンジャーズの従軍医師ともいえるマリアノが手当てを行っている。マットは腹部の銃弾を摘出しなければならないが、安全が確認されれば、その場でマリアノが手術を行うだろう。治療は兵舎の空き部屋で行っている。研究室は敵兵の死体が累々《るいるい》と転がっているからだ。

浩志は柊真とセルジオの三人で研究室を隅々《すみずみ》まで調べており、残りの仲間は、海軍基地の兵舎となっている他の棟を再度確認している。

――床や壁に隠しドアの類《たぐい》はないようです。ひょっとしてルイーズは宿泊施設の方にいるのかもしれませんね。

東の棟を捜索している辰也からの無線連絡だ。

「西の棟でピッカリの捜索が終わり次第、宿泊施設に踏み込む」

浩志は無線連絡をしながら、中庭にいる柊真を見ていた。研究室の南側に中庭が見える窓があり、その横にあるドアから外に出たのだ。

浩志も中庭に出た。中庭は各棟の出入口にあり、クッション性のある全天候型の舗装がされている。兵士の訓練に使っていたのだろう。

「どうした？」

浩志はハンドライトで照らしながら周囲を見回している柊真に尋ねた。浩志も暗視ゴーグルは外している。

「ロンギヌスの槍が作動しているので、開発者であるルイーズや作戦を指揮している鄧威は、研究室にいたはずです。戦闘がはじまって慌《あわ》てて脱出したのでしょう。しかし、我々の攻撃をすり抜けてこの建物から逃げ出すことは不可能だと思うんです」

柊真はハンドライトで建物を照らしながら答えた。

「俺もそう思う」

浩志もハンドライトで周囲を照らした。

二人のハンドライトが、ほぼ同時に金属製の屋外型電源装置を照らした。奥行きと幅は一メートル、高さは一・八メートルのサイズが、二つ並んでいる。

柊真が右の装置のパネルを開いた。上部にメーターとボタンがあり、下に大型の鉛蓄電池がぎっしりと詰まっている。いわゆる無停電電源装置といわれるものだ。これで研究室のバックアップを行っているのだろう。とりわけ珍しい装置ではなく、研究施設なら当然備えているべきものだ。

柊真は左の装置のパネルも開いた。

「なっ！」

眉《まゆ》を吊り上げた柊真が、振り返った。電源装置と思われた筐体《きょうたい》の中は空洞で、地下に続く梯子《はしご》があったのだ。

「行きますよ」

柊真は先に階段を下りていった。

「こちらリベンジャー、脱出口を見つけた。見張り以外の者は、中庭の電源装置に来てくれ。俺とバルムンクが先に調べる」

浩志は無線で仲間に知らせると、ハンドライトを口に咥《くわ》えて柊真に続く。

三メートルほどの鉄製の梯子を下りると、高さ二メートル、幅一・二メートルほどの地下トンネルがまっすぐ北に延びていた。方角からすれば、大型パラボラアンテナの地下に繋がっているのだろう。

銃を構えて浩志と柊真は、小走りに進む。

百四十メートルほど進んだところで鋼鉄製のドアがあった。しかもカード式のセキュリティロックである。地下トンネルといってもコンクリートで補強されていないので、爆弾を使えば崩落する可能性がありそうだ。

柊真はポケットから一枚のカードを出した。IDカードらしく、顔写真に許昀儒《きょいんじゅ》という名前が記されている。死体から剝《は》ぎ取ったのだろう。

「IDカードにICチップが貼られていたので、使えるかもしれません」

柊真がカードをスキャナにかざすと、ドアロックは解除された。

「やるな」

にやりとした浩志は、ドアを開けて薄暗い部屋に入る。

奥行きがある場所で、天井は三メートルほどあり、機械類が積まれたラックが縦横に並んでおり、見通しは悪い。

この宇宙探査研究センターについては、友恵が集取した情報を浩志や仲間は読みこなしている。中国は平和的な施設だとアピールするために事前に打診すれば、宿泊施設と大型パラボラアンテナ下部にある建物の見学ができるようになっていた。一階は見学者用の展示室で、二階は一般人の立ち入りはできないが機械室と研究室があるらしい。だが、地下室があることは、友恵ですら調べきれなかったようだ。

耳のすぐそばを銃弾が抜けた。

反射的に浩志は身を屈《かが》め、左手の人影に銃弾を撃ち込む。迷彩の戦闘服を着ているので、兵士に間違いない。

背後で打撃音。

振り返ると、柊真が迷彩の戦闘服の兵士を叩きのめしていた。兵士の右手にナイフが握られている。浩志の背後にいる柊真を密《ひそ》かに殺そうとしたのだろうが、相手が悪かったようだ。

用心深くスチール製のラックの間を抜けると、視界が広がった。パソコンが置かれたデスクが並んでいる。

「動くな!」

白髪《じ》まじりの長身の男が、浩志に銃を向けて叫んだ。さらに別の男が、ルイーズを羽交《はが》い締めにし、彼女の喉《のど》元に銃を向けている。長身の男は資料で見た鄧威に間違いないだろう。

「右の男が高剣です」

隣りで銃を構える柊真が、小声で言った。

「諦《あきら》めろ。この基地は制圧した」

浩志は中国語で言った。

「おまえは、藤堂だな。ここは中国の領土なんだ。勝手な真似《まね》は許さないぞ！」

鄧威は真っ赤な顔をして怒鳴り返した。プライドだけは高いようだ。

柊真が発砲し、高剣の銃を弾き飛ばした。ルイーズが悲鳴を上げながら、前に転がる。

すかさず浩志は高剣の眉間《みけん》を撃ち抜いた。

鄧威が銃を乱射しながら、背後のドアから消えた。最初からすぐ逃げられる位置にいたらしい。

「任せてください」

柊真が後を追ってドアから出て行った。

4

午後十時四十九分。

「怪我はないか？」

浩志は床に蹲《うずくま》っているルイーズにフランス語で尋ねた。

ルイーズは震えながらも、浩志の後ろを見ている。銃を構えた仲間が地下通路を抜けて現れたのだ。

「助けに来たの？」

「俺たちは、救助隊だ。時間はかかったけどね。君の友人も無事だ。歩けるか？」

浩志は仲間に銃を下ろすようにハンドシグナルで合図をした。

「私は大丈夫。だけど、あの男を絶対逃がさないで」

ルイーズは鄧威が出て行ったドアを睨《にら》みつけた。

「もちろん、そのつもりだ」

浩志は笑顔で頷いた。柊真に任せたのだ。心配はない。

「あいつは、ロンギヌスの槍をUSBメモリにコピーして持ち出したの。私のせいで……」

ルイーズは大粒の涙を流し、床を拳《こぶし》で叩いた。大惨事が起きると言いたいのだろう。

「バルムンク、奴はロンギヌスの槍を持っているぞ！」

浩志は、無線で呼びかけながらドアから飛び出した。

柊真は螺旋《らせん》階段を上がり、一階の展示室に出た。

銃を構えて周囲を見回したが、鄧威の姿はない。

展示室の奥に階段があるが、二階に逃げても意味はないはずだ。だが、外に出て背中から撃たれるような真似はしたくない。

浩志が現れ、二階に行くから外に行くようにハンドシグナルを送ってきた。

頷いた柊真は暗視装置のスイッチを入れて装着すると、出入口から外に出た。

十数メートル先にある小さなプレハブの建物から光が漏《も》れている。

暗視装置を額に上げた柊真は、銃を構えて建物に駆け寄る。

建物の側面が目の前で突然外れ、何かが飛び出してきた。

「なっ！」

柊真は咄嗟《とっさ》に地面に伏せた。

眼前に現れたのは、一人乗りのドローンである。単座の操縦席に鄧威が乗っており、ボディから四つのアームが伸びてその先に八十センチほどのプロペラが上下二枚で回っていた。中国はドローン先進国である。人間が乗るタイプも実用化していた。無人でも有人でも飛行可能なタイプだろう。

「くそっ！」

柊真はドローンに飛びつき、なんとか左手でドローンのスタンドに掴まった。だが、飛びついた瞬間、右腕がプロペラに触れたために負傷し、手にしていた銃を落としてしまった。

足が時折地面と接する。体重が百キロ近くあるため、重量オーバーで高度を上げられないのだろう。このままではフェンスに激突する。

「貴様！　死ね！」

鄧威が操縦席の左のハッチを開けて、銃撃してきた。

柊真は右側のスタンドに負傷している右腕で摑まって銃弾をかわす。操縦席の出入口は狭いため、よほど身を乗り出さない限り、柊真を撃つのは難しいだろう。

「うっ！」

右腕の傷に激痛が走る。

撃ち落とすのを諦めたのか鄧威はドローンを旋回させた。そのまま敷地を横切って破壊された正面ゲートから外に出る。

柊真は激痛に堪えかねて左右の手を入れ替えてぶら下がった。徐々に高度は上がり、地上から五メートルほどの高さを飛んでいる。

不意に高度が下がり、柊真は地面に叩きつけられた。

「ううっ」

柊真は右手で脇腹を押さえた。岩にぶつけたらしく、肋骨《ろっこつ》を折ったようだ。

「まだ摑まっているのか。もう一度、同じことをしても耐えられるかな」

鄧威は声を出して笑うと、再び高度を上げる。

柊真は左のスタンドに両手で摑まって前に移動し、左手だけでぶら下がった。

高度が先ほどよりも高くなる。

柊真はポケットからM67を右手で取り出すとリングを嚙《か》んで引き抜き、安全ピンも親指で弾《はじ》いた。

「さあ、死んでもらうぞ」

鄧威が嬉しそうに顔を出した。

柊真はハッチの隙間からM67を投げ込むと、飛び降りた。着地して受け身を取りながら、数メートル転がる。

ドローンは柊真という重石を失ったために高度を急激に上げ、十数メートル上空で爆発した。

「やったぜ」

柊真は左手を握り締めると、意識を失った。

エピローグ

柊真は花の香りで目覚めた。

白い天井が目に入る。

起き上がろうとしたが、脇腹に激痛が走った。それに足の感覚がない。

「目が覚めたの？」

女性の声がする。しかもフランス語だ。

声の主は、白のタンクトップを着た金髪の若い女性である。見覚えはあるが、名前は出てこない。女性はベッド脇の椅子《いす》に座り、本を読んでいたらしい。

「改めて自己紹介したほうがいいかしら？ ……ルイーズ・カンデラよ」

ルイーズは笑顔を浮かべると、ナースコールのボタンを押した。ブルーの瞳《ひとみ》は透明感があり、美しい女性である。助け出した際の彼女は髪を振り乱していたので、正直言ってあまり記憶がなかったのだ。

「ルイーズ……。よかった」

柊真は小さく頷《うなず》くと、息を吐いた。

ドアが開き、白衣を着た医師と看護師が現れた。

「ここは、カイエンヌのサン・タドリアン病院です。あなたは、肋骨《ろっこつ》と左足を骨折し、右腕も切断してもおかしくないような怪我《けが》をしていました。現地の医師の腕が良かったので後遺症はないでしょう。とりあえず、一週間は絶対安静です」

医師は柊真の脈拍を測り、両眼を調べると出て行った。現地の医師とはマリアノのことだろう。

「宇宙探査研究センターで倒れてからの記憶がないんだ」

困惑した柊真は、尋ねた。

「あなたの仲間が、研究センターとレーザー砲のパラボラアンテナを爆破してすぐに車でラス・ラハスまで脱出したの。そしたら、数時間後にフランス空軍のC－130H輸送機が迎えに来て、カイエンヌまで戻ってきたわ。あなたと私、それに三人のお友達も入院しているわよ。運ばれたのは、昨日のことだけど。あっ、私は、検査入院でどこも悪くないから心配しないで」

ルイーズは柊真の手を握ってきた。優しい手の温もりが、今は心地いい。

「まる一日気を失っていたのか」

柊真はゆっくりと息を吐いた。呼吸するたびに脇腹が痛むのだ。

「正確に言えば、一日半かな。もうお昼の二時よ。先生の話だと、頭も打ったらしいわ。気分は悪くない？」

ルイーズは柊真を覗《のぞ》き込んだ。花の香りが鼻腔を刺激する。彼女の香水の匂いだ。

「僕のことは心配しなくていい。それよりもロンギヌスの槍はどうしましたか？　米国の軍事衛星が墜落軌道に入っていると聞きました」

柊真の一番の気掛かりである。

「何も起こっていないわよ。私はロンギヌスの槍を完成させる振りをして、シミュレーションモードになるように設定しておいたの。実際に狙《ねら》った衛星とリンクはするけど、それから先はプログラム上の仮想空間で処理が行われるように設定したから、衛星は墜落していないわよ」

ルイーズは淡々と言った。どこか友恵に似ている。天才とはそういうものなのだろうか。

「よかった。被害が出なくて。ところで、君を僕と一緒に助けたムッシュ・藤堂を知りませんか？」

柊真は安堵《あんど》の溜息《ためいき》を吐《つ》くと尋ねた。

「あの渋いオジサマのこと？　昨日の夕方の特別便で米国に行ったわよ」

ルイーズにとっては、浩志もただのオジサンになるらしい。

「えっ、そうなんだ」

柊真は苦笑したが、リベンジャーズは戦闘後に怪我人を待って行動するような仲良しクラブではないのだ。

「その代わり、私がいるから安心して」

ルイーズが柊真の頰《ほお》にキスした。

「あっ、ああ、ありがとう」

戸惑いながらも柊真は笑みを浮かべた。

この作品はフィクションであり、登場する人物および団体はすべて実在するものといっさい関係ありません。

一〇〇字書評

切り取り線

購買動機（新聞、雑誌名を記入するか、あるいは○をつけてください）

□（　　　　　　　　　　　　）の広告を見て
□（　　　　　　　　　　　　）の書評を見て
□ 知人のすすめで　　□ タイトルに惹かれて
□ カバーが良かったから　　□ 内容が面白そうだから
□ 好きな作家だから　　□ 好きな分野の本だから

・最近、最も感銘を受けた作品名をお書き下さい

・あなたのお好きな作家名をお書き下さい

・その他、ご要望がありましたらお書き下さい

住所	〒				
氏名		職業		年齢	
Eメール	※携帯には配信できません		新刊情報等のメール配信を 希望する・しない		

この本の感想を、編集部までお寄せいただけたらありがたく存じます。今後の企画の参考にさせていただきます。Eメールでも結構です。

いただいた「一〇〇字書評」は、新聞・雑誌等に紹介させていただくことがあります。その場合はお礼として特製図書カードを差し上げます。

前ページの原稿用紙に書評をお書きの上、切り取り、左記までお送り下さい。宛先の住所は不要です。

なお、ご記入いただいたお名前、ご住所等は、書評紹介の事前了解、謝礼のお届けのためだけに利用し、そのほかの目的のために利用することはありません。

〒一〇一ー八七〇一
祥伝社文庫編集長　清水寿明
電話　〇三（三二六五）二〇八〇

祥伝社ホームページの「ブックレビュー」からも、書き込めます。
www.shodensha.co.jp/bookreview

祥伝社文庫

荒原《こうげん》の巨塔《きょとう》　傭兵代理店《ようへいだいりてん》・改《かい》

令和 3 年 10 月 20 日　初版第 1 刷発行

著　者　渡辺裕之《わたなべひろゆき》

発行者　辻　浩明

発行所　祥伝社《しょうでんしゃ》

東京都千代田区神田神保町 3-3

〒 101-8701

電話　03（3265）2081（販売部）

電話　03（3265）2080（編集部）

電話　03（3265）3622（業務部）

www.shodensha.co.jp

印刷所　萩原印刷

製本所　ナショナル印刷

カバーフォーマットデザイン　芥　陽子

 ISBN978-4-396-34764-2 C0193

祥伝社文庫の好評既刊

渡辺裕之　傭兵代理店

「映像化されたら、必ず出演したい。比類なきアクション大作である」——同姓同名の俳優・渡辺裕之氏も激賞！

渡辺裕之　悪魔の旅団《デビルズ・ブリゲード》　傭兵代理店

大戦下、ドイツ軍を恐怖に陥れたという伝説の軍団再来か？　孤高の傭兵・藤堂浩志《こうじ》が立ち向かう！

渡辺裕之　復讐者《リベンジャーズ》たち　傭兵代理店

イラク戦争で生まれた狂気が日本を襲う！　藤堂浩志率いる傭兵部隊が、米陸軍最強部隊を迎え撃つ。

渡辺裕之　継承者《けいしょうしゃ》の印《しるし》　傭兵代理店

ミャンマー軍、国際犯罪組織が関わるかつてない規模の戦いに、藤堂率いる傭兵部隊が挑む！

渡辺裕之　謀略《ぼうりゃく》の海域《かいいき》　傭兵代理店

海賊対策としてソマリアに派遣された藤堂。渦中のソマリアを舞台に、大国の謀略が錯綜する！

渡辺裕之　死線《しせん》の魔物《まもの》　傭兵代理店

「死線の魔物を止めてくれ」——悉《ことごと》く殺される関係者。近づく韓国大統領の訪日。死線の魔物の狙いとは!?

〈祥伝社文庫　今月の新刊〉

渡辺裕之
荒原の巨塔　傭兵代理店・改
南米ギアナで起きたフランス人女子大生の拉致事件。その裏に隠された、史上最大級の謀略とは。

原　宏一
ねじれびと
平凡な日常が奇妙な綻びから意外な方向へと迷走する、予測不可能な五つの物語。

桂　望実
僕は金《きん》になる
賭け将棋で暮らす父ちゃんと姉ちゃん。まともな僕は二人を放っておけず……。

辻堂　魁
斬雪《ざんせつ》　風の市兵衛　弐
藩の再建のため江戸に出た老中の幼馴染みが目にした巣窟とは。市兵衛、再び修羅に！

小杉健治
恩がえし　風烈廻り与力・青柳剣一郎
一家心中を止めてくれた恩人捜しを請け負った剣一郎。男の落ちぶれた姿に、一体何が？

藤原緋沙子
竹笛　橋廻り同心・平七郎控
立花平七郎は、二世を誓った男を追って江戸に来た女を、過去のしがらみから救えるのか。

長谷川　卓
柳生神妙剣《やぎゅうしんみょうけん》
柳生新陰流の達者が次々と襲われた。立ちはだかる難敵に槇十四郎と柳生七郎が挑む！

岩室　忍
初代北町奉行　米津勘兵衛　雨月《うげつ》の怪《かい》
家康の豊臣潰しの準備が着々とすすむ中、江戸では無頼の旗本奴が跳梁跋扈し始めた。